Les évaporés

Du même auteur

La Montée des eaux, Seuil, 2003.
Le Ciel pour mémoire, Seuil, 2005.
Les Derniers Feux, Seuil, 2008.
Le Lycée de nos rêves (avec Cyril Delhay), Hachette Littératures, 2008.
Collection irraisonnée de préfaces à des livres fétiches (collectif, direction avec Martin Page), Intervalles, 2009.
L'Envers du monde, Seuil, 2010.

Thomas B.
REVERDY

Les évaporés

Un roman japonais

ROMAN

J'ai lu

Les passages en italique sont des citations extraites de l'œuvre de Richard Brautigan, qui a inspiré un des personnages de cette histoire.

Pour Marine

« Disparu : brève étude

Quand les rêves s'éveillent la vie s'achève.
Ensuite les rêves ont disparu.
La vie a disparu. »

RICHARD BRAUTIGAN,
Journal japonais

« La nuit continuait de passer
pendant que Yukiko poursuivait son rêve,
et que ses longs cheveux reflétaient l'obscurité
comme un miroir. »

RICHARD BRAUTIGAN,
Retombées de sombréro

Évaporation de l'homme

Il est assis à son bureau, face au mur, la tête dans les mains, penché sur les feuilles de papier à lettres couvertes de son écriture fine, au feutre noir. Il ne les voit plus cependant. Il a fermé les yeux qu'il avait flous, sans savoir si c'étaient des larmes ou la fatigue.

On n'a jamais vu un samouraï écrire une lettre d'adieu à sa femme avant de se suicider.

Mais il n'y a plus de samouraï, et ce n'est pas un suicide, pas tout à fait.

Ce qu'il s'apprête à faire n'a rien de chevaleresque.

Il se lève, traverse la pièce minuscule, fait coulisser la cloison qui donne sur le vestibule et ouvre la porte, reste là. Tout le froid de la nuit lui saute au visage et le gifle. Nulle lumière dans le voisinage. Les bois craquent, semblent répondre aux croassements d'un corbeau insomniaque qui sortent d'on ne sait où, plus loin dans la forêt de bambous et d'eucalyptus, où furètent les tanuki et les chats errants. Là-bas. Le monde lui semble si vague, soudain. Il met ses chaussures et son long manteau de laine qu'il serre sur ses côtes, s'enveloppant sans le boutonner, allume une cigarette. C'est ainsi qu'il avait commencé sa lettre pour sa femme : « Je ne mettrai plus les chaussons. » Il n'avait trouvé que ça, n'avait pas su comment lui dire autrement qu'il ne rentrerait pas.

Il regarde sa montre : il y a peut-être le temps d'une autre cigarette. Bien sûr, il y a tout le temps. Il sourit. Il sourit mais il constate aussitôt que ça ne lui est d'aucun réconfort. Ni la cigarette, ni la pensée, ni le sourire. On ne voit pas la lune, juste sa lumière qui pâlit les nuages et les toits d'ardoise, le sable du chemin qui part dans la forêt et la route, luisante encore des averses du soir.

C'est un temps et une heure à ne pas mettre le nez dehors.

Le Japon dort.

Kazehiro va partir.

Il changera de nom pour son diminutif, il s'appellera Kaze. C'est ainsi qu'elle l'appelait.

Dans la lettre qu'il a laissée sur sa table de bureau, papiers épars sans enveloppe, il lui demande de ne pas être triste, de faire comme s'il était mort.

Il lui parle d'elle et c'est peut-être la première lettre d'amour qu'il lui écrit. C'est long, trente-cinq ans. La petite est loin maintenant. Ils ont été heureux.

Il est l'heure. Il ferme son manteau, fouille ses poches. Dépose sur la console en bois de l'entrée : ses clés, son téléphone et son porte-feuille, dont il extrait une liasse de gros billets qu'il était allé retirer à la banque exprès et qu'il fourre dans la poche de son pantalon. Un voyage, avait-il prétexté devant l'employé, comme pour s'excuser de vider presque entièrement son compte. Il peut y avoir des imprévus. Il consulte de nouveau sa montre, entend un bruit de moteur qui se rapproche. Ferme la porte en sortant.

La camionnette s'est garée, feux éteints, à quelques mètres de la maison. Le type qui en descend est un peu courtaud, épais, il porte un blouson de cuir et un pantalon trop large élimé aux genoux. Ils se dévisagent.

« Vous êtes seul ?

— Mon collègue est dans la fourgonnette. Il ajuste les sangles. Vous avez préparé les cartons ?

— Il n'y en a que trois et une valise. Je les ai faits tout à l'heure, ils sont dans le garage, là.

— Je ne comprends pas. Nous nous étions mis d'accord. Ce n'est pas courant un déménagement de nuit, mais ce n'est possible que si vous préparez les cartons à l'avance.

— C'est moi qui déménage, pas la maison. Ma femme vit encore ici.

— Nous n'emportons que trois cartons et une valise ?

— Et moi.

— Vous auriez dû appeler un taxi, monsieur.

— C'était plus cher. Et puis trois cartons, ce n'est rien pour vous, mais moi je ne peux pas les porter tout seul. »

L'homme le dévisageait, un peu intrigué, peut-être un peu méfiant. De nouveau il s'est cru obligé de fournir une explication, comme au banquier le matin. Un autre mensonge.

« Je déménage pour le travail, c'est provisoire. Je dois être opérationnel dès demain matin. Vous pouvez charger les cartons discrètement ? Je ne voudrais pas déranger le voisinage à cette heure. Et puis ma femme dort. »

Au moment de partir, le déménageur au blouson se retourne encore vers lui.

« Vous ne prenez même pas un parapluie ? »

Un instant il se demande si ce type n'est pas en train de se foutre de lui. Un parapluie, la question lui semble tellement dérisoire. Mais l'autre le regarde dans les yeux sans broncher, il attend sa réponse avec une expression de pitié qui lui fait froid dans le dos. Le déménageur au blouson le fixe toujours et c'est comme s'il lui disait : « mon pauvre gars, tu es habitué aux maisons, aux bureaux, au métro et aux parapluies, tu ne sais donc pas que la pluie mouille ceux qui n'ont plus rien ? » Mais non, il n'a pas pu penser ça. Comment ce rustre aurait-il pu comprendre ? C'est une simple question stupide. Il hausse les épaules et monte dans la camionnette.

« J'en achèterai un s'il pleut. »

Le véhicule s'est mis à glisser tout doucement, lentement, dans la rue qui descend vers la ville. Ce n'est qu'arrivé sur le plat, à la limite de la voie express, qu'il a mis le contact et les phares. Avec un accent irritant du Sud, le gaillard lui conseille de se reposer, mais bien sûr il lui est impossible de dormir. Il lui est tout aussi impossible de regarder l'intérieur de la camionnette : l'habitacle sale, les papiers de chewing-gum, le cendrier plein de mégots, la bouteille d'eau entamée qui roule entre ses pieds, l'odeur d'essence et de bâche en plastique, la présence silencieuse du « collègue » qui dort à l'arrière adossé à sa valise, tout est à vomir. À travers la vitre embuée défilent les halos des réverbères et des néons de la ville, passent les quartiers connus, les maisons, les boutiques fermées à cette heure, et quelques fenêtres encore éclairées, semées au hasard des immeubles, comme des feux dans le désert. Le monde si vague et si lointain se déroule à travers la vitre, déformé par la buée et les gouttes de la pluie qui s'est remise à tomber finalement, le monde et sa vie défilent dans des éclairs déchirant la nuit, et tout est à pleurer. Des chansons qu'il déteste passent à la radio comme pour l'accabler un peu plus de leur gaieté niaise et sucrée de musique populaire.

Kaze laisse aller son front contre le verre.

Ferme les yeux. Serre les dents.

Vomit et pleure, à l'intérieur.

Richard B.

Je déteste voyager, c'est ce que Richard B. se répétait en bouclant sa valise. Il n'y avait rien au monde qu'il aimât plus que les habitudes : sa maison, ses amis, son quartier de North Beach, connaître le nom du patron du bar qu'il fréquentait en ville et qu'on le serve, chez les commerçants où il allait plusieurs fois par semaine – Richard n'avait pas de voiture, aussi évitait-il les supermarchés –, qu'on le serve avec un sourire de commerçant, comme si on le servait mieux que les autres clients, voilà ce qu'il aimait, et aussi faire sa balade jusqu'aux attractions désuètes et aux vendeurs de glaces du Fisherman's Wharf tous les dimanches, au retour dire bonjour en passant à la fleuriste qui venait de s'installer au coin de Washington's Square, à côté de la civette, discuter sans plus, le temps de parler de presque rien – peu importe –, enfin toutes ces habitudes qu'il avait soigneusement fait germer dans sa vie et dont il fallait maintenant s'occuper quotidiennement, choisies et cultivées, parce qu'il les aimait pour cette raison que c'étaient les siennes : c'étaient *ses* habitudes.

Ça et croiser parfois à l'improviste un vieux copain de l'agence C. Card ou Smith & Smith, les boîtes où il avait travaillé avant de se mettre à son compte il y a quelques années. Ces rencontres tenaient dans une grande ville comme San Francisco à la fois de l'habitude et du plus grand hasard, ce qu'il considérait comme une sorte de définition du miracle. Même quand cela n'arrivait pas, le simple fait d'imaginer qu'une telle coïncidence pût se produire, qu'elle avait une *probabilité* – infime mais tout de même –, suffisait à illuminer sa journée. Il sortait le matin de chez lui en se disant : et si je croisais par hasard ce grand type roux de l'Oregon qui était arrivé à l'école en cours d'année, avec son anorak orange et son bonnet de laine, ses balles de 22 plein les poches pour tirer les pommes à la carabine – comment s'appelait-il déjà ? –, et il marchait dans la rue en souriant, repensant à toutes les bêtises sans conséquences qu'il faisait à l'époque. Il était heureux dans ces moments-là, alors les gens qu'il croisait lui souriaient aussi.

Ce n'était pas toujours le cas.

Richard avait beaucoup de temps pour se promener, soigner ses habitudes et cultiver ses hasards, parce qu'il travaillait peu et qu'il était plutôt seul. Ça arrive à plein de gens : ils ne sont pas tristes, mais leur vie n'est pas très gaie. Après tout c'est une vie. Il comblait la sienne de sujets d'observation parfois bizarres qu'il essayait de rendre amusants pour se distraire.

Richard était passionné par les probabilités. Grâce aux probabilités, même un fait hautement improbable conserve une chance de se produire qu'on peut quantifier. Une pluie de grenouilles, tomber amoureux dans la rue, tout devient possible. Cela marchait évidemment aussi pour les cataclysmes, et en général c'était pour les prévenir qu'on les invoquait : un tremblement de terre, par exemple. Les experts sismologues expliquaient bravement que même si on arrivait à le prévoir – ce qui était pour l'instant du domaine de la science-fiction –, même si on y arrivait avec une marge assez courte, disons deux jours à l'avance, et avec une probabilité raisonnable – encore de la science-fiction –, on ne le dirait sans doute pas à la population. On avait fait des calculs : il y aurait *probablement* plus de morts à cause de la panique qu'à cause du tremblement de terre – dire qu'il y avait des gens payés pour vous faire courir ce genre de risques.

Cela n'intéressait pas beaucoup Richard, qui pensait que cet usage des probabilités était purement pessimiste.

Qu'avaient-ils donc, les journalistes, les experts et les politiciens qui nous gouvernent, tous ces gens qui parlent dans le poste de télévision, qu'avaient-ils donc à vouloir nous déprimer un peu plus, sans cesse ?

Un jour, la moitié de la ville glisserait brutalement sous les eaux, et voilà. De Tokyo à Los

Angeles, tout le monde attendait le « Big One », celui qui atteindrait enfin le dix sur l'échelle des magnitudes, un peu comme en 1968 on avait été suspendu au record du cent mètres de Jim Hines qui avait fait soudain exploser le mur des dix secondes.

Évidemment, Richard savait bien que cette comparaison ne valait qu'à cause du chiffre dix et du fait que des millions de gens « attendaient » ce record à la fois improbable et possible depuis des décennies : même si l'on considérait que l'exploit de Hines fût l'événement le plus marquant de cette année-là – sur le plan sportif, c'est incontestable –, on devait bien avouer que ça n'avait pas déclenché de catastrophe particulière. Mais quoi ? les désastres valent-ils plus que les miracles ? Il n'y avait pourtant pas besoin d'apocalypse pour comprendre qu'on était peu de chose, et sans attendre le Big One il suffisait à Richard d'ouvrir son frigo, plein de bières et de boîtes de nouilles à emporter, pour s'en convaincre. Alors que les records du monde, disait-il, ça fait rêver, et ce sont les rêves qui nous font vivre. Richard aimait les probabilités sans arrière-pensée. Ce qu'il aimait, c'était le miracle.

Autrefois, on ouvrait le ventre des oiseaux pour faire des prédictions qui ne se réalisaient jamais, mais les probabilités étaient plus subtiles. Elles disaient que quelque chose pourrait avoir lieu, ou pas. Avec elles, même le fait qu'il ne se passe rien devenait un événement, un peu comme lorsque vous sortez avec votre parapluie parce que la météo a annoncé qu'il allait pleuvoir et qu'il fait beau finalement. Elles ne mentaient jamais. Et absolument tout ce qui arrivait était miraculeux. Demain par exemple, il partirait, ça ne lui était pas arrivé depuis 1976.

Tout de même, le Japon, se dit-il en repensant au coup de fil de Yukiko.

Pour quelqu'un qui déteste voyager, ça fait une trotte.

Les sapins de San Francisco

Il fait nuit et ce n'est pas évident de se donner un but ni même de savoir simplement où aller lorsqu'on est seul, alors elle marche au gré des lumières de l'éclairage public et des enseignes, des delis et des combini encore ouverts, des pas-de-porte, escaliers de perrons ou entrées de garages qui s'illuminent à son approche, Yukiko marche le souffle court et les cheveux qui commencent à se coller à son front humide, elle transpire également dans le cou et le bas du dos, pourtant il fait froid, on est en plein mois de janvier. Elle est sortie après avoir appelé Richard. C'est son seul ami, même si c'était impossible de vivre avec lui. Elle est sortie pour réfléchir, c'est ce qu'elle s'était dit et puis, une fois dehors, elle s'est rendu compte qu'elle était sortie pour arrêter de réfléchir. Elle s'est mise à marcher.

C'est la période où les rues s'encombrent de sapins de Noël décharnés d'aiguilles, tels des épouvantails brisés couchés à même le sol parfois dépassant de sacs poubelles immenses et pourtant incapables de les contenir. La plupart sont juste jetés devant les portes. Il y en a sur tous les coins de trottoirs déserts, dans les allées derrière les épiceries italiennes, sur les hauteurs de North Beach jusqu'aux avenues plus chics de Nob Hill, des dizaines de cadavres de sapins, peut-être des centaines ou des milliers si l'on pouvait se mettre à les compter dans toute la ville, recenser cette espèce de champ de bataille désolé où ils sont tombés sans honneur dans les premiers jours de janvier. Elle ne les avait jamais remarqués, mais à cette heure de la nuit il n'y a plus qu'eux dans les rues, leur ombre tassée de la grandeur d'un homme à terre qui la surprend à chaque fois de loin, quelques branches se découpant au-dessus de leur masse, enchevêtrées, plantées dans leur tronc telles des flèches. *Ils ont été dégarnis de leurs décorations et reposent là tristement, comme des soldats morts après une bataille perdue. Une semaine auparavant ils ont été des sortes de héros, se dit-elle. Ils sont très loin à présent de l'attention aimante d'un enfant.* Elle marche et, franchement, elle ne saurait pas expliquer où elle va. Elle gravit Hyde Street, c'est la plus directe mais la plus raide aussi pour gagner le centre-ville. Ça monte tellement avant d'arriver sur Broadway que l'artère devient un tunnel de quatre voies qui s'engouffre sous terre dans un hurlement de moteur. Si elle va jusqu'à Downtown, elle n'a fait que le tiers du chemin. Elle pense à tous ces sapins morts alors qu'elle escalade les pentes de Nob Hill et, un instant, elle se dit qu'elle est en train de faire ça juste pour se fatiguer. Elle transpire pas mal à présent, ce qui n'est pas son genre. Elle marche presque pliée en deux : si elle se tenait droite sans doute elle tomberait en arrière. Elle aurait pu aussi bien descendre une bouteille de gin. Ça, c'était plutôt le style de Richard.

Cela fait bientôt une heure qu'elle arpente ainsi les rues et elle n'est toujours pas parvenue au niveau de Geary Street, mais elle commence à entendre les sirènes des voitures de patrouille qui sillonnent sans arrêt les blocs à l'est de Macy's pour que la nuit reste calme. Dans ce coin de la ville où l'on trouve aussi bien des boîtes de nuit que des magasins chics, cela fait des années que les hobos des années soixante-dix se sont transformés en junkies et en simples clochards. Les plus résistants entretiennent encore une forme de sociabilité, s'appellent par leur nom de rue et se refilent des tuyaux sur les foyers qui ont encore des lits. Ils ont l'air à peine moins sociopathes que les jeunes snobs qui sortent des clubs, ivres morts, après avoir vidé une bouteille de cognac à trois cents dollars pour impressionner des filles qui rêvent de se marier avec des gars comme ça. Un condensé de l'Amérique.

Instinctivement, elle a bifurqué vers l'ouest sur Sutter Street. Elle est d'humeur nocturne, alors elle voudrait éviter les lumières trop crues.

Et puis la rue descend maintenant plus tranquillement. Les immeubles sont bas. Tous les rez-de-chaussée sont occupés par des boutiques minuscules dont les enseignes changent, et c'est comme si elle se réveillait. Elle oblique vers Post Street, s'assoit sur un des bancs de ciment de la ruelle, face à la Peace Plazza. C'est donc là qu'elle allait : Japantown, première étape de son étrange voyage de retour. Demain, elle retournera au Japon où elle n'a pas mis les pieds depuis quinze ans, avec Richard qui n'y est jamais allé.

Elle pense aux arbres de Noël qu'elle a débusqués partout sur son trajet, même devant le Carlton et le Majestic. Elle en a compté soixante-six en une seule nuit. Elle se dit qu'elle a trouvé ce truc de les recenser pour ne penser à rien. Mais ce n'est pas vrai qu'elle ne pense à rien. Elle pense réellement aux sapins qui sont comme des soldats morts et l'enfance une bataille perdue d'avance.

On ne devrait jamais aider une ex-petite amie

Tout ce que Richard B. connaissait du Japon, à peine deux ans plus tôt, c'était le restaurant Cho-Cho, sur Kearny Street, dont le patron, Jimmy Sakata, était un type bizarre. On disait qu'il avait une arme, un .44 Magnum comme celui de l'inspecteur Harry, mais en fait personne ne l'avait jamais vue. Lorsqu'il vous trouvait sympa ou votre copine jolie, Sakata était capable d'offrir l'addition, comme ça.

C'est là que Richard avait rencontré Yukiko quand elle était serveuse.

Elle l'avait traîné ensuite dans ce cours de méditation zen et dans plein d'autres trucs de bouddhistes mangeurs de tofu dont il s'était remis peu à peu lorsqu'elle l'avait quitté, et qui ne font pas partie de cette histoire. D'elle, il ne s'était pas remis, pourtant c'était il y a déjà presque un an. Elle lui avait brisé le cœur, le lui avait rendu en miettes.

Yukiko était japonaise et jolie. Lorsqu'elle n'était pas serveuse, elle était comédienne, ce qui était une sorte d'hyperbole de la dèche, parce qu'il y avait encore plus de comédiennes que de serveuses en Californie. Mais elle portait ce destin avec une superbe admirable. Vous ne pouviez la manquer dans la rue. Elle avait quelque chose, une sorte de vibration, un sillage quand elle marchait : il semblait que l'air tremblait autour d'elle comme s'il n'osait pas la toucher. Les chances qu'ils se rencontrent étaient très minces, celles qu'elle accepte de coucher avec lui véritablement minuscules, ce qui fait qu'il avait vécu leur histoire comme un miracle permanent. Tout l'avait émerveillé chez elle, tout, son corps et sa voix, son accent, la blancheur de sa peau, ses très longs cheveux, sa manière souple et lente de marcher, ses gestes comptés, ses yeux d'ombre, ses yeux *d'un minuit sans étoile* – il y avait plein d'obscurité nocturne et de mystère dans ses yeux –, son silence aussi, sa façon de l'observer sans parler lorsqu'ils étaient ensemble, ne le quittant pas du regard, en buvant son thé, assise en tailleur sur le lit, ses cheveux autour d'elle, le sexe tel un animal dormant entre ses jambes, rêvant peut-être.

Il avait aimé tout d'elle et peut-être surtout ce qui les séparait, tout ce qui criait à l'oreille de Richard que cette fille était bien trop belle pour lui, qu'il ne savait rien d'elle et qu'elle finirait par s'en aller, ce qu'elle fit.

Par la suite, Richard ne s'était pas méfié quand ils étaient devenus « bons amis » – et que faire d'autre, il ne pouvait vivre sans elle. Il avait repris ses habitudes, ses chemises à carreaux et ses vestes en laine qui donnaient à sa moustache un air de far west à la retraite. Il s'était remis à manger des hamburgers. Il buvait aussi, peut-être plus qu'avant, quand il sortait le soir et même lorsqu'il ne sortait pas, tout simplement parce que la vie sans elle avait le goût fadasse, morose et un peu amer d'un whisky où les glaçons avaient fondu. Lorsque Yukiko l'a rappelé, quelques mois plus tard, lorsqu'elle lui a proposé de devenir « bons amis », il ne s'est donc pas méfié. Il a surtout pensé qu'il allait la revoir, et c'est ce qui s'est passé, ils sont sortis quelques fois ensemble.

Au restaurant, elle lui a fait la leçon, parce que ça se voyait qu'il n'allait pas très bien, qu'il se laissait aller, elle lui a fait la leçon comme lorsqu'ils étaient ensemble et ça l'a fait sourire, il s'en foutait, elle pouvait bien dire tout ce qu'elle voulait, elle était là, magique, avec ses grands cheveux noirs et japonais, il n'y avait qu'à la regarder, mais, au cinéma, quand il a essayé de poser sa main sur sa cuisse à elle, l'air de rien, comme s'il s'était trompé de cuisse, elle l'a agrippée violemment et lui a rendu sa main en la lui montrant, les lèvres retroussées et les sourcils plissés, on aurait dit qu'elle tenait un bout de déchet radioactif ou quelque chose qui la dégoûtait vraiment. Il ne savait plus comment s'y prendre et il ne savait pas ce qui lui faisait le plus de peine : qu'elle fût sortie de sa vie ou qu'elle pût y revenir comme ça, sans qu'ils redevinssent amants. Il ne s'était pas méfié, mais il s'en était vite mordu les doigts.

Après tout, ils n'avaient jamais été amis.

Jusqu'à ce qu'elle l'appelle, affolée, au milieu de la nuit, le réveillant en sursaut et le projetant hors de son lit, faisant dégringoler les deux ou trois piles d'objets en tous genres dans lesquels il a balancé un grand coup de pied, dans le noir, avant d'atteindre le téléphone. Son père avait disparu.

« Comment ça, disparu ?

— Parti, envolé, plus de nouvelles. Oh, Richard, s'il te plaît.

— Bien sûr. Je suis là. Je vais t'aider. »

On ne devrait jamais rendre service à une ex-petite amie. Richard ne connaissait même pas ses parents. Le bonhomme avait disparu depuis plusieurs jours et personne ne savait où. La police ne faisait rien. Sa mère pensait à un enlèvement, un conflit avec un concurrent, un problème avec les yakuzas.

« Comment ça, les yakuzas ?

— Richard, tu sais bien. Mes parents vivent encore au Japon.

— Attends une minute. Comment ça, au Japon ?

— Richard ! Tu ne vas pas répéter tout ce que je dis. Oh, Richard. Oh, Richard.

— D'accord. Au Japon. Arrête de crier dans le téléphone, s'il te plaît. »

Il avait eu le temps d'allumer la lumière. De se frotter énergiquement les yeux. De là où il était, il pouvait voir toute sa chambre même sans ses lunettes, le bazar invraisemblable qui régnait là-dedans et, sur la petite table qui lui servait de bureau, les piles de factures qui s'étaient accumulées ces derniers temps. Richard avait été obligé de remercier sa secrétaire au moment où il avait dû renoncer à payer le loyer d'un bureau en ville, il y a quelques mois, et ce qu'il voyait dangereusement se profiler dans le désordre de sa chambre éclairée d'une manière inhabituelle, sa chambre soudain surprise au milieu de la nuit, c'était le moment où sa propriétaire allait finir par le renvoyer lui aussi de son appartement. Ce n'était pas une raison suffisante pour se mettre à faire n'importe quoi, mais Yukiko continuait de crier dans le téléphone avec une voix grésillante où l'on percevait surtout des voyelles. Il ne savait même pas quelle heure il était : le réveil s'était cassé la gueule avec le verre et la bouteille de whisky vides qui trônaient d'ordinaire sur sa table de nuit. Il ouvrit la fenêtre en continuant à parler, de loin, dans le combiné posé à terre. Ça sentait déjà le vieux garçon et un peu le tabac froid. Après tout. Sa vie partait à vau-l'eau depuis qu'elle n'était plus là.

Je me demande comment font les gens pour vivre comme moi, se dit-il.

« Est-ce que ça va, toi ? Tu tiens le coup ? »

Il lui avait posé la question sans y penser, pour dire quelque chose. Bien sûr que non ça n'allait pas, mais cette phrase banale il l'avait prononcée sur un ton de nouveau familier, intime, un ton de tous les jours quand ils passaient leurs jours ensemble. Cela lui fit un bien fou, à lui, de le dire ainsi, et peut-être qu'elle se calma un peu. Elle sanglotait doucement. Elle essaya de lui expliquer quelque chose à propos de ses parents qu'elle n'avait plus revus depuis qu'elle s'était installée à San Francisco, mais les mots faisaient des bulles au fond de sa gorge et menaçaient de l'étrangler. Elle se mit à renifler doucement, sans parler, retrouva peu à peu un souffle sans hoquets.

Il écoutait. Collait son oreille à sa respiration.

Pour rien au monde il n'aurait brisé ce silence qui s'était glissé entre eux dans la nuit, comme un rêve.

Lorsqu'elle se remit à parler, Yukiko le remercia comme elle le faisait de temps en temps, en se penchant plusieurs fois, pliée en deux, très droite, ça pouvait presque s'entendre au téléphone. Elle avait déjà pris leurs billets.

C'est là, en raccrochant, arpentant pesamment la pièce en redressant tant bien que mal les piles de bouquins et de papiers à terre, s'asseyant sur son lit et rechaussant ses lunettes, contemplant son placard sans trop d'idées sur ce qu'il convenait de mettre dans une valise, c'est là que Richard a compris qu'il venait de se faire avoir. Pas par le désespoir de la sublime Yukiko, mais par ses bons sentiments à lui. Ça, et le fait qu'il avait dit oui sans doute pour de mauvaises raisons, en pensant qu'ils allaient faire ce voyage ensemble et que ce serait sans doute l'occasion... Il avait peut-être fugitivement imaginé que peut-être... enfin ce genre de choses. Les mauvaises raisons d'agir avaient toujours le même nom et Richard le connaissait par cœur : c'était l'espoir. La face cachée des probabilités.

Mais vous ne savez pas encore ce que faisait Richard B. dans la vie, alors que l'histoire a bel et bien commencé, maintenant : il était détective privé.

Undercover, évidemment.

Lui prétendait qu'il était poète.

Le vieux Koba

« Il est rentré dans la ruelle ! » Le cri venait d'assez loin encore mais il indiquait clairement qu'il ne les avait pas semés. Depuis combien de temps courait-il ? Cinq, dix minutes, plus peut-être. Comment savoir lorsqu'on est de toute façon hors de souffle depuis longtemps, les poumons brûlants, la tête chaude, les mollets noués au-dessus de la cheville et cette douleur, vissée sous les côtes, qui fore le ventre et qui ressemble à une autre qu'il connaît bien : la faim.

Il est difficile de lui donner un âge. Treize, peut-être quatorze ans, il n'a pourtant pas cette rondeur adolescente qu'on voit ici partout sur les visages. Son tee-shirt seul, à l'effigie d'un de ces robots anguleux souriants aux couleurs vives qu'on trouve dans les dessins animés pour enfants, semble indiquer que ce n'est encore qu'un gamin. Il porte un pantalon large de travail et a noué sur son front un tenugui blanc. Il n'a pas eu le temps de se changer.

Il faisait la plonge dans la cuisine exiguë de la tachinomiya de Kobayashi lorsque les quatre types sont entrés, et d'abord il ne les a pas entendus. Le vieux Koba était derrière son bar, comme toujours en train de l'astiquer avec un chiffon trempé dans l'eau bouillante. Ça n'y faisait rien : le bois du comptoir avait fini par prendre l'odeur âcre du saké, on aurait pu y endormir un bœuf rien qu'en le couchant dessus. Il n'y avait que deux tables hautes sans chaises, à part le bar, et la pièce était vide à cette heure. Chez Koba, les clients se saoulaient vite et tôt, avant d'aller dormir. Les journées étaient dures et les nuits froides à San'ya. Il a dû leur dire que c'était fermé, mais les gars n'étaient pas venus pour un verre. Des gorilles, de vraies armoires, obligés de se mettre de profil pour passer la porte d'entrée.

Rien qu'à voir leurs pull-overs à col roulé on pouvait deviner qu'ils étaient tatoués.

Il y a eu des bruits de lutte, c'est à ce moment qu'Akainu a entrouvert la porte. Le vieux Kobayashi au milieu des tables renversées de sa salle de douze mètres carrés était soutenu par deux types dans son dos qui l'encadraient et lui tenaient fermement les bras pendant qu'un autre, lui faisant face, semblait lui donner un bon uppercut dans le ventre. Le Vieux s'est plié autant qu'il le pouvait, mais, enserré comme il l'était par les deux balèzes derrière lui, son mouvement ressembla plus à celui d'une poupée de chiffon dont on aurait subitement coupé certains fils. Quand le type retira son poing, Akainu vit qu'il tenait un couteau, et qu'il y avait du sang sur sa main et sur la chemise de Koba, comme une tache noire qui s'élargissait à vue d'œil.

Il a tout de suite vu le sang et n'a pas crié. Il a tout de suite compris, a reculé en fixant la porte entrouverte jusqu'au fond de la cuisine étroite. Akainu était un gamin malin.

Une fenêtre au-dessus de l'évier donnait sur une petite cour que se partageaient plusieurs maisons, elle était remplie de vélos. La fenêtre n'était pas grillagée et suffisamment large pour un gamin malin, mais les choses ne sont jamais si simples.

Le quatrième malfrat était resté près de l'entrée du bar. Il semblait se désintéresser de la scène et des gargouillis du vieux Kobayashi, qui mettait sa dernière énergie à les maudire et à les traiter de salopards en toussant du sang. Il a entrepris de visiter les lieux.

Akainu était déjà dehors, du bon côté de la fenêtre, encore suspendu au rebord, en appui sur les coudes et les avant-bras, la tête dans l'encadrement, le regard toujours fixé sur la porte entrouverte, se laissant glisser tout doucement le long du mur jusqu'à ce que ses pieds soient le plus près possible du sol, afin de ne pas faire de bruit.

Il n'avait nulle part où aller.

Peut-être suffirait-il de rester accroupi dans la cour jusqu'à ce qu'il soit sûr que les autres étaient partis. Peut-être que le vieux Koba ne serait pas encore mort, alors. C'était pour ainsi dire sa seule famille.

Mais le type a ouvert la porte, le quatrième, et ses yeux stupéfaits se sont plantés directement dans les yeux terrorisés du garçon en face de lui, de l'autre côté de la cuisine étroite, dans l'encadrement de la fenêtre, comme un plomb dans une cible à la foire. Akainu s'est laissé tomber au sol dans la cour. Il s'est blessé en bousculant des vélos, a filé par l'étroit passage qui séparait les maisons, juste assez large pour les poteaux électriques, les rats et un gamin malin. Il les entendait hurler des ordres à l'intérieur.

Il déboucha dans la ruelle voisine en même temps que deux des tatoués parvenaient au croisement. Sans doute les deux autres avaient-ils pris par derrière pour le chercher dans la cour. Cette fois, personne ne perdit le temps d'observer l'autre.

Et depuis, il courait, la peur au ventre et le souffle coupé, la gorge en feu, la sueur froide. Il n'arrivait pas à les semer parce que les tatoués aussi connaissaient le quartier par cœur. Ils étaient grands et costauds, et ce qu'il leur avait pris de vitesse au début ils l'avaient regagné par endurance sur la longueur. Il restait cependant une dernière chance à Akainu.

Il fonçait vers le nord, vers la gare de Minami-Senju. Il connaissait un trou dans le grillage, au niveau du croisement des voies aériennes et terrestres, sous le pont. Là, en coupant dans le dédale des rails, derrière les bosses de débranchement du triage, au milieu des wagons en réparation et des draisines à l'arrêt, s'il trouvait encore au fond de ses poumons l'air qu'il lui fallait pour courir une centaine de mètres sur le ballast coupant de l'entrevoie, rien qu'une grosse douzaine de secondes dans un dernier effort, s'il y parvenait avant que ses poursuivants pussent le repérer de nouveau dans ce lieu découvert, il atteindrait le mur du Kotsukappara.

Il y avait là une forêt de tombes, parce que cet endroit avait été pendant plus de deux siècles un champ d'exécution aux portes de la ville, qui avait vu la mort de plus de deux cent mille hommes et femmes, la plupart par crucifixion. Les moines dormaient tous profondément à cette heure, mais les tatoués n'oseraient pas le pourchasser dans un temple.

Un bouddha à la tête coupée dont la statue était visible au-dessus du mur depuis les voies ferrées témoignait seul sa mémoire et sa compassion pour ce lieu maudit. C'était un Jizo, le protecteur des voyageurs et des enfants.

Akainu se cacha dans son ombre.

Il eut froid. Se demanda longtemps si le Vieux était mort à présent, puis essaya de ne pas y penser.

Il finit par s'endormir assis à terre, la tête dans les genoux.

Private eye

Les affaires ne marchaient pas très fort à ce moment-là pour Richard, en tant que détective privé.

En fait, il n'y avait plus d'affaires du tout.

Ça devenait préoccupant. Même ses poèmes s'en ressentaient.

Depuis les téléphones portables et Internet, les engueulades et les divorces allaient bon train, mais plus personne n'avait besoin de privé pour intercepter un mail ou un SMS. Il y avait même des gens pour poser des webcams chez eux et surveiller leur appartement vide du coin de l'œil, dans un coin de l'écran, au bureau. Ceux-là l'ont eue mauvaise, lorsqu'ils ont vu leur femme s'envoyer en l'air comme dans un film amateur. Richard pensait que c'était bien fait pour eux. Non seulement parce qu'il bossait de moins en moins, qu'il n'avait plus de secrétaire ni de bureau – et comment, si même il y avait eu une rentrée d'argent, reprendre une secrétaire sans bureau ? –, mais aussi parce qu'il fallait être sacrément stupide pour s'infliger ça tout seul, la webcam et le reste. Les soupçons c'est une chose, c'est comme les probabilités, mais les images, la certitude, la vérité. Comment font les gens pour vivre avec la vérité ? Ils pensaient sans doute qu'ils pourraient l'encaisser. Comme si on pouvait, comme si c'était une question d'endurance ou de force. C'est ce qu'ils disaient pourtant : ils voulaient voir « la vérité toute nue ». Alors, depuis les téléphones portables, Internet et les webcams, ils y allaient de bon cœur, ils entraient par effraction, comme des brutes, dans la vie de leur conjoint, sans même avoir besoin de parler ensemble ou d'hésiter à vider un sac à main, sans compassion, sans remords ni scrupule, presque sans s'en rendre compte, ils arrachaient gaiement un à un tous les voiles d'illusions qui faisaient tenir leur vie debout, et à la fin quoi ? À la fin, même pour ceux qui n'avaient pas eu recours à la webcam, ce n'était pas si dur de se faire des images dans la tête, tout un film qu'on pourra se repasser sa vie durant. « La vérité toute nue » y tient le premier rôle. Ce qu'on y voit est juste pornographique et vulgaire, et soudain tout s'écroule. Richard n'avait aucune pitié pour ces gens-là. Après tout ils n'en avaient pas eu pour eux-mêmes. De vrais barbares, les amoureux de la vérité, à qui la technologie offrait l'armée d'Attila pour dévaster leur vie, s'assurer que rien ne repousse.

Les gens manquaient de tact.

Ils n'avaient plus vis-à-vis de leur propre personne cette politesse élémentaire qui consiste à ne pas être blessant.

Richard – c'est en tout cas ainsi qu'il aimait se présenter –, son métier consistait justement à faire écran. C'était le dernier voile, celui qui permettait de regarder la vérité sans se faire mal. Il avait toujours pensé que la délicatesse était sa principale qualité professionnelle. Étaler sa poubelle sur la table basse, au milieu du salon, et trouver que ça sent mauvais, chacun le fait très bien tout seul. Le professionnel n'apporte pas que son expertise ou son talent à cet exercice ingrat, il sait aussi ce qu'il convient de montrer – où s'arrête le dévoilement et où commence la pornographie. Il sait surtout donner à ce grand déballage une solennité douce, dénuée de tout jugement de valeur, comme si soudain ce n'était pas une situation humiliante, comme si tout cela était naturel en quelque sorte, puisque c'est son quotidien à lui : il renverse votre poubelle sur la table, mais elle a été triée et chaque détritus est dans un petit sac en plastique transparent, du genre de ceux qui servent à congeler les aliments, on peut se mettre à les observer, même ceux qui ont fini par pourrir, sans se salir les mains, c'est devenu une espèce d'expérience scientifique qui se déroule sans vous, et cependant cela parle de vous, de votre vie, votre poubelle est sur la table, mais, curieusement, ça ne sent rien, il y a ce type – le privé – qui vous parle avec une voix rassurante, qui choisit ses mots avec tact. Il ne vous montrera pas les photos qu'il a prises. Vous savez qu'elles sont là, dans une enveloppe en papier kraft, simples archives qui attestent ce qu'il dit mais qui ne font pas partie de son récit. Il connaît votre problème, ce n'est pas la première fois qu'il voit ça. Il a la carte d'un avocat dans la poche qui vous fera une ristourne, mais ce n'est pas obligé, vous devriez en parler autour de vous, à votre mère, à votre conjoint, il a vu aussi des couples qui se rabibochaient et toutes les décisions comportent un risque, une probabilité d'être plus heureux, ou pas, c'est la vie. C'est bien simple, si ce n'était pas de vous qu'il s'agissait, vous pourriez trouver cela intéressant comme un programme télé, ou même beau comme un film. Il sourit poliment, juste ce qu'il faut pour éviter la gêne, lorsqu'il vous tend ses notes de frais et même là vous continuez de le trouver sympa d'avoir su débrouiller si bien votre histoire qui n'était pas jolie jolie.

C'est très important, le professionnalisme.

Vous ne laisseriez sûrement pas le vieux rigolard ventripotent qui vous regarde en plissant les yeux derrière ses lunettes demi-lune vous palper les seins pendant de longues minutes s'il n'était pas médecin, et si vous n'aviez pas peur du cancer – et cependant envie d'entendre que ça se soigne.

Monsieur Kaze

La fourgonnette qui les transportait, lui, sa valise de représentant de commerce improvisé et ses trois cartons, s'est arrêtée trois fois dans des stations de routiers et de cars de tourisme au bord de l'autoroute, des sortes de centres commerciaux géants, avec salles de jeux vidéos et de pachinko, restaurants de raviolis chinois, de soupes de nouilles, de hamburgers et de sushis tournants, cafétérias, boutiques d'accessoires auto, d'accessoires de voyage, de vêtements, de journaux et de mangas, et des parkings gigantesques quadrillés d'allées répertoriées par chiffres et par lettres. Ils passaient là un quart d'heure à chaque fois, à la minute près, ce devait être une sorte d'obligation légale. Kaze sortait fumer deux cigarettes dans le local prévu à cet effet, une pièce vitrée à l'entrée du centre, puis il reprenait la place du passager, bouclait sa ceinture, attendait que le chauffeur et son collègue reviennent, troquent leur place jusqu'à l'arrêt suivant. Dans l'habitacle, tous ont renoncé à parler, ce n'est pas plus mal.

Ils sont arrivés au petit matin, l'ont déposé avec ses trois cartons et sa valise devant le garni où il avait loué une chambre. « Je me débrouillerai, a-t-il dit, il est trop tôt pour réveiller le logeur », et il s'est assis sur un de ses cartons, sur le trottoir, les bras croisés.

Il prend soin de faire quelques pas vers la ruelle que borde l'immeuble de deux étages, une grosse maison en fait, pour fumer ses cigarettes. Deux par deux. Il se demande si c'est une nouvelle habitude. Si sa nouvelle vie va s'accompagner si vite de nouvelles habitudes.

Lorsque la porte s'ouvre enfin il est là, assis, se retourne et se lève dans le même geste, s'incline en se présentant. « Nous nous sommes parlé au téléphone. Je suis le nouveau locataire, monsieur Kaze. »

Le logeur n'est évidemment pas le propriétaire de l'immeuble. Il est petit et voûté, sans doute vient-il de la campagne. Il a des cheveux grisonnants au-dessus des oreilles, autrement le crâne chauve, et de grosses lunettes en plastique imitant de l'écaille de tortue, légèrement fumées. Il ne doit plus y voir grand-chose, mais il semble robuste. Il marche à petits pas rapides, ne traînant pas les pieds. Il ne se tient pas au mur en montant l'escalier, balance les bras de façon rythmée en se voûtant davantage. Peut-être qu'il n'est pas si vieux, après tout. Il le conduit au deuxième étage, celui des « appartements ». Le rez-de-chaussée et le premier sont occupés par des chambres d'une natte qui ne servent qu'à dormir. Autrefois, explique-t-il en montant les marches, le deuxième était celui des kaikodanas, les « étagères à vers à soie », qui étaient des dortoirs aux lits superposés, mais depuis la fin des années quatre-vingt-dix cette catégorie n'existe plus, trop chère à entretenir pour un rapport devenu trop faible : les gens qui peuvent se payer une natte se la payent, les autres dorment dans la rue, c'est plus simple. Du coup, on les a transformés en appartements, pour une clientèle d'étudiants et de travailleurs qui passent facilement pour des aristocrates auprès des anciens locataires. Il dit cela en riant, comme si c'était le signe que la misère s'embourgeoisait, et c'est sans doute vrai en partie, sur le plan statistique et pour ce qui concerne son boulot à lui : la part la plus misérable de la misère a en effet disparu dans les bosquets des parcs et sous les ponts. Kaze frémit en découvrant son « appartement », sa nouvelle maison : c'est plutôt une chambre, grande de quatre tatamis, ouverte sur une alcôve où l'on peut faire la cuisine, aménagée au minimum : un réchaud à gaz posé sur le plan de travail à côté de l'évier surmonté par un four à micro-ondes et un petit placard. Deux portes donnent l'une sur un cabinet de douche en ciment et carrelage, l'autre sur des toilettes propres. Une table basse et quelques coussins défraîchis font office de décoration. La natte de futon et la couverture sont dans le placard des toilettes. La pièce est aveugle ou presque. Une petite fenêtre, au centre du mur, ne sert qu'à l'aération : elle donne sur l'immeuble voisin, on peut le toucher en tendant le bras. En le faisant entrer, le logeur lui fait la récitation des règles de vie qui s'appliquent ici :

« Pas de sous-location, pas de bruits de bricolage ou de musique forte, pas d'invités la nuit, pas de réunion la nuit, pas de prostituées, d'ailleurs pas de prostituées même le jour, on peut fumer évidemment, mais surtout pas de mégot par la fenêtre. C'est moi qui apporte le courrier en fin de matinée. Il y a un téléphone payant en bas, une machine à laver dans la cave, en revanche elle ne sèche pas. Les locataires sortent leurs poubelles le mardi et le vendredi pour les déchets organiques, le jeudi pour le verre et les bouteilles en plastique, le samedi pour les emballages. Et pas de saloperies dans les couloirs. On peut laisser ses chaussures dehors, les autres locataires sont tranquilles. Des jeunes, des représentants de commerce, des artisans. Uniquement des hommes. On paye son loyer par semaine, d'avance. Vous comptez rester longtemps ?

— Je ne sais pas trop encore. Cela dépendra des affaires. »

Le logeur l'observe derrière ses grosses lunettes rondes aux verres fumés. Il semble allonger le cou, hausser un sourcil, sur le point de dire quelque chose, mais s'abstient. Tout le monde ment, à San'ya. Mais ce n'est pas si grave, car personne ne pose de question.

Il referme la porte et s'y adosse, se laisse glisser sur les talons, ferme les yeux. Avec l'argent qu'il a retiré à la banque, il aurait pu prendre un hôtel plus spacieux, plus agréable, mais il aurait tenu moins longtemps. Il faut s'habituer à cette nouvelle vie, se dit-il. L'exiguïté de la pièce, ce ne sera pas le plus difficile.

Il faudrait se reposer. La nuit a été longue, ou c'est le temps qui s'est mis à passer différemment.

Est-ce que c'est comme ça qu'on s'habitue ? Est-ce qu'on attend simplement que le temps passe ? Lorsqu'il se redresse il se dirige vers le coin qui sert de cuisine, cherche un cendrier dans le placard, sous l'évier. Fume deux cigarettes.

Souvenirs de la décennie perdue

Yukiko, s'apprêtant à rendre visite à son passé, n'avait pris qu'un simple sac de voyage en toile. Elle n'était jamais revenue au Japon.

Dans son appartement cette nuit-là, elle se souvient. Elle plie son jean de rechange et son gros pull à côtes, tasse dans une poche en coton ses dessous et ses chaussettes, sa chemise de nuit qui arrivera toute chiffonnée, plie ses bottes en quatre, roule ses tee-shirts et ses tuniques ensemble à la manière d'un sac de couchage minuscule, réduit ses affaires de toilette à sa brosse à dents, sa brosse à cheveux, son parfum et un rasoir jetable – il y aura du savon à l'hôtel et des serviettes –, elle pousse le tout pour ajouter le livre qu'elle est en train de lire, un roman historique qu'elle ne finira jamais, parce qu'elle n'aura plus du tout envie de savoir si la reine frivole aurait dû finalement être épargnée par son bon peuple, elle aura bien d'autres soucis, là-bas. Et elle se souvient.

Elle avait dix-huit ans lorsqu'elle est partie. Ses parents ont d'abord cru qu'elle s'était enfuie avec ce crétin qui lui avait fait l'amour dans sa voiture, mais elle était seule. Sur les routes, pendant quelques semaines, vivant un temps à la campagne chez des cousins qu'elle avait convaincus de ne rien dire, puis échouant en ville, fausse étudiante le jour et serveuse le soir dans des bars de contrebande où l'on servait des amphétamines avec la vodka-pamplemousse. C'était le milieu des années quatre-vingt-dix et de ce qu'on a appelé, là-bas au Japon, la « décennie perdue ».

C'était une époque étrange. Tout le monde s'est mis à courir sur place, on aurait dit le pays de la Reine rouge, dans *Alice*. On continuait de courir, comme pendant les années quatre-vingts, avec les mêmes recettes et le même désir effréné de fric et de bonheur à portée de main, de bonheur qui s'achète, mais le monde courait plus vite que les gens.

Les entreprises, au bord de sombrer, en avalaient d'autres avec de l'argent qu'elles n'avaient pas, mais qu'elles espéraient gagner en Bourse plus tard, quand les marchés leur feraient confiance à cause de leur taille et non pas à cause de ce qu'elles fabriquaient. Il y avait des licenciements massifs. Comme les États, les chômeurs empruntaient leur train de vie. Et quand il n'y avait plus de banque pour leur prêter, ils se tournaient vers des sociétés de titres détenues par les yakuzas. Il fallait continuer de courir, tout le monde jouait à ça. Les gens avaient quatre ou cinq cartes de crédit. On avait l'impression que le premier qui s'arrêterait mourrait sur le bord de la route. Et au moment de payer, parce qu'il y a toujours un moment où il faut payer, soudain l'enfer s'ouvrait sous leurs pieds comme une de ces failles qui, régulièrement, engloutissaient des villes entières.

Les jeunes n'avaient jamais eu si peu d'avenir.

Il n'y avait jamais eu autant de suicides et de fugues.

Yukiko a tenu un an sans donner de nouvelles. Quand elle est rentrée, son père l'a serrée si fort contre lui, il a été si reconnaissant et désemparé, incapable du moindre reproche, incapable de quoi que ce soit d'autre que la prendre dans ses bras, sur le pas de la porte où il se tenait lorsqu'elle est réapparue, comme s'il avait pressenti sa venue ou comme s'il l'avait attendue là pendant un an, son père dont elle n'a jamais su percer les sentiments, si fragile soudain par amour pour elle, qu'elle a éclaté en sanglots dans ses bras. Et c'est peut-être la seule fois, alors qu'elle venait brutalement de devenir adulte, qu'elle sentit ce que c'était que d'être une enfant.

Il faut trahir nos parents, pour grandir.

Elle est partie en Amérique l'année suivante, cette fois avec leur bénédiction. Elle appelait sa mère une fois par semaine : tout le monde allait toujours bien. Depuis le tremblement de terre et le tsunami, la centrale et tout le chaos, la crise qui recommençait, évidemment cela sonnait faux. L'avenir venait de prendre un sacré coup de vieux. Mais que voulez-vous y faire si les gens mentent pour vous rassurer ?

On ne peut tout de même pas en vouloir à un téléphone. Elle faisait sa vie. Elle a obtenu sa carte verte et, bien qu'elle eût toujours un passeport japonais, elle savait qu'elle l'était de moins en moins. Ça lui allait.

Et puis tout s'est écroulé. Elle n'avait jamais vu sa mère pleurer, et c'était bien pire encore de l'entendre, comme ça, dans le grésillement de la distance, ses reniflements comme une friture de plus sur la ligne. Et ne pouvoir rien lui dire, que « j'arrive tout de suite », en sachant que cela mettrait deux jours et ne servirait à rien probablement.

Elle regarde son sac de voyage, un simple sac en toile, léger comme la vie qu'elle a parcourue jusque-là.

Les cheveux japonais

Évidemment, ce qui était vrai de Richard B., détective privé, l'était aussi de Richard B., poète. Mais pour l'instant il était dans l'avion, un long courrier chargé jusqu'à la soute de touristes et d'hommes d'affaires, de familles décomposées par la distance, d'enfants appliqués et opiniâtres, bien résolus à passer le voyage à hurler comme au fond d'un bois.

Yukiko dormait à ses côtés, emmaillotée dans la couverture siglée de la compagnie aérienne, un masque noir sur les yeux, des boules Quies orange fluo dans les oreilles. Elle avait sombré juste après le plateau repas, qu'elle avait pris soin de commander à l'avance, sur Internet, pour eux deux : du riz et une soupe, c'est-à-dire quelques légumes flottant dans un bouillon avec un cube de tofu mou, qui avait pris une couleur maronnasse. Le gâteau, si on pouvait appeler ça comme ça, était une sorte de galette de pâte de haricots rouges, vaguement sucrée et gélatineuse. C'était à la fois japonais et végétarien. Pour ce que Richard en connaissait jusque-là, cela aurait pu être un pléonasme et ce n'était pas très bon, enfin disons qu'il préférait les hamburgers et les pancakes. Mais Yukiko avait tout réservé sur Internet, dans les moindres détails. Richard était côté couloir, à cause de son problème de surpoids, avait-elle précisé, ce qui expliquait aussi le menu. Elle lui avait offert un loup et un petit coussin gonflable, à l'aéroport, avait insisté pour qu'il les mette. Elle avait l'air incroyablement organisée pour tout ce qui concernait le Japon.

Richard la regardait. Elle dormait. *Elle dormait et ses cheveux, longs et japonais, dormaient autour d'elle. Elle ne savait pas que ses cheveux dormaient. Elle ne pensait pas à des choses comme ça, elle avait des pensées très simples. Ses cheveux, elle les peignait, le matin.* Richard se souvenait. *C'était la première chose qu'elle faisait quand elle se réveillait. Elle les peignait toujours avec beaucoup de soin, les relevant parfois en un chignon à la japonaise, ou les laissant tomber de toute leur longueur, jusqu'à ses fesses.* De grosses gouttes de pluie du Pacifique s'étiraient en glissant sur le hublot, poussées par le vent, comme des larmes qu'on écrase au coin des yeux, mais elle ne les voyait pas, bien sûr. Richard aimait l'observer. *Elle dormait toujours très bien, et parfois pendant très longtemps : douze heures ou à peu près, prenant plaisir à dormir comme s'il s'agissait de faire vraiment quelque chose, comme si elle partait pour une promenade ou qu'elle se lançait dans la préparation d'un bon plat.* Richard se dit que rien n'avait changé. De nouveau, elle était à côté de lui et il la regardait. Pendant toute cette année où ils avaient été ensemble, où ils avaient dormi ensemble d'abord de temps en temps puis de plus en plus souvent et enfin presque tous les soirs chez elle, finalement il n'avait rien su d'elle. Cette fille n'était pas pour lui, mais, allez savoir pourquoi, c'était la seule dont il était réellement tombé amoureux, et il sentait que c'était sur le point de lui arriver de nouveau. Il allait falloir trimer, encore. *Elle dormait et ses cheveux dormaient avec elle, longs et sombres à ses côtés. Ses cheveux rêvaient d'être peignés avec beaucoup de soin le matin.*

Des hôtesses imperturbables arpentaient les coursives en talons hauts, plantant fermement leurs pas dans la moquette sans se déhancher, telles les mannequins d'un improbable défilé d'uniformes : allers, jupes tendues sur les fesses, jusqu'aux rideaux de la première classe, volte-face sans tourner la tête et retours-sourires, toutes les quinze minutes pendant onze heures de vol à trente mille pieds. On pouvait les appeler en appuyant sur un bouton. Alors, elles se penchaient légèrement, toujours raides, dans l'espace exigu de la rangée de sièges, à quelques centimètres de vos pensées les plus sauvages, avec toujours ce sourire maquillé parfaitement détaché, et leur chemisier impeccable ne tremblait presque pas lorsqu'elles se mettaient à parler.

« Vous désirez ? »

Elle lui apporta trois mignonnettes supplémentaires de bourbon du Kentucky au goût de caramel, au lieu de celle qu'il avait demandée. Elle les lui donna avec un battement de faux cils incroyablement lent qu'il prit pour un clin d'œil, même si, il dût bien se l'avouer, c'était un clin d'œil qui voulait sans doute dire : je me fiche pas mal de savoir que tu rêves de moi, mon grand, tant que tu ronfles dans dix minutes.

Ça lui parut un deal honnête.

Il remit le masque. Richard B. détestait les voyages, mais il adorait les avions.

Les chats égyptiens de Kotsukappara

On se lève tôt lorsqu'on dort dehors.

Akainu avait déjà passé des nuits dans des parcs, à grelotter sous une bâche bleue de travaux, à se cacher, à l'écart des autres sans-abris, parce que les autres sans-abris n'aiment pas les enfants qui attirent souvent la curiosité de la police et les ennuis. C'était avant de trouver du travail, dans les doya de San'ya, où il troquait le ménage contre une chambre dans laquelle on pouvait tout juste tenir allongé. Avant de croiser le vieux Kobayashi. Était-il encore vivant ?

Il regarda autour de lui : les stèles, la plupart simplement rectangulaires, ornées d'un nom gravé dans la pierre et noirci par la mousse, quelques-unes agrémentées d'une décoration en leur sommet, pagode ou boule taillée, toujours d'un seul bloc plutôt mince de section carrée, de hauteurs différentes, s'alignaient au long d'allées étroites semées de gravillons, surplombant des tombes sans fleurs ni statuettes. Un peu plus loin le vieux cimetière était brutalement coupé par d'autres voies ferrées de Minami-Senju.

Quelques chats passaient dans les allées. Ils ressemblaient à des dieux égyptiens géants promenant leur puissance nonchalante au milieu des ruines d'une cité antédiluvienne. Chaque stèle : un immeuble ; chaque carré de tombes : un quartier. Ils s'approchèrent, vinrent renifler l'air autour du garçon quelques instants, assis sur leurs arrière-trains, en rond, comme s'ils attendaient d'écouter son histoire. Ils étaient cinq ou six, des gris, des rouquins, certains avaient le poil collé par les blessures de la nuit qu'ils passeraient la journée à lécher, en regardant danser les souris, jusqu'à l'heure du dîner.

« J'aimerais bien être un chat », leur dit Akainu. Mais son nom signifiait « chien rouge », et c'est exactement ce à quoi il ressemblait ce matin-là. Efflanqué, dans son pantalon trop large, son tee-shirt flottant sur ses hanches. Il ébouriffa ses cheveux avant de renouer son tenugui sur son front, se leva, ce qui fit fuir les chats errants – retournant à leur nécropole.

Sa cheville gauche était douloureuse. Lorsqu'il avait heurté un vélo dans la cour, la veille, derrière l'auberge du Vieux, il ne l'avait pas senti à cause de la peur et de l'adrénaline, mais à présent cela lui faisait mal : c'était rouge et ça avait enflé. Il n'osa pas enlever sa chaussure. Se mit à clopiner vers les rails, avant qu'il y ait des trains toutes les cinq minutes. L'aube était encore grise et il pouvait passer pour un homeless ordinaire. Plus tard, dans les rues, il pourrait passer pour un gamin ordinaire.

Il fallait trouver de l'argent – il n'en avait pas. Koba lui fournissait le gîte et le couvert. Il fallait trouver de quoi manger – on ne peut pas travailler pour de l'argent le ventre vide. Il fallait trouver un endroit pour la nuit suivante – ça dépendrait beaucoup de l'argent. Fallait-il retourner chez Koba ? Son bar avait été le seul point fixe depuis des mois, le seul endroit sûr de la ville. À présent c'était le plus dangereux.

Akainu était triste aussi pour le Vieux, mais il ne pouvait rien y faire. Quand on n'a que quatorze ans, qu'on a faim et froid et pas d'endroit où aller, et une cheville qui fait mal, c'est difficile de savoir quoi faire de sa tristesse.

Il traversa les voies juste après le passage d'un métro, repassa par le trou du grillage, se dirigea vers le carrefour de Namidabashi. « Le pont des larmes. »

Yukiko rêve

Un rêve passe derrière ses paupières, au fond de ses yeux noirs, comme un reflet d'obscurité dans l'eau d'un puits.

Le temps d'un rêve, Yukiko rêve.

Peut-être qu'elle se revoit, enfant, et les poupées de bois peintes qu'elle cachait dans la grotte, au-dessus du sanctuaire, au cœur de la forêt de cryptomères dont les fûts lisses ont fait les colonnes des temples, en contrebas, il y a des siècles. Elle court sur des chemins où les racines affleurent comme de grosses veines sur le dos de la main des vieux. Ce n'est pas la terre qui porte les arbres, ici, lui a enseigné son père, ce sont les arbres qui retiennent la terre, pendant la saison des pluies et des typhons, et à cause des tremblements de terre. Elle joue là tout le jour et parfois oublie de rentrer pour le déjeuner. C'est son domaine. Elle glisse dans les pentes, vole sur les crêtes d'où l'on voit les villes s'étendre dans le lit des vallées. Elle donne des noms aux oiseaux de proie. Quand elle revient à la maison, le soir ne parvient plus à percer le feuillage, et il lui semble que la forêt s'est agrandie de son ombre. Sa mère lui dit de se laver. Puis elle l'assoit devant elle, sur le coussin, et brosse longtemps ses cheveux.

Et c'est cela son enfance.

C'est peut-être ce qu'elle voit passer dans son rêve, comme un reflet dans l'eau d'un puits, tout au fond de ses yeux noirs.

Son enfance qui dure le temps d'un rêve.

La journée perdue

Richard n'arrivait pas à dormir. Bien sûr, Yukiko avait aussi prévu une pilule miracle, du genre qui met violemment K-O., mais juste pour la durée du vol. C'est pour cela qu'elle était en train de rêver tranquillement à ses côtés. Il ne l'avait pas prise. Il préférait de loin le bourbon : Richard se méfiait des médicaments. Bientôt ne brillaient plus dans l'habitacle que les écrans bleus des postes de télévision qui permettaient à chacun de se sentir comme chez soi. Ils diffusaient « à la demande » des vidéos dont l'offre avait été soigneusement négociée à Hollywood. Ce n'était pas si grave que tous ces films soient si mauvais, se dit Richard, puisqu'ils servaient juste à s'endormir gentiment dans l'avion. Après avoir regardé les vingt premières minutes de cinq d'entre eux – une course-poursuite entre voyous et policiers, interchangeables ; une course-poursuite entre voyous et superhéros, à peine plus crédibles que les flics de l'autre film ; une course-poursuite entre un mari trop riche et sa femme, sa maîtresse à lui et son amant à elle ;

et finalement une course-poursuite passionnée entre une infirmière bulgare et un médecin sans frontières, enfin une histoire sans histoires –, Richard décida de relever de quelques centimètres le volet qui couvrait le hublot, du côté du passager qui jouxtait Yukiko et s'était, comme elle, endormi en quelques secondes.

Il n'y avait guère que le soleil qui n'arrivait pas à se coucher, rattrapé sans cesse dans son plongeon suspendu au-dessus d'un bain de nuages roses. En onze heures de vol à ses trousses il n'avait le temps que de parcourir l'équivalent de trois ou quatre heures d'un soleil normal, donnant l'impression que l'avion filait au ralenti.

Richard décida de régler sa montre, ce qui lui donna l'occasion de rappeler l'hôtesse. C'était presque imperceptible, mais il aurait juré qu'elle était un tout petit peu moins aimable que les deux premières fois, d'un cheveu.

« Il y a un problème, monsieur ?

— Pas du tout. Je voulais mettre ma montre à l'heure de Tokyo.

— Maintenant ? »

Elle s'était redressée, lui parlait de plus loin, couvrant à peine le vrombissement sourd mais continu des moteurs. Peut-être qu'elle n'aimait pas les types qui sentaient le bourbon au caramel. Pourtant, c'est bien elle qui le lui avait fourni en douce, avec son battement de cils au ralenti comme une aile.

Peut-être qu'elle en avait connu des Richard qui avaient du mal à s'endormir et s'envoyaient des mignonnettes en espérant faire passer la pilule de la solitude, de l'angoisse ou de l'ennui – c'est la même chose –, peut-être qu'elle y avait laissé des plumes et qu'elle avait finalement décidé qu'il n'y avait rien à faire contre cette solitude-là, qu'il valait mieux les laisser dans leur coin parce que c'était une sorte de maladie dont on ne guérit pas, même à deux. Il lui avait fallu plusieurs années, mais elle était finalement arrivée à cette conclusion et elle s'y tenait. Elle enchaînait les rotations sur des long-courriers et elle prenait ses périodes de repos à l'autre bout du monde. Elle se débrouillait pour rentrer le moins possible chez elle, à Los Angeles, où elle avait tous ces souvenirs pénibles avec des types comme lui qui ne valaient pas grand-chose. *La prochaine fois que je tombe amoureuse, je prends mes précautions*, s'était-elle promis. Et puis, le temps passant, elle n'était plus tombée amoureuse, c'était encore le plus sûr. Il se renfrogna. Plissa le nez, toucha sa moustache pour se donner une contenance, ce qui lui donna juste l'air de se masquer un peu la bouche. Il n'avait jamais réfléchi aux raisons qui avaient poussé Yukiko à le quitter, et ça lui mit un coup au moral de penser qu'il avait peut-être la même tête que tous ces gens qui font pleurer des jeunes femmes aussi jolies que cette hôtesse, à qui il ne faisait que demander l'heure. Est-ce qu'il était comme ça depuis que Yukiko était partie ou est-ce qu'elle l'avait plaqué parce qu'il était comme ça ? L'avait-elle seulement quitté : n'était-ce pas lui qui l'avait fait fuir ? Mais aussi, comment retenir un miracle ? Il était plein d'amour et de compassion, à l'intérieur, mais la fille aux yeux de cygne ne se rapprocha pas pour autant.

« Nous allons arriver à seize heures cinquante-cinq, heure locale.

— Ça veut dire qu'il y a sept heures de décalage, c'est ça ? Le vol dure onze heures.

— Le vol dure onze heures et vingt-deux minutes, mais nous allons arriver à seize heures cinquante-cinq, demain.

— Demain ? Comme si ça avait duré trente heures ?

— Oui. Nous allons bientôt franchir la ligne de changement de date.

— Mais le soleil ne se couche pas. »

Elle est repartie sans sourire vers l'arrière de la cabine.

Une journée, rien que ça, toute une journée de vie, envolée en une seconde, au-dessus du Pacifique. Comment le temps peut-il disparaître ?

Que serait-il arrivé si son heure avait été fixée, bêtement, dans la journée qui a disparu ?

Et le soleil qui se traîne.

Richard a sorti son carnet, celui qu'il venait d'acheter pour l'enquête, il faisait toujours ça – un nouveau carnet pour chaque nouvelle affaire. C'était important, pensait-il, de prendre des notes à chaud. Voilà ce qu'il écrivit :

LE VOYAGE AU JAPON

Nous voyageons vers l'ouest, comme Colomb découvrant l'Amérique ou Clark et Lewis se lançant à travers les plaines du Missouri. Le Japon est une sorte de nouveau monde. Un point extrême sur la Terre, sans équivalent. De la Chine aux Rocheuses, c'est l'endroit où le soleil se lève, mais pour ceux de la côte ouest, c'est celui où il se couche. *Le Japon commence et s'achève avec le Japon.*

Nous ne sommes pas encore arrivés et voilà qu'une journée s'est déjà envolée, disparue, pour que le temps recommence à tourner. Ça n'a pas toujours été le cas. J'ai lu que jusqu'au XIXe siècle, au Japon comme ailleurs, chaque province avait son heure, calculée sur le zénith du soleil. Cela n'a posé problème qu'avec le chemin de fer, à cause de la vitesse, parce que les gens qui partaient de Tokyo à midi arrivaient à Osaka un quart d'heure plus tôt.

En somme, c'est la vitesse qui nous a fait perdre le sens du temps.

Yukiko dort.

Notre premier baiser est à présent un fantôme
qui hante nos bouches tandis qu'elles
s'estompent
vers l'oubli.
Je n'aime pas voyager :
le soleil ne se couche pas
et l'hôtesse ne sourit plus.

Le goût fleuri des kimonos

Bruits d'eau. Saluts échangés dans le couloir. Kaze suspend son geste, se retourne en pivotant, toujours accroupi au-dessus du carton qu'il est en train de déballer. La porte est fermée, ce n'est rien. Bruits d'eau. Bruits de pas. Bruits de voisinage. Une nouvelle journée commence, et pour lui c'est une nouvelle vie. Il a déjà pensé, bien sûr, à ce qu'il allait en faire, mais il a tout son temps pour ça, maintenant. Il déballe ses cartons, en étale les objets disparates autour de lui, les divise en groupes. Ses vêtements dans la valise, il les a déjà rangés dans le placard de la salle de bains, pliés les uns sur les autres. À part ça, il s'aperçoit qu'il n'a presque rien pris d'utile.

Les livres par exemple. Il les a tous déjà lus, c'est même pour cela qu'il les a emportés avec lui.

Le papier à lettres, les rouleaux à calligraphier et ses pinceaux, son sceau en bois précieux, sa pierre à encre occupaient la moitié d'un carton. Il n'y a même pas d'endroit pour les ranger ici, et de toute façon il n'a plus personne à qui écrire. Même un simple coup de fil à sa femme la mettrait sans doute en danger. Il prend un rouleau de papier de riz au toucher soyeux, du scotch, confectionne un long abat-jour de fortune qu'il fixe autour du néon, en montant sur une chaise. C'est déjà ça.

Les photos. Il n'a pas pu s'en empêcher. Il pose sa femme et sa fille sur la table basse. Sa femme est jeune, c'est un jour qu'ils étaient allés ensemble au temple des amoureux de Kiyomizu, ça devait être un peu avant ou un peu après leur mariage. Sa fille, à peu près du même âge que sa femme sur l'autre photo, pose seule devant le Golden Gate Bridge de San Francisco, c'est un cliché qu'elle a envoyé il y a quelques mois. Il recule un peu comme pour en mesurer l'effet, et ça ne loupe pas : en les regardant ainsi il les trouve si belles qu'il a aussitôt envie de pleurer. Il range les portraits sous les pulls, dans le placard du futon, face contre l'étagère. Calme la plainte dans sa gorge, ses hoquets de douleur qui deviennent un râle, une vibration basse, il l'écoute pour s'en détacher, reprend sa respiration en se concentrant de longues minutes, comme s'il avait failli se noyer dans ce sanglot.

C'est un désastre l'exil, un naufrage.

Il n'y a presque plus de bruits à l'étage.

Il s'attaque au second paquet. Les dossiers. Il les remet en ordre, par mois, par couleur, tous les mails, les doubles des contrats, les listings des opérations et les historiques des comptes-clients qu'il avait pris soin de photocopier. De quoi remonter patiemment la piste des hommes qui l'ont mis sur la touche, tenter de comprendre ce qui lui est arrivé. Pourquoi, à un certain moment, on a pu penser qu'il savait quelque chose alors qu'il ignorait quoi ? Qu'il devenait gênant alors qu'il n'avait rien vu venir ? Ni les manœuvres et les magouilles dont il s'était rendu involontairement complice ni le sabre qu'on était en train d'affûter dans son dos, afin de le mettre hors jeu, comme on coupe le ruban qui dépasse après avoir noué le paquet cadeau. Ce devait être énorme, et ce devait être là, sous son nez, tout un complot dont il va devoir démêler les ficelles. Presque un an de dates et de noms, et de montants en millions de yens. Son ancien boulot.

Tout allait bien.

Il y a un mois, son patron l'a invité dans un bar de Gion où il emmenait parfois les clients importants de la société. C'était un endroit minuscule, tout en bois, où l'on pouvait tenir à quatre ou cinq le long du comptoir de la cuisine, à manger de petites préparations de fruits de mer et de bœuf gras en buvant du saké glacé de Niigata. Ils étaient seuls. La propriétaire de l'établissement a fait venir deux geiko de la maison où elle avait elle-même travaillé pendant des années, mais le patron de Kaze leur a demandé de patienter avant de les rejoindre de leur côté du bar. Il voulait lui parler d'abord. Kaze ne pouvait s'empêcher de les regarder du coin de l'œil tandis qu'elles discutaient et riaient avec la propriétaire.

Ils ont trinqué, plusieurs fois.

Il a exprimé plusieurs fois sa gratitude envers la société dans laquelle il avait gravi les échelons peu à peu, depuis trente ans, et envers lui, son boss, cet homme admirable qui lui avait accordé sa confiance et l'emmenait à présent dans cet endroit réservé aux clients les plus importants. Qu'imaginait-il à ce moment-là ? Qu'on allait lui proposer une promotion sans doute, devenir directeur exécutif ou peut-être même associé. Il était assez vieux pour cela, à présent, et sa femme était d'une bonne famille de Kyoto. Il rêvait en regardant les deux jeunes femmes, en face de lui, de l'autre côté du comptoir carré qui fermait la cuisine au centre de la pièce, leurs deux visages parfaitement blanchis et lisses, leurs yeux brillants d'un noir de laque, leurs cous sublimes sous le chignon. Dans sa bouche, il lui a semblé que le saké prenait le goût fleuri de leurs kimonos.

Puis l'autre s'est penché vers lui et a commencé à lui causer à voix basse, sur le ton de la confidence.

Ce n'était pas une promotion.

C'était un problème. Un très léger problème, qui allait se résoudre presque tout seul.

« Nous allons devoir nous séparer de vous, mon ami. »

Kaze a baissé les yeux. S'est agrippé à son verre. Les mots tombaient dans son cerveau sans trouver de fond.

« Votre travail n'est pas en cause. »

« Nous allons trouver un arrangement qui vous convienne. »

« Nous avons perdu beaucoup d'argent cette année, avec la catastrophe. »

« Vous n'avez pas besoin de quitter la société demain. Prenez votre temps. Un mois. »

« Nous subissons une pression extraordinaire des marchés. »

« Vous devriez peut-être profiter de l'occasion pour emmener votre épouse en voyage. »

« Il y a tellement de choses qui ne se passent plus comme avant. »

« Vous allez terriblement manquer à la société. »

« À présent que c'est réglé, si nous disions à ces deux jeunes femmes de nous rejoindre ? »

Kaze s'est forcé à sourire.

Il a prié son patron de l'excuser et s'est incliné plusieurs fois en se dirigeant vers la porte à reculons, mais le vieil homme ne s'est même pas levé. Il s'est contenté de lui faire un petit signe de la main, comme d'un quai d'appontement on dit au revoir aux bateaux. Les deux geiko l'entouraient déjà de leurs corps gainés dans la soie fleurie et le parfum, le berçaient de leurs rires poudrés. La tenancière a sorti trois flûtes à champagne et s'est penchée sur une bouteille. Plus personne ne le regardait quand il s'est incliné une dernière fois avant de fermer la porte.

Les jours suivants il est resté abasourdi. N'a rien dit. Au bureau, personne n'était au courant.

Puis il a cherché à comprendre. Pourquoi ? Et pourquoi lui ? Il avait eu des résultats plutôt bons, compte tenu de la conjoncture. C'était même l'un des seuls à afficher des plus-values étonnantes. Le boss venait souvent discuter avec lui dans son bureau et le convoquait parfois pour prendre ses conseils. Il lui avait confié personnellement les portefeuilles de gens qu'il avait présentés comme des amis influents, était parfois intervenu dans la gestion de leurs comptes, mais s'était toujours montré très satisfait des arbitrages de Kaze, l'avait félicité à plusieurs reprises. Depuis leur entrevue à la maison de geiko il s'est montré de moins en moins familier et de plus en plus impatient. Jusqu'à l'incident, qui avait tout déclenché, il y a une semaine, c'était le mardi soir.

Il classe les dossiers dans le placard de la cuisine, dont il débarrasse la vaisselle sommaire sur le plan de travail. Puis il va à la porte – c'est la troisième fois ce matin – vérifier que personne ne traîne, en collant son oreille au couloir. Le dernier paquet ne contient que des bouts de tissus et des papiers d'emballage froissés en boules et, au milieu, le pistolet de son père et la boîte de balles, qu'il contemple un instant avant de le replier dans deux ou trois mouchoirs et de le ranger, lui aussi, derrière les chemises en carton. Il ouvre sa fenêtre et fume.

Les recruteurs de l'aube

Les lumières de la nuit s'éteignaient une à une. Derrière Akainu, sur le pont qui soutenait la voie ferrée aérienne, des trains bardés de phares et de clignotants jaunes manœuvraient au ralenti au milieu d'un fracas d'un autre âge : chocs et crissements métalliques, cliquetis démesurés de machineries infernales, un bruit que seuls les gares et les ports de containers peuvent encore produire, effrayant dans le matin calme. Les derniers camions des convois nocturnes descendaient eux aussi le boulevard. Ils mesuraient peut-être seize ou dix-huit mètres de long, carénés de plaques d'aluminium aux profils de monstres. À chaque carrefour, au feu vert, ils embrayaient et redémarraient dans une explosion de pistons et d'air comprimé relâché par les freins d'arrêt.

Puis ce furent les hommes, il y en avait plusieurs centaines. Ils arrivaient de tous les coins de San'ya, la démarche lourde prise dans le froid du réveil comme dans un bain de glace. Des vendeurs ambulants, traînant des charrettes à bras, et quelques bars qui n'étaient que des comptoirs ouverts sur la rue proposaient des bouillons de légumes et de lard, et des bols de shochu brûlant, une eau-de-vie de riz ou de pomme de terre. De petits groupes se formaient en attendant les camionnettes des marchands de travail.

Elles arrivèrent toutes presque en même temps, vers six heures, se rangèrent en file le long de l'avenue. C'était un ballet bien réglé, sans musique ni poésie. Les chauffeurs restaient au volant, les recruteurs descendaient un carnet à la main répertoriant les chantiers du jour, le lieu, la tâche, le nombre d'hommes. La foule s'agglutinait autour d'eux en grappes. Akainu les observa comme il l'avait fait souvent depuis qu'il vivait à San'ya, regrettant d'être si jeune et de ne pouvoir participer à la bourse improvisée qui s'organisait ici.

C'était toujours le même rituel : on lève la main, on appelle, on essaie de se faire remarquer comme des enfants cherchent à attirer l'attention, peut-être la sympathie de leur maître. Mais ce n'est pas de cela qu'il s'agit. Ce que proposent les recruteurs de l'aube, ce sont des boulots de force, alors on retrousse ses manches pour montrer qu'on n'a pas froid, qu'on n'a pas peur. On enlève son bonnet ou sa casquette pour montrer, à ses cheveux bien noirs de corbeau, qu'on n'est pas trop vieux pour le travail. On essaie de sourire : on est pauvre mais on a des dents. Et toutes ces gueules ouvertes subitement réveillées, alertes, criant leur surnom ou leur diminutif, parce que tout ce qui se nomme, à San'ya, n'a plus de nom, toutes ces dents dehors soufflant et parlant soudain semblent dire : on est en bonne santé, on veut manger.

C'est ce qu'ils sont venus chercher : des jeunes hommes qui ont faim, de la chair à bosser sans contrat, sans papiers, sans identité, sans livret d'employeur et sans assurance. Les marchands de travail remplissaient rapidement les camionnettes. Cantonnier, terrassier, transporteur, ouvrier routier, canalisateur, égoutier, sapeur, au gré des besoins. Nul n'était qualifié, nul n'avait nécessité de l'être autrement que par sa force, hormis les charpentiers, qui formaient une sorte d'aristocratie et pour cela étaient recrutés en premier.

Depuis quelque temps, il y avait une nouvelle demande.

« Levez la main, ceux qui viennent du Nord. »

Le tsunami avait brutalement jeté des milliers de personnes sur les routes. La reconstruction durerait des années. La zone d'exclusion demeurait inhabitable. Malgré les aides d'urgence, les dédommagements ne viendraient qu'au terme de procès qui prendraient au moins dix ans, dans lesquels l'État, la compagnie électrique et les assurances se rejetteraient la responsabilité de la catastrophe, regrettant de ne pouvoir l'attribuer à quelque dieu caché, au destin, à Monsieur Pas-de-chance. Ceux qui avaient des dettes ou qui avaient sombré avec le traumatisme avaient rejoint Tokyo dans l'espoir de refaire leur vie. Certains, pour des raisons qui leur appartenaient, en avaient profité pour disparaître. Beaucoup avaient erré, ballotés comme des débris de vaisseaux fantômes dans la campagne submergée, toutes amarres rompues, familles disloquées, parents perdus, maisons effondrées, anéanties, éparpillées sur la plaine en compagnie de carcasses de voitures et de bateaux, de wagons fracassés, d'arbres déracinés, de morceaux de routes arrachés, de rochers, de chiens redevenus sauvages se nourrissant de vaches abandonnées, de cadavres aussi : il y en avait partout, dans les maisons éventrées, parmi les ruines, sur le rivage où la mer les ramenait sans cesse, pendant des semaines, assez de morts pour transformer des bancs de maquereaux en piranhas, et tous ces gens qui erraient étaient comme à la dérive au milieu des restes de leur monde. La mer s'était retirée, mais il n'y avait plus de port où rentrer.

Ils n'avaient plus de bagages.

Alors ils avaient échoué ici, à San'ya.

Pour exactement les mêmes raisons, c'étaient eux qu'on envoyait à présent dans le Nord qu'ils avaient fui déblayer les routes, débarrasser les gravats, nettoyer les égouts inondés de Fukushima ou travailler à la maçonnerie de la centrale nucléaire pour une de ces entreprises de sous-traitance dont personne ne voulait rien savoir. C'était du boulot pour une semaine ou deux, parfois un mois, selon les risques. Ceux qui travaillaient dans le périmètre d'exclusion de la centrale, on leur donnerait des combinaisons sur place, pas de badge dosimètre pour mesurer les radiations, pas de suivi médical. Ces hommes étaient sortis des statistiques qui permettent aux gens normaux de se sentir en sécurité.

Ils se dévisageaient. Chacun se demandait s'il fallait lever le bras, se déclarer. Y aller, sans poser de question, retourner là-bas. Quand ils s'avançaient, les autres n'osaient pas les regarder pour ne pas risquer d'entamer leur courage, pour ne pas leur montrer que cela faisait peur à tout le monde. Au bout de deux ou trois jours sans boulot de toute façon ils y seraient venus, ça n'aurait servi à rien de leur faire peur. Et pour quoi faire ? Il aurait fallu discuter, s'organiser, mais chacun est seul, à San'ya. Et pour quoi faire ? Les risques de maladie, les cancers, les risques en général c'est abstrait et puis c'est dans très longtemps. Aujourd'hui, voilà ce qui leur importait. Pour le reste on verrait. Aujourd'hui, c'est l'assurance d'aller jusqu'à demain. Et demain, c'est peu mais c'est une promesse suffisante.

Les camionnettes se remplissaient.

La misère est une énergie renouvelable.

Yukiko japonaise

Elle porte son maigre sac sur l'épaule, comme si elle n'était là que pour un jour ou deux, de passage, en visite. Elle l'avait promis tant de fois qu'elle reviendrait pour le nouvel an, la Golden Week ou le Bon du 15 août, mais cela avait été sans cesse repoussé, les premières années. Puis c'était devenu une sorte de promesse toujours suspendue dans leurs discussions, lors des coups de téléphone hebdomadaires, un élément parmi d'autres de leur conversation récurrente, au milieu des informations du Japon et de sa météo.

Yukiko leur donnait de son côté des nouvelles de ses études, puis de son travail, des films qu'elle voyait et de la façon dont on vivait en Californie. Elle envoyait parfois des photos des parcs où elle passait ses week-ends ou de la mer. Ils étaient sans doute un peu déçus de ne plus la voir, mais, puisque tout allait bien et qu'ils étaient si loin, ils n'abordaient aucun sujet qui fâche, et d'ailleurs personne n'était fâché, à quoi bon. Shitagatte. C'est ainsi.

Quand on n'a plus grand-chose à se dire on trouve des mots quand même, pour ne parler de rien. Ça ne veut pas dire qu'on ne s'aime pas.

Yukiko porte son sac sur l'épaule à la manière d'un simple sac de sport ou de piscine. Elle attend que Richard récupère sa valise énorme et ridicule, en toile, avec des motifs à fleurs orange et marron, dans laquelle il a tenu à mettre sa machine à écrire et Dieu sait quoi. Elle a dû payer un supplément de bagage faramineux à San Francisco parce que, en plus, il n'avait pas d'argent. Elle voit bien qu'il est un peu perdu, on dirait qu'il ne sait même plus lire le numéro du tapis roulant. Comment un type paumé, comme Richard au Japon, peut-il retrouver son père ?

Elle s'apprête à lui faire remarquer qu'il est en train de les mettre en retard avec sa foutue valise et ses habitudes de vieux garçon, mais partout autour d'elle, dans le brouhaha de l'aéroport, lui reviennent alors les mots et les intonations de sa langue. Ce n'est pas seulement son esprit qui les reconnaît immédiatement, ainsi que l'écriture en kanji et en hiragana des inscriptions sur les panneaux. C'est comme si une autre Yukiko qui avait rétréci jusqu'à se cacher au fond d'elle refaisait soudain surface et prenait le contrôle, en cet instant, de tous ses sens.

Lui reviennent, en même temps que les mots, les couleurs des sièges et des uniformes, la lumière un peu grise du ciel, les montagnes derrière les pistes d'atterrissage, élevées à la force des volcans telles des vagues de rochers, l'air frais, pour un peu elle pourrait le respirer dans leur ombre, l'air et l'odeur de pin, de terre et de feuilles mortes, et tout lui revient, c'est tout le Japon d'un coup, violent, viscéral, elle peut le sentir envelopper sa peau, son visage, et la Yukiko en elle qui vient de reprendre ses esprits, celle qui n'était jamais partie, qui n'avait fait que rétrécir et se cacher en elle, avec ses cheveux longs et japonais, ses yeux presque fermés, sa bouche dans l'attente de parler sa langue, regarde alors Richard et lui sourit. Elle est contente qu'il soit là pour la voir, chez elle.

La dernière nuit

La maison que la mère de Yukiko, Kasumi, partageait avec son mari Kazehiro est en train de devenir trop grande pour elle.

Adossée à la montagne, plantée dans la pente au milieu d'un mur de bambous et de pins, tout en longueur, en surplomb d'un des lacets de la route, c'est une maison d'été, à l'écart de la ville. Il y fait toujours frais dans le jardin en forme de cour sur lequel donnent les deux chambres et la pièce de bain, ouverte, à l'arrière, contre la forêt et dans son ombre. Du côté de la vallée, il n'y a rien. Une baie vitrée ouvre le salon étroit sur toute la longueur de la maison, versant sur une terrasse inutile. Les voisins sont en contrebas, invisibles, et tout au fond Kyoto serpente dans la brume autour de sa rivière, comme si la ville elle-même coulait entre les montagnes qui déferlent du nord et de l'est en vagues successives, si pâles, à l'horizon lointain, qu'elles sont d'un bleu presque gris. Les nuages qui viennent de la mer en rampant dans les vallées s'épanouissent au-dessus de la plaine et voilent le ciel d'un blanc de linge, presque toute la journée. Il n'y a guère qu'à l'aube et au coucher du soleil que perce parfois une lumière électrique, jaune et crue, rasante, qui n'éclaire pas le monde mais en souligne les arêtes saillantes comme des lames. C'est une maison agréable l'été à cause de l'ombre et de l'air, mais le reste de l'année elle est assiégée par un vent glacial. Les bambous y font un bruit de pluie permanente. Dans le salon, ouvert sur la terrasse par ses fenêtres bien trop hautes, il fait si froid qu'on a renoncé à chauffer.

Kasumi passe d'une pièce à l'autre, affublée d'une couverture en drap de laine feutrée qui lui pend des épaules, tout le long du corps telle une cape. Elle est grise comme les pierres, comme le béton de la terrasse, la ville qui rampe, grise comme les nuages de pluie et les vagues de montagnes au loin. Elle a pris les couleurs de l'hiver : on dirait un fantôme.

Elle s'assoit sur son lit, caresse machinalement la couverture pour en lisser les plis, ferme les yeux. Elle voudrait se souvenir de la dernière nuit où Kaze, c'est ainsi qu'elle l'appelait parfois, l'avait rejointe dans sa chambre. C'était il y a un mois peut-être et ça n'avait pas été une franche réussite, parce qu'ils avaient tous les deux bu, mais il était resté dormir ensuite au lieu de regagner sa chambre à lui et elle se souvient du matin qui avait suivi.

Elle pourrait refaire tous les gestes de ce matin-là les yeux fermés. Elle s'était levée, avait fait coulisser le shoji qui filtrait déjà le jour depuis un moment, et ouvert la fenêtre pour faire rentrer dans la pièce un peu de lumière et le souffle givrant du réveil. Elle s'était regardée quelques instants dans le petit miroir de sa commode.

Elle était nue. Pas comme on prend son bain ou comme on se change. Elle était *déshabillée.* Ça n'enlevait pas les imperfections de la nudité bien sûr, les sillons de peau sur le ventre, sous le nombril et les seins qui venaient à présent un peu trop bas pour les corsages, sous un sternum creusé de rides comme une plaine ravinée par de trop nombreuses saisons de pluie, cela restait son corps, il n'allait pas rajeunir par magie, mais, de le voir ainsi, de le surprendre en quelque sorte, dans le reflet sur la commode, tendu, hérissé par l'air coupant du matin, non pas nu mais *déshabillé,* elle en éprouva de la fierté.

Il faudrait chaque jour se regarder, prendre le temps de s'observer nue comme si l'on venait de faire l'amour ou qu'on y était prête.

C'est ce qu'elle s'était dit. Et elle était revenue se glisser sans bruit sous les draps, sans le réveiller, sans le toucher, sans bouger elle avait passé peut-être une heure à le contempler. Elle se souvient de chaque détail.

Elle rouvre les yeux, juste avant que les larmes montent.

Que s'était-il passé ? Quelle suite logique d'événements peut conduire de ce matin-là à la nuit où il a disparu ? De ce matin à celui-ci, où elle voudrait pleurer comme une idiote. Elle se lève et passe dans le salon, rajuste la couverture en la croisant sur ses hanches.

Cette maison est en train de devenir à la fois trop petite et trop grande pour elle.

Leçon d'exotisme

Depuis qu'ils sont arrivés, Richard B. n'a croisé que des Japonais dans la rue, dans le métro, à l'hôtel, dans les boutiques et les restaurants, pas un seul étranger, même dans les sanctuaires pourtant très populaires et touristiques.

Il s'attendait à trouver au Japon il ne savait trop quoi, en descendant de l'avion, sans doute des images vues dans les films ou les bandes dessinées : les rues encombrées de câbles électriques, les enseignes et les écrans lumineux sur des immeubles de béton et de verre, la foule pressée, indifférente, traversant en diagonale des carrefours géants, les armées de taxis pareils à ceux de New York, *conduits par de parfaits inconnus qui ne ressemblent jamais à leur photo*. Il s'attendait aux ruelles encombrées d'échoppes d'électronique où les héros des romans de science-fiction venaient trouver absolument tout ce qu'on avait fabriqué, des transistors des années cinquante jusqu'aux puces cryptées prohibées gavées de code viral militaire du XXIIIe siècle.

Il s'était préparé à tout ce qu'il avait lu : les maisons d'ombre et les maisons de plaisir, les femmes au visage blanchi tels des sépulcres, glissant à la tombée du soir, sans bruit, d'une ruelle à l'autre, revêtues de plusieurs kimonos de soie, les yeux rougis les lèvres peintes, entraperçues, fugitives dont la piste de mystère et de beauté interdite se perd aussitôt qu'on cherche à les revoir ou à les suivre, transformant les rues murées de maisons de bois en un réseau labyrinthien de murmures et d'échos de pas.

Il s'attendait à tout et il a tout eu. La modernité, les tremblements de terre – cela il connaissait déjà –, la tradition, les tables basses, le thé au goût de cendrier, les courbettes pour se dire bonjour, au revoir, comment vas-tu et merci, les bonsaïs et les forêts de bambous, les jardiniers sur une échelle avec de simples ciseaux, qui passent la journée à tailler un pin, ne gardant qu'une chandelle par rameau, épluchant les aiguilles à la main, coupant finalement tout ce qui rebique pour l'étager, les salles de pachinko sur huit étages résonnant d'un fracas continuel, comme si chaque machine essayait de crier plus fort que sa voisine, pour que son client l'entende, l'art d'arranger les fleurs, l'art de tenir sa tasse de thé, l'art de s'asseoir comme il faut pour se faire bien mal aux pieds, aux genoux et aux hanches, les revues pleines de nanas en culotte, les mangas avec des yeux tout ronds, les pieuvres, les baleines, les blaireaux et les tanuki assis sur leurs énormes testicules,

les gens qui s'endorment en écoutant du nô, les bars fumeurs, les rues non fumeurs, les ouvriers habillés en ninjas, les écolières en uniforme, les salarymen en gris, les bains publics où l'on vient faire sa toilette dans de l'eau chauffée à quarante-cinq degrés, à poil au milieu de tous les gens du quartier, petits corps sans fesses, les rues sans aucun papier gras, pas même un mégot de cigarette, les vendeuses qui rient de bon cœur en vous touchant le bras, comme si elles voulaient coucher avec vous, quand elles ne comprennent pas ce que vous venez de dire en anglais, les drogues de synthèse en vente libre et les petits poissons transparents qu'on déguste vivants. Tous les clichés du Japon sont vrais, même ceux qui se contredisent. Mais il n'y a pas un seul étranger pour les regarder. Il n'y a aucun exotisme.

Rien que des Japonais partout et leurs habitudes machinales, leur rythme et leurs gestes, bref leur quotidien – incompréhensible.

Il en était là – les petits poissons vivants – dès le troisième jour au Japon, alors qu'ils venaient d'arriver à Kyoto où vivait la mère de Yukiko, dans un bar de quartier propre et sans style où l'on se serait attendu plutôt à des frites et des beignets de poulet – ce qui ne lui aurait pas déplu. Ils remuaient dans leur bol comme dans un bocal, c'était un calvaire rien que pour les attraper avec des baguettes. Richard les tenait fermement devant sa bouche ouverte et tentait de les lancer sous ses dents en les croquant dans le même mouvement, à la volée, mastiquant énergiquement pour les réduire en bouillie morte le plus vite possible. Il transpirait. Il faisait des efforts incroyables, à chaque nouveau bébé poisson, pour ne pas le recracher immédiatement dans le bol avec tous les petits copains qu'il avait déjà avalés. C'était gélatineux, vaguement salé, mais ça n'avait pas beaucoup de goût. Yukiko riait, elle prétendait qu'il gâchait tout le plaisir de la chose, qui consistait justement à le laisser frétiller un instant sur la langue avant de l'avaler, comme un pétillement, un chatouillis. Richard essuyait son front avec la serviette chaude qu'on lui avait donnée au début du repas pour se laver les mains. Il la regardait avec étonnement. Comment arrivait-elle à en rire ?

La disparition de son père, sa mère qu'elle s'apprêtait à revoir, le pays lui-même qu'elle avait quitté, disait-elle, définitivement il y a dix ans pour faire des études et finalement sa vie aux États-Unis, comment pouvait-elle encaisser tout ça, continuer à lui sourire ?

Elle avait changé depuis qu'ils étaient là.

Lui, non. Il y a un an, cette nana l'avait laissé au bord du gouffre, en tout cas du caniveau. Pendant des mois, à chaque fois qu'il l'avait croisée par hasard en ville, il avait pensé au revolver de Jimmy Sakata. Quand on n'est pas doué pour le bonheur, quand on ne sait pas retenir les belles choses, il vaudrait mieux s'abstenir de les fréquenter, parce que ça se termine souvent mal.

Pourtant il était en train de retomber amoureux d'elle, il le savait bien. Oui, pour la deuxième fois.

On ne peut pas lutter contre la probabilité qu'un miracle se produise. Deux fois, c'est cela le miracle.

Alors il gobe ses petits poissons vivants et il se force à lui sourire aussi, en transpirant.

Cambriolage

Au pont de Namidabashi dans le petit matin les camionnettes repartent.

C'est l'heure où, non loin de là, s'ouvrent les portes de l'agence pour l'emploi. La foule restée sur le pavé s'y dirige mais en sortent déjà les premiers arrivés, la tête rentrée dans les épaules, les poings enfoncés dans les poches. Certains y ont passé une partie de la nuit, réveillés par le froid ou simplement parce qu'ils n'avaient pas trouvé d'endroit pour dormir, un coin pour installer leur carton et leur bâche. Les affichettes des listes d'embauche, scotchées sur le seuil, sont retournées. Il n'y a plus de travail, on se disperse. Quelques-uns traînent, par petits groupes, autour de braseros. Les bouteilles de saké vides roulent à terre. On écrase du pied les canettes de bière et les mégots.

Le soleil s'est levé à présent et le ciel est de nouveau gris pâle, comme un linge sale.

Akainu ne s'attarde pas. Il marche, clopine plutôt, il ne peut s'appuyer sur son pied gauche, qui tâche d'effleurer le sol, de le survoler avec le moins de contact possible, faisant pivoter sa jambe plus qu'il ne l'avance et retombant brutalement sur le pied droit, lancé très vite au plus près, pour que cela dure le moins de temps. Déjà les premiers travailleurs réguliers, ceux qui prennent le train, se pressent vers la gare de Minami. Les écoliers dans leurs uniformes bleus ou bruns forment des groupes piaillant et jouant aux arrêts de bus.

La taverne minuscule de Kobayashi devrait être sur le point de rouvrir. C'est le moment où, d'ordinaire, il lui sert un café brûlant, fait le tour du bar et s'installe, debout, en face de lui. Le Vieux, après quelques lampées bruyantes, sans un mot, sort un large bol en bois de sous son comptoir et le remplit, le pousse vers lui. « Bois. Ça réchauffe. » Le café de Koba est mauvais, très amer, ce n'est pas sa spécialité. Certains matins il reste de la soupe de la veille, et le Vieux lui demande de la réchauffer, sort deux autres bols. Il ne boit jamais d'alcool. Pas une goutte.

Un jour, il a dit à Akainu qu'il avait été alcoolique. Il buvait tout le temps, sauf lorsqu'il dormait. « C'est un signe classique d'alcoolisme, avait-il dit à l'enfant sur un ton didactique. Le fait de trembler aussi : tu te réveilles et tu as les mains qui tremblent jusqu'à la deuxième ou troisième fiole, cela aussi c'est un signe. Et puis tu vomis, parce que tu bois des quantités de plus en plus grandes d'alcool, pour boire vraiment tout le temps tu vomis jusqu'à ce qu'il y ait du sang et ça, c'est le signe que tu commences à être malade, c'est l'estomac en premier, et le foie bien sûr, ça arrive après des années, mais lorsque ça arrive, tu peux mourir très vite si tu ne t'arrêtes pas. J'avais bien essayé, plusieurs fois. Je me disais : il faut que j'arrête de boire. Mais je me disais aussi : pour arrêter de boire, il faut arrêter le shochu, et je n'aime pas la bière. Quand je suis tombé malade, j'ai compris que j'allais mourir. J'avais déjà vu ça, des gars qui vomissent du sang. Alors j'ai tout arrêté. Il n'y a pas d'autre solution. »

C'était bizarre de tenir un bar. Le jeune garçon ne s'y connaissait pas bien mais il lui semblait que la plupart des clients de Kobayashi pouvaient être considérés comme des alcooliques. Il ne lui a jamais posé la question, c'était inutile : il n'y avait sans doute pas de bonne réponse. Lorsqu'il l'avait recueilli, le Vieux ne lui avait pas demandé ce qu'il faisait à dormir dans la rue ni où étaient ses parents.

Est-ce qu'il est toujours vivant, le Vieux ?

Il faut faire vite. Il a en tête une sorte de projet plutôt moche, qui se précise.

Il s'y est résolu en marchant, à cause de sa cheville qui le handicape. À cause du froid et de la peur. Il tourne aux croisements sans regarder le nom des rues, accélère dans les venelles peuplées de sans-logis, les yeux brillants d'alcool à la lueur des feux de détritus dans des faces sales, presque noires, sans réfléchir il marche à l'aveuglette et se retrouve, par habitude, devant la machinomiya.

C'est bientôt le moment où le Vieux lui donnait, tous les matins, des légumes à peler et où il ouvrait sa porte, après le café et la soupe partagés en silence. Le bouillon était déjà chaud, une énorme marmite où les plaques d'algues sèches se ramollissaient depuis des heures, où le fretin, réduit en poudre, s'était dissous dans son goût de sel. Ils dormaient dans la même pièce, pourtant il n'a jamais su à quelle heure pouvait bien se réveiller le Vieux.

Il hésite. Il s'y est résolu, parce qu'il n'y a pas d'autre solution.

Il repasse par le trou dans le grillage du prospect entre les maisons, pénètre dans la cour minuscule, retrouve la fenêtre de la cuisine ouverte telle qu'il l'avait laissée, se glisse à l'intérieur. Il manque de hurler en retombant dans la cuisine, à cause de sa cheville. Traverse la pièce, passe la porte, le comptoir, gagne la petite salle, l'arpente en se forçant à ne pas regarder le visage de Koba, enjambant son corps, ouvre à la volée la porte du fond, monte l'étroit escalier qui conduit à la chambre de trois tatamis où ils dormaient côte à côte, la parcourt, la cheville brûlante, se dirige vers le placard où sont rangés les nattes, les couvertures et les quelques affaires que possédait le Vieux – des vêtements pour l'essentiel –, s'empare de la petite boîte en bambou qui servait de fonds de caisse, fourre l'argent dans sa poche, prend sa parka et l'enfile.

Il s'accroupit, le dos au mur.

Sent monter des larmes, un sanglot, pas dans les yeux : dans le fond de la gorge. Il est soudain très fatigué. Il redescend, doucement cette fois.

Il y a du sang partout autour du corps, il s'aperçoit qu'il a marché dedans. Le visage du Vieux est étonnamment blanc, même ses lèvres sont livides. Sur le comptoir la caisse du bar est éventrée, le cadenas encore accroché à la serrure. Akainu jette un regard inquiet à la porte d'entrée. Le bar devrait être ouvert à présent.

C'est l'heure où les premiers clients réguliers venaient prendre un verre de saké chaud avant leur journée de travail, des artisans du quartier, tanneurs, cordonniers, tous les matins depuis des années. Ils discutaient avec Koba. Il connaissait toutes leurs histoires, les appelait par leurs prénoms. Ils doivent être là, devant, à essayer de regarder par les coins des carreaux, entre les rideaux et le bois de la vitre. Ils s'interrogent. Est-ce que le Vieux est malade ? On mettra peut-être plusieurs jours à donner l'alerte, enfoncer sa porte. Dans quel état le trouvera-t-on alors, quand tout le sang aura séché, noir. Quand les cafards. Akainu compte l'argent dans sa poche. De quoi tenir une semaine, une dizaine de jours en faisant attention. Il renifle. Il murmure « pardon » sans se retourner et disparaît de nouveau par la fenêtre, prend bien garde qu'il n'y ait personne dans la ruelle lorsqu'il sort de la venelle étroite entre les maisons. C'est difficile de savoir quoi faire de sa tristesse, à quatorze ans.

La maison de geiko

Kaze avait besoin de se trouver un boulot, de se le fabriquer. Investir un peu de son argent pour assurer de quoi vivre quand il viendrait à en manquer – ce qui ne manquerait pas d'arriver, un jour ou l'autre. Un job qui passe inaperçu, que tout le monde puisse faire. Même dur. Un travail qui lui permette de bouger, au cas où.

Il y avait très peu de chances qu'on le retrouve, mais il devait rester prudent. Lorsqu'il avait commencé à se renseigner et à constituer ses dossiers pour comprendre ce qui lui arrivait, ses collègues ne s'étaient doutés de rien. Il passait de bureau en bureau, prétextait une recherche dans un listing particulier pour une affaire qu'il avait dans son portefeuille et pompait un maximum de fichiers sur sa clé en discutant tranquillement du championnat de baseball. Il imprimait le tout en cachette le soir et emportait les rapports et les tableaux chez lui, où il les classait patiemment. Il ne savait pas au juste ce qu'il cherchait. Au début il avait pensé à une erreur qu'il aurait commise, un lien entre un de ses clients et des pertes enregistrées par ailleurs qui lui auraient échappé. La plupart des clients de Kaze étaient eux-mêmes des sociétés d'investissement, des entreprises ou des holdings, parfois des fondations dont une partie de l'activité consistait à placer l'argent que leur rapportait l'autre partie de leur activité, pour la défiscaliser. Il était très difficile de faire des recoupements, parce que les identités de ces fonds se diluaient dans la prise de participation mutuelle qu'ils avaient les uns dans les autres à travers des séries d'investissements réalisés sur des paquets flottants de valeurs. Il y avait très peu de particuliers dans les comptes de la société : on ne gérait que de très grosses sommes. La plupart du temps, ils apparaissaient eux aussi derrière l'écran de holdings ou de fondations. C'étaient les gens avec lesquels son patron dînait une ou deux fois par an.

Kaze accumulait les chiffres, essayait de comprendre son erreur. Il n'y en avait pas.

Il se mit à chercher l'identité des clients importants, ceux que le vieux emmenait dans la maison de geiko à Gion, ceux dont il lui avait confié la gestion. Après tout, pourquoi l'avait il invité là-bas pour le virer ? C'était une dépense inutile ou une cruauté extrêmement perverse. Kaze s'était toujours bien entendu avec son chef. Ne devait-il pas plutôt voir là une sorte d'indice ? Peut-être son patron ne l'avait-il pas puni, mais protégé en le forçant à se tenir à l'écart. Il laissa tomber les ordinateurs des collègues, se focalisa sur ses portefeuilles. Ce devait être sous son nez, quelque chose dont on ne voulait pas qu'il s'aperçoive ou dont on croyait à tort qu'il s'était rendu compte, quelque chose de gênant pour un de ces milliardaires qu'il n'avait jamais vus, quelqu'un de suffisamment puissant pour dire à son patron, virez-moi ce type. Pourquoi ? Il éplucha les comptes pendant des jours, des semaines, vérifia tous les historiques sur papier et dans les fichiers du bureau, se concentra sur les dossiers que le directeur lui avait personnellement confiés, il alla jusqu'à comparer les signatures sur les bordereaux d'émission de virements. Il ne savait pas au juste ce qu'il cherchait, mais il finit par isoler trois noms, deux agences de courtage et un avocat de Tokyo qui avaient toujours passé leurs ordres en même temps, au jour près, les mêmes ordres, dans les semaines et les mois qui suivirent le tsunami, jusqu'en juin. C'était mince et parmi les centaines d'opérations que comptaient les listings c'était passé complètement inaperçu. Cependant ce ne pouvait être une coïncidence. Kaze retourna à ses dossiers en changeant de perspective : se demandant à présent non les erreurs qu'il aurait commises, mais ce que ceux-là auraient pu avoir à cacher. Il n'était pas évident de remonter la chaîne des sociétés qui se cachaient derrière ces agents, alors il tenta de comprendre à qui profitaient ces mouvements de fonds. Le temps lui manquait.

Il ne voyait encore rien, mais sans doute il se rapprochait. Il prenait goût à son enquête.

Malgré ses précautions, quelqu'un avait dû s'en rendre compte, peut-être le vieux lui-même. Le mardi qui précéda sa disparition, Kazehiro prenait un verre avec d'autres employés dans un bar sans charme du quartier moderne de la gare, non loin du bureau. Il avait décidé d'annoncer son départ aux autres, s'était inventé une raison plausible : il allait emmener son épouse sur la côte ouest des États-Unis pour fêter leurs trente-cinq ans de mariage, ils iraient voir leur fille, ils partaient pour un an. Kaze s'était demandé, en inventant cette histoire, si ce ne serait pas une chose à faire, après tout. Il avait offert sa dernière tournée pour fêter ça, était allé payer seul au bar, pendant que ses collègues commentaient avec enthousiasme la nouvelle. Les deux types en costume l'avaient abordé à ce moment-là. Il ne les avait jamais vus et d'ailleurs ils n'avaient pas vraiment l'air de salarymen, pourtant ils connaissaient son nom. Ils lui avaient dit qu'il s'agissait d'un avertissement. Qu'il fallait arrêter de fouiner. Qu'il s'en tirait bien grâce à son patron, mais qu'il fallait partir sans faire de vagues, parce que autrement il aurait affaire à eux, et ils avaient d'autres méthodes pour faire disparaître quelqu'un. Un des deux bonshommes s'était planté entre lui et la caisse. Il tira discrètement sur sa manche pour faire apparaître, jusqu'à mi-hauteur de son avant-bras, des tatouages bleus et verts qui ne laissaient pas de doute sur leur appartenance à la pègre. Puis il lui fit signe de se taire, et les deux gusses s'éclipsèrent comme ils étaient arrivés. Kaze paya et rentra chez lui précipitamment.

Sa femme avait reçu la visite de ce qu'elle croyait être deux de ses collègues, qui ne parvenaient pas à le joindre. Kaze ne lui avait rien dit sur son licenciement, attendant de savoir quoi lui annoncer et comment, un autre mensonge probablement. Les choses prenaient un tour inattendu et préoccupant. Pour une raison qu'il ignorait toujours, il était à présent en danger et sa famille aussi.

Ces gens avaient « d'autres moyens pour faire disparaître quelqu'un ». Disparaître. Ce n'était pas une solution mais c'était une issue.

Trois jours plus tard il s'évapora, c'est comme ça qu'on dit ici, sans prévenir personne. Même dans la lettre qu'il lui avait laissée, il ne dit pas un mot de tout cela à son épouse.

Dialogue sur la foi

Il y avait une ruine, dans la montagne, avant d'arriver chez la mère de Yukiko, une sorte de hangar en bois aux planches déclouées par le vent, se balançant et grinçant au milieu de débris de verre.

« Autrefois c'était une grande maison ici. Elle appartenait à un vieux monsieur qui avait été critique d'art. Il invitait parfois des peintres qu'il hébergeait pendant quelques semaines ou quelques mois. Il avait aménagé tout le rez-de-chaussée en atelier, avec une baie vitrée immense à travers laquelle je venais regarder les toiles suspendues comme des draps au mur. Avec l'âge il était devenu aveugle. C'était triste de l'imaginer invitant tous ces artistes qu'il avait aimés et dont il avait contribué à faire la notoriété, tous ces gens dont il se foutait probablement mais dont il avait admiré les œuvres, à tel point qu'il avait arrangé sa maison pour eux, pour que ce soit un endroit de création sans contrainte, dans ce lieu qui est sans doute un des plus beaux de la ville, sur la montagne, et que tout cela il le leur donnait parce que les tableaux qu'ils peignaient là, c'était pour lui la chose la plus importante de sa vie et la seule qui lui donnait de la joie, et qu'il ne pouvait plus les voir.

— C'est ce qui est en train de nous arriver, Yukiko, n'est-ce pas ?

— C'était triste comme un don sans partage. Cependant il devait bien y trouver son compte. Les tableaux, il ne pouvait plus les regarder, mais il savait qu'ils étaient beaux. Il y croyait.

— J'étais aveugle. J'étais seul. Tu es arrivée dans ma vie comme un miracle et je ne l'ai pas vu.

— Non, Richard. Tu ne l'as pas cru. »

Un rêve à Kyoto

Vous êtes à Kyoto. La ville serpente, elle s'étale – ses immeubles ne sont jamais très hauts – la ville se répand comme de l'eau qui aurait fini par remplir une vallée plus plate et plus grande que les autres, s'arrêtant de tous côtés aux pentes des montagnes. Des collines boisées la trouent tels des îlots. C'est un lac.

Il flotte dans l'air un parfum d'iris et de jasmin. Ce n'est pas normal en hiver.

On dirait une odeur de femme.

Vous marchez dans la brume scintillante du petit matin, dans un quartier de machiya en bois, petites maisons carrées dont l'étage avance légèrement sur la rue, au-dessus d'un jardin nain, sorte de vestibule constitué d'un camélia et de quelques fleurs en pots, devant l'entrée. Certaines habitations arborent des lanternes de papier qui s'éteignent une à une à la fin de la nuit. Des kakémonos de tissu blanc calligraphiés au nom du propriétaire de la boutique ou de l'auberge ondulent devant des portes à claire-voie qui ne s'ouvrent pas mais coulissent, s'effacent, ainsi que les parois de la maison et les fenêtres toujours closes, le shoji rond et jaune de la chambre où filtrent, au soir et à l'aurore, une lumière douce qui vient de l'intérieur, et des ombres japonaises.

Un peu plus loin vous apercevez un pont arqué sur un canal au lit de pierres à peine plus gros qu'un ruisseau, ondulant au milieu de deux allées d'arbres qui se penchent, allongent démesurément leurs branches du côté de l'eau comme des bras suppliants étirés à quelques dizaines de centimètres de leur but.

Ce sont les cerisiers qui penchent, les saules sur le pont ne font que pleurer.

Ce n'est pas vraiment une rue. Malgré les pavés qui la tapissent et luisent en reflétant la brume, on dirait un chemin qui court. Il s'enfonce entre les maisons vers un passé sans âge.

Il n'y a personne dans ce quartier à cette heure le long de ce canal, sous ces frondaisons, par ce froid, dans cette lumière grise étale, sur ces pavés luisant de brume, personne, il n'y a que vous et les fantômes de la capitale.

Les temps se brouillent et s'empilent. C'est peut-être la brume. Ou c'est peut-être les noms qui sont restés les mêmes depuis si longtemps. Héian n'est plus qu'un temple aujourd'hui. Ce fut, sous le nom de Héian-kyo, pendant mille ans, la capitale d'un empire qui se déchire. À l'ère Muromachi – aujourd'hui devenue une artère longeant la Kamo River –, les quartiers de Kamigyo et de Shimogyo qui se partagent encore la ville se dessinent, ce sont les quartiers des deux armées des daimyo qui s'affrontent, manœuvrant pour faire et défaire les shoguns. Samouraïs et paysans armés de lames courbes, d'arcs longs, déferlent dans les rues. Ils portent des armures légères articulées de couleurs vives, des sabres forgés à Bizen et des poignards sans garde passés dans leurs ceintures. Vous les voyez, leurs casques surmontés de croissants de lune, d'ailes ou de bois de cerf, semblables à des cornes. Ils passent en hurlant, grimaçant, la bouche ouverte tordue, les yeux ronds comme les statues des généraux célestes, sur leurs chevaux au triple galop, les pieds fermement campés dans leurs étriers en forme de socques de bois recourbés, ils se dressent, l'épaule gauche penchée sur la crinière qu'ils tiennent d'une main fermée sur des rênes courtes en tissu, l'autre bras tendu à l'horizontale portant sabre au clair, dont le fourreau laqué fait une sorte de flèche à leurs ceintures, dans leurs dos. À cette vitesse ils pourraient décoller des têtes sans même s'en apercevoir, passant au travers comme de la brume.

Pourtant vous n'avez pas peur, ce ne sont que des spectres.

Jetés à bas de leurs montures au poitrail blanchi, ils s'éventrent sans merci dans la poussière, et les pavés se couvrent de sang. Ils disparaissent. C'est au tour des moines-guerriers, les Sohei du mont Hiei, de descendre des hauteurs du Nord-Ouest tels des démons. Ils incendient et tuent, et les toits de la ville, à l'aube montante, s'embrasent soudain sous vos yeux.

Vous continuez d'avancer. Quelque part au sud, des Portugais sont descendus de leurs navires avec des fusils, ils ont commencé à progresser dans la plaine en tirant, avant d'être confinés dans un port de commerce. Osaka n'existe pas encore, mais les échanges avec la Chine entraînent l'adoption de la monnaie. Alors que les guerres civiles continuent de faire rage, vous voyez autour de vous les marchands et les artisans de Kyoto s'activer dans la rue, ils ont adopté la coiffure et le vêtement des samouraïs. Ils boivent le thé dans l'arrière-boutique et prennent soin d'ouvrir la pièce sur une courette qu'on aménage en jardin, avec un arbre et des lanternes en pierre. Leurs femmes et leurs filles sont belles en kimono. Elles passent leurs journées dans les parcs des temples et au théâtre nô qui se développe, se met à raconter l'histoire de Yoshimitsu et de son éventail de commandement perdu, il n'était pas si loin des guerriers de tout à l'heure. Vous les voyez sortir de chez elles, libres femmes de la capitale, disposant de l'argent du foyer. À partir de cette époque, Kyoto ne change plus tellement, jusqu'à ce que ses filles deviennent la Chieko de Kawabata. Il vous semble l'apercevoir, juste avant qu'elle rencontre son rustre de mari. C'est une Anna Karénine qui contemple des fleurs de violettes dans le creux du vieil arbre de la cour et rêve d'un homme droit, pareil aux forêts de cryptomères toutes proches. Pauvre Chieko. C'est elle finalement le fantôme de sa sœur. C'est tout le Japon moderne qui n'est qu'un reflet affaibli de l'ancien. Les gens disent que c'est propre à Kyoto, comme si c'était une sorte de sentiment illusoire et honteux, de l'orgueil ou de la nostalgie, alors que c'est une évidence qui est seulement plus visible ici.

Le passé est éternel, c'est le présent qui passe, c'est le présent qui fuit, qui s'efface.

L'aube se lève et vient déjà caresser le flanc des collines. Les ombres s'allongent. Vous continuez d'avancer dans les rues vers le moment où le jour, gagnant la vallée, plongera la ville dans la lumière. Sur les hauteurs de Kitayama, le sommet de la futaie se frange d'or alors que les premiers rayons du soleil brûlent le ciel de l'autre côté de la montagne.

Les cryptomères qu'on appelle aussi les cèdres du Japon sont si hauts et si droits qu'à les regarder on a l'impression, dans leur alignement parfait, d'un ouvrage d'art. Leurs troncs sont élagués, on dirait que *les feuilles des ultimes branches ne sont que les fleurs discrètes de l'hiver* – c'est ce que prétendait Chieko.

Plus loin à l'ouest, à Arashimaya, ce sont des bambous qui commencent à luire de toutes les nuances étranges de leur vert presque jaune, créant une impression de brume irréelle, de lumière crayeuse émanant de la forêt elle-même.

Les pins noirs du Palais impérial, au nord encore obscur, se redressent, ombres sortant de l'ombre sur le ciel qui blanchit, comme la forêt de Birnam marchant contre Macbeth, cependant que des montagnes d'Higashiyama s'élèvent des nuées de corbeaux prêts à s'abattre sur les rats des bords de la rivière. Vous entendez leurs cris.

Vous voyez tous ces endroits, plutôt vous vous les représentez distinctement alors que vous marchez toujours au milieu des vieilles maisons de la « capitale ».

Les singes habiles sautent de cime en cime, profitant entre brume et nuées du jour qui se déchire à l'horizon. Ils réveillent les sous-bois de leurs cris qui sont peut-être des rires, et la vie se remet à grouiller, sauvage.

Les renards et les blaireaux hésitent à regagner leurs terriers. Levant le museau, le dos droit, ils semblent respirer la lumière pour apprécier s'il est déjà l'heure ou s'il est encore temps. Quel drame ont-ils représenté, pendant leur chasse nocturne, en quelle courtisane, en quel capitaine se sont-ils changés pour jouer aux hommes des tours qui les égarent.

Les chats descendent en ville, près des chemins et des sanctuaires.

Les sabots d'un cerf claquent soudain derrière vous et vous vous plaquez effrayé contre une devanture de magasin pour le laisser passer. Ce n'est pas normal.

Les samouraïs et les moines de tantôt, passe encore, c'était votre rêverie, votre imagination, mais que vient faire ce cerf en ville à présent ? Il s'est arrêté près du pont, devant une maison en apparence banale aux claires-voies d'ocre brun. Il frappe le sol avec une de ses pattes avant, plusieurs fois, en tournant vers vous la tête, des bois comme des ramures étagées et tordues. Il n'y a pas de doute : il vous observe. Ses larges yeux ronds relevés vers l'extérieur, ses yeux sombres à la fois graves et rieurs vous scrutent et vous dévisagent. Ils sont d'un noir intense où brille une lueur humide, un reflet qui semble vibrer dans ses profondeurs comme une laque.

Soudain le shoji s'éclaire à l'étage et le cerf disparaît. Vous n'entendez plus que l'éclat répété de sa course sur les pavés, déjà loin, s'amenuisant.

C'est le matin sans doute, le moment du réveil. À présent tout va rentrer dans l'ordre, c'est sûr, et vous guettez les lumières aux fenêtres des habitations. Mais rien ne vient. Il n'y a que ce shoji, rond. Une ombre s'y dessine. Fugitivement d'abord, et puis quelqu'un vient s'asseoir. C'est une femme.

L'ombre d'une femme accroupie se tenant très droite.

Ce n'est pas tout à fait net bien sûr, ce n'est pas découpé franchement dans le papier comme si la scène était éclairée par un projecteur, mais vous ne pouvez pas vous tromper.

Au coussin que fait la ceinture dans son dos vous devinez qu'elle porte un kimono. Sa coiffure est relevée en chignon et sans doute piquée d'épingles en éventail sur le devant, dans le style des belles de Meiji. Elle se tient ainsi, assise devant une masse sombre, peut-être une table basse. L'ombre s'étend devant son corps, tout doucement, géométrique, et des sons vous parviennent. Bientôt c'est une musique de koto, un vieux chant très doux dont vous ne saisissez pas les paroles. Vous ne parvenez pas à vous détacher de cette image, cependant au rez-de-chaussée devant vous la porte a coulissé, sans que vous vous en rendiez compte. Au lieu des lattes alignées de la claire-voie, l'ombre profonde de pièces en enfilade qu'on devine seulement aux bords des fusuma mobiles qui découpent l'espace.

Vous entrez et, suivant la musique ancienne, vous gravissez l'escalier de bois qui mène au premier étage. La cloison est ouverte à demi et vous voyez au fond, près de la fenêtre de la chambre, dans la seule pièce éclairée de la demeure, la femme accroupie qui chante en s'accompagnant, à peine penchée sur son instrument qu'elle effleure de ses doigts.

Vous avez dû abandonner vos chaussures en entrant parce que vous ne faites aucun bruit lorsque vous avancez dans la pièce. La femme ne semble même pas avoir remarqué votre présence. À bien l'observer vous notez que sa coiffure n'est pas tout à fait à la mode de Meiji. Elle a bien relevé ses cheveux en chignon, formant une sorte de coque assez haute au-dessus du crâne, piquée d'épingles et de peignes qui la hérissent, mais sur sa nuque telle une cascade double sa chevelure descend le long de ses épaules et de son dos, jusqu'au sol, accompagnée de rubans de tissus colorés. Elle porte aussi plusieurs kimonos de soie dont les cols et les bords des manches se superposent avec un savant décalage de quelques centimètres à peine, comme un arc-en-ciel chatoyant. On n'a pas dû s'habiller ainsi au Japon depuis le XVIe siècle. Son chant terminé elle tourne vers vous son visage impassible, blanc. Elle est aveugle. D'un geste de la main elle vous fait signe de vous asseoir près d'elle, ce que vous faites. Puis elle vous parle.

« Les tremblements de terre ont toujours été fréquents. Au sud d'ici, sur la côte de Nankai, de Nara à Shikoku, et dans le nord du Kanto, ils ont toujours été dévastateurs. C'est comme si le pays n'en finissait pas de sortir des eaux, menacé par les vagues et les soubresauts de ses profondeurs. Le "monde flottant", vois-tu, ce n'est pas qu'une image. C'est ainsi qu'on appelle la société des vagabonds, des brigands, des prostitués et des moines errants, des comédiennes comme moi, mais, au fond, tous les Japonais s'accrochent en titubant aux rochers de leur île comme sur le pont d'un très gros bateau. Il y a toujours eu des catastrophes. Des gens meurent, des maisons sont écrasées ou s'effondrent, des villes sont anéanties par le feu, emportées par les tsunamis. On faisait des fosses communes, on n'avait aucun moyen d'identifier les cadavres après quelques semaines. C'est, à chaque fois, plusieurs années de guerre en un jour. Parmi les corps, dans la boue, dans la cendre, comment distinguer ceux qu'on retrouve, mais qu'on ne reconnaît pas, des parents, voisins, amis qu'on connaissait mais qu'on ne retrouve pas ? Cadavres anonymes ou morts qu'on n'a pas repêchés, quelle importance dans les temps de désastres ? Et puis il y a ceux qui n'étaient pas là et n'osent pas revenir. Ceux qui se sont enfuis. Il y a tous les survivants, les riches et les pauvres, remis à égalité par le malheur : les maisons sont effondrées, le commerce ruiné, l'agriculture détruite, ceux qui survivent ont tout perdu. Ce sont des temps ou chacun peut refaire sa vie, repartir de zéro. Les cartes du destin sont rebattues, ce sont des temps d'espoir, malgré tout. On les voyait ainsi, autrefois. »

Elle se détourne et reprend son chant. Elle est jeune et, bien que les kimonos ne laissent voir aucune forme de son corps, elle est belle sans doute. Vous restez assis à l'observer, attendant que le jour se lève enfin.

C'est un rêve doux que vous faites à Kyoto ces temps-ci.

Johatsu

« Pourquoi faire appel à un étranger ? Je suis ravi si je peux vous aider, je l'aurais fait de toute façon pour Yukiko, mais pourquoi ne pas se fier aux autorités ? »

Ils étaient assis l'un en face de l'autre, sur des sièges bas, dans le salon ouvert sur la terrasse où Yukiko se tenait, soufflant sur son bol au creux de ses deux mains, leur tournant le dos, face à la ville noyée de brume blanche. Lorsqu'ils étaient entrés, sa mère les avait accueillis assise à genoux, les fesses sur ses talons, et la jeune femme s'était inclinée profondément, presque à angle droit, puis elles avaient parlé rapidement en japonais pour échanger ce qui ne paraissait être que des formules de politesse. Se rapprochant de sa mère qui se relevait, elle l'avait seulement prise dans ses bras sans rien dire, quelques instants, leurs corps l'un contre l'autre cependant raides comme des bois secs, le geste à la fois spontané et incongru, et, comme appris par Yukiko à l'étranger, c'est ce qu'il se dit en les voyant. Quand elles se séparèrent, sa mère visiblement émue la considéra des pieds à la tête, sa paire de jeans délavés moulants, sa tunique qui dépassait de son pull-over, son blouson de cuir, sa mère la dévisagea avec des yeux qui redevenaient froids au fil de son inspection, et il comprit alors que cette femme, trop japonaise et trop belle pour lui, était aussi une étrangère chez elle.

La disparition de son père ne venait que redoubler la sienne : elle était partie, il y a longtemps.

Yukiko passa sur la terrasse et les laissa seuls.

Il faisait si froid que Richard avait gardé sur son pull une sorte de doudoune orange, sans manches, qu'il mettait ordinairement pour aller à *la pêche à la truite en Amérique*. Il avait dû enlever ses chaussures en entrant et, hors le fait qu'il se trouvait parfaitement ridicule dans les chaussons de coton sans talon que la mère de Yukiko lui avait remis, de simples claquettes laissant voir les chaussettes vertes qu'il n'avait pas pris le temps de choisir plus élégantes, il grelotait, il gelait sur place malgré le thé brûlant. Il jeta des regards inquiets vers la terrasse, le ciel blanc. Il n'avait jamais été très bon pour prévoir le temps, mais on aurait dit qu'il eût pu se mettre à neiger. Son gros nez tout froid était certainement rouge. Peut-être même qu'il commençait à couler dans sa moustache. Bon Dieu, se dit-il, comment fait-elle ? Elle portait ces espèces de chaussettes à orteils qui permettent d'enfiler des tongs en bois, un kimono, sans doute en soie mais qui avait l'air très léger, et une sorte de petite cape fermée par un lien, bordée de fourrure blanche, qui semblait plus décorative qu'autre chose. Elle se tenait droite dans son fauteuil, sans toucher le dossier cependant. Ce devait être à cause de l'énorme nœud qui fixait la ceinture de son kimono sur ses reins, un carré rembourré comme un coussin. Ils en étaient à leur deuxième théière et, pour l'instant, elle ne lui avait parlé que de la maison et du paysage, dans un anglais plus qu'approximatif.

« Ici, la police n'enquête pas sur les personnes disparues. Les crimes, les cadavres, oui – bien sûr –, mais un homme qui disparaît, sans qu'il y ait de traces de crime, ils n'ouvrent pas d'enquête.

— Je comprends que vous ayez besoin d'un détective privé, mais pourquoi seulement un étranger ? demanda Richard.

— Ils n'ouvrent pas d'enquête, Lichaado-san, parce qu'ici, au Japon, lorsque quelqu'un disparaît on dit simplement qu'il a fait une fugue, ou qu'il s'est évaporé.

Richard ne tiqua pas. Il avait remarqué que depuis le début de cette conversation elle l'appelait Lichaado. Les Japonais ne prononcent pas les R. Ce n'est pourtant pas bien compliqué. Il essaya de se concentrer sur ce qu'elle disait.

« Évaporé ?

— *Johatsu*. C'est un terme qu'on emploie ici. Si j'allais voir un détective privé à Tokyo, il me dirait probablement que mon mari est un de ces johatsu et qu'on ne les retrouve pas, en général.

— Mais vous pensez que ce n'est pas ça ?

— Je ne sais pas. Comme vous êtes étranger, les gens vous diront peut-être des choses qu'ils ne diraient pas à un Japonais. Encore moins à sa femme. C'est très mal vu, ici c'est une honte pour la famille.

— Comme un suicide ? »

Il se mordit les lèvres. Pour quelqu'un qui mettait le tact au sommet de ses qualités professionnelles, il venait de dire quelque chose de maladroit qui lui avait échappé à cause de la fatigue, du décalage horaire, de sa journée perdue au-dessus du Pacifique, de sa mauvaise humeur, du fait qu'il n'aimait vraiment pas le thé – on peut toujours se trouver des excuses. Il lui jeta un regard inquiet et se détourna vers la fenêtre, comme s'il avait dit ça sans y penser, comme si on pouvait dire ça légèrement en Occident.

Yukiko promenait son regard sur le paysage vague. Quels souvenirs d'enfance se cachaient là, dans la lumière humide et l'ombre grise, qu'elle démêlait au fond de ses yeux noirs, quelles vues de sa mémoire ?

Au lieu de s'indigner, sa mère fit semblant de ne pas avoir entendu. Elle se leva et alla remplir de nouveau la théière, regardant infuser les petits brins de sencha qui avaient retrouvé leur allure de feuille, fragiles, flottant et risquant de se disloquer dans l'eau à chaque fois qu'elle la remuait. Elle se mit à parler d'une voix lointaine.

« Ce que nous appelons ici *johatsu* remonte à l'époque Edo. Les criminels ou les gens qui avaient une dette d'honneur allaient se purifier aux sources du mont Fuji. Il y a là des sources chaudes et des établissements de bains, ce sont des villes d'hôtels. Ils prenaient une auberge, ils entraient dans les bains de vapeur et ils disparaissaient. C'est pour cela qu'on les appelle des évaporés. Peut-être certains se suicidaient en prenant le chemin de la forêt. Mais d'autres réapparaissaient, quelques années plus tard, ailleurs. »

Elle parlait comme une fillette raconte une histoire apprise à l'école, comme si cela ne la concernait pas. Elle revint avec la théière. S'assit de nouveau bien droite en face de lui, remplit les tasses. Elle ne le regardait pas.

« J'ai vécu trente-cinq ans avec mon mari. Dans le fond, je crois que je ne le connaissais pas. Quel que soit ce qui lui est arrivé, je ne m'en suis pas rendu compte, je ne l'ai pas vu venir. C'est ainsi, n'est-ce pas, Lichaado-san, vous dormez à côté de quelqu'un pendant des années, pourtant vous ne savez toujours pas de quoi il rêve. »

En prenant congé de lui elle lui conseilla de s'adresser plutôt à ses collègues, qui en sauraient davantage. Son mari travaillait dans une société d'investissement. « Les hommes ici vivent pour ainsi dire avec leurs collègues, ils travaillent beaucoup, ils sortent ensemble boire le soir. » Cela semblait l'attrister comme si elle venait de s'en rendre compte. Elle lui donna la carte de visite de son mari et la sienne, pour qu'il puisse la joindre, et une avance pour ses premiers frais. L'argent semblait en effet ne pas être un problème.

Elle embrassa Yukiko. La confia à Richard avec un sourire fatigué. Lui dit de revenir la voir, de temps en temps.

Puis elle se tut. Elle but son thé brûlant bruyamment, en faisant rentrer de l'air avec chaque gorgée pour le tiédir, le regard tourné vers le ciel voilé, deuil blanc.

Le refuge de la Tortue

« Je peux payer pour une semaine. Plus, si vous me donnez du ménage à faire.

— Je croyais que tu avais un travail.

— Je n'en ai plus.

— Je ne veux pas de fugueur, tu le sais. Je t'ai dépanné, la dernière fois, mais je t'avais dit de ne pas revenir.

— Je ne vous ferai pas d'histoires. Juste une semaine. »

L'homme était resté assis sur un coussin posé simplement au sol, dans une pièce à peu près nue qu'éclairait seulement le jour filtré par le shoji, devant la fenêtre. Il fumait. Il observait le jeune garçon resté dans l'encadrement de la porte, ouverte à toute heure du jour. Il n'avait pas maigri, mais ses traits étaient tirés, son tee-shirt était sale. Il tenait dans son poing fermé un paquet de billets froissés, comme s'il venait de ramasser des feuilles mortes.

Se levant lentement après avoir écrasé sa cigarette, il s'approcha du gamin à petits pas, la démarche voûtée, sa tête levée au bout d'un cou tendu, tordu pour regarder droit. Il s'arrêta à quelques centimètres de son visage. Ils étaient à peu près de la même taille et l'enfant ne bronchait pas. Il resta quelques instants ainsi, dans un silence que venaient seulement troubler sa respiration un peu sifflante et ses reniflements. Il sembla à Akainu qu'il fermait les yeux derrière ses grosses lunettes fumées qui lui donnaient un air de tortue. Il se demanda s'il devait ajouter quelque chose pour tenter de le convaincre ou si ça ne ferait que le déranger dans sa réflexion. Il essaya de sourire. Passa son poids d'un pied sur l'autre par habitude, pour se soulager de rester ainsi immobile, mais vacilla aussitôt, une fraction de seconde, sur sa cheville foulée. Les yeux de l'homme brillèrent de nouveau au fond de ses verres fumés. Akainu se mordit les lèvres.

« Tu t'es blessé ?

— Je suis tombé. Ce n'est pas grave, mais c'est pour ça que je ne peux plus travailler en ce moment. Dès que j'irai mieux je reprendrai mon boulot.

— Tu as encore grandi. Ça fait combien de temps ?

— Quatre mois, depuis la dernière fois.

— Les prix ont augmenté.

— C'est tout ce que j'ai.

— Tu n'auras qu'à me débarrasser l'allée, il y a des mégots et des canettes. Tu passeras aussi le balai dans les étages, le matin. »

Il avait saisi le bras d'Akainu avant qu'il eût le temps de le remercier, avait pris les billets, de son autre main, qu'il avait aussitôt fourrés dans la poche de son jinbei, en continuant cependant de tenir fermement le gamin, d'une poigne étonnante pour un homme de son âge et de son allure.

« Je ne veux pas d'histoires, tu m'entends.

— Je sais.

— Je ne veux pas savoir où sont tes parents. Mais si la police vient poser des questions, je répondrai que tu es là.

— Ne vous inquiétez pas. Mes parents sont morts.

— Bien sûr. Les miens aussi sont morts, quand je suis arrivé à San'ya. Tous les parents de San'ya sont morts. Tiens, et garde un peu de fric pour manger, sinon tu ne seras bon à rien. »

Il lui tendit quelques billets de mille, les retirant du paquet chiffonné qu'il avait mis dans sa poche.

Akainu dormit toute la matinée.

La vie du garni était dure, il le savait bien. Il se servit de sa parka comme couverture, bloqua la rainure de la porte coulissante en y glissant une pièce de cent yens. La dernière fois, un homme ivre était entré dans sa chambre, la nuit. Il avait cru que c'était par erreur, mais Dieu sait ce qui se serait passé s'il n'avait pas crié et si le logeur n'était pas intervenu. Il avait dû quitter la maison le lendemain.

Kaze les emporte au loin

Avec ses grosses lunettes rondes et son crâne chauve, son cou ridé, trop maigre, qui sort de sa tunique croisée, le logeur ressemble vraiment à une tortue. Il a donné à Kaze l'adresse d'un garage où il pourrait trouver un petit van utilitaire d'occasion, une de ces fourgonnettes au nez plat qu'on fabriquait il y a quelques années. Pour louer un entrepôt les choses étaient plus compliquées, mais il y avait bien, dans le quartier, des locaux dans des cours qui ne trouvaient plus preneur. Il fallait entrer, demander aux gens du voisinage.

Cela lui prit toute la journée, mais à la fin Kaze avait réuni tout ce dont il avait besoin pour travailler, cela l'étonnait lui-même que les choses fussent si simples : un ancien atelier de cuir loué pour un mois, à nettoyer de ses billots, établis, étagères, des monceaux de cochonneries qui s'y étaient accumulées, et dont il commencerait par changer la porte en y ajoutant un gros cadenas, dès le lendemain ; la fourgonnette donc, un modèle de 2003 qu'il avait eu pour presque rien, parce que les sièges, à l'arrière, avaient été déboulonnés, ce qui était justement ce qu'il cherchait ; un râteau, une pelle, deux balais en branches de bambous séchés, une quantité de sacs poubelles de toutes les tailles, de bons gants de caoutchouc et une paire de bottes, une combinaison bleue, d'occasion aussi, dont il arracha l'écusson cousu sur la poche de poitrine, un ours ridicule qui tenait un marteau et qui, apparemment, s'appelait « James », avant de fourrer le tout à l'arrière de sa camionnette ; un téléphone portable prépayé, du genre qu'on vend aux touristes et qui ne nécessite ni adresse ni compte en banque ; cinquante cartes de visite photocopiées où ne figuraient que son nouveau prénom, Kaze, comme un logo de société, son numéro de téléphone, ainsi que l'adresse de l'atelier ; enfin des affichettes et des punaises pour se faire connaître de ses premiers clients.

La fin de la journée, il l'avait passée à les fixer un peu partout, sur les poteaux électriques, les palissades et les volets des auberges, ce qui était aussi l'occasion de se présenter au tenancier en buvant un coup. Ce n'était pas si difficile et ce n'était pas si désagréable. Il avait dépensé une somme relativement modique, à peine un quart de ce qu'il avait emporté. Sur les affichettes, on pouvait lire :

« Kaze / débarras en tous genres / meubles usés, machines cassées, déchets / Kaze les emporte au loin. » Suivaient, comme sur la carte, le numéro et l'adresse. En japonais, Kaze signifie le vent. Si bien que le nom de sa nouvelle entreprise, qui était une abréviation de son prénom à lui, était une sorte de jeu de mots qui le faisait bien rire. Il fallait ça.

Il se gara devant la pension de la Tortue.

Croisa les bras en contemplant sa nouvelle vie.

Un jeune garçon balayait le trottoir, devant la porte, à vrai dire il avait l'air un peu trop jeune pour balayer ce trottoir. Il boitait légèrement. Il prétendit qu'il avait seize ans et qu'il faisait ça pour payer sa chambre, dit aussi qu'il cherchait un vrai travail.

« Je ne suis pas infirme, ajouta-t-il en montrant sa cheville. C'est juste une foulure.

— Comment tu t'appelles ?

— Akainu. »

Liste des raisons de disparaître

Richard B. réagit en professionnel : il dressa une liste. Il y avait des foules de raisons de disparaître.

La plus banale : une autre femme. Et parce que c'est la plus banale des femmes, elle aussi, ça n'a aucune chance de marcher. Huit pour cent de chances, en fait. C'est très peu. Ce sont sûrement des gens qui se forcent, par orgueil.

La plus triste : la dépression. Pleurer toute la journée est un symptôme classique de dépression.

La plus bête : l'ennui. Il n'y a que les imbéciles qui s'ennuient.

La plus imitée : la crise de la soixantaine. L'âge est cependant variable selon les pays. Le Japon est l'endroit du monde où il y a le plus de centenaires.

La plus étonnante : la curiosité.

La plus embarrassante : le narcissisme. Certains pensent que la femme n'est qu'un accessoire de leur réussite. Embarrassés d'eux-mêmes, ils ne peuvent porter personne d'autre dans leur cœur. Ils finiront seuls.

La plus honteuse : le mépris de soi. Embarrassés d'eux-mêmes, ceux-là sont des narcisses lucides, ce qui ne les empêchera pas de finir comme les précédents.

La plus contrariante : les regrets. D'autant plus contrariante qu'on ne sait jamais ce qu'on regrette. Si on l'avait connu, on ne le regretterait pas.

La plus émouvante : les remords. En même temps, les remords d'avoir déjà menti, trahi, trompé, ça n'émeut que celui qui les éprouve.

La plus stupéfiante : une double vie intenable. L'homme que vous aimiez était une sorte d'agent secret, infiltré dans un bar de prostituées pour lequel il était devenu le prince de la nuit, alors que vous pensiez que c'était un agent d'assurances réservé et chagrin. Vous tombez de haut. Il n'y a rien à dire.

La plus angoissante : l'indécision. Il a toujours hésité entre les nouilles au porc et au bœuf, lorsqu'il y avait plusieurs pizzas au menu ou plusieurs parfums de glace pour le dessert. À force de tergiverser, se rendant bien compte que le serveur attendait et que les autres convives s'impatientaient, à chaque fois il faisait le mauvais choix, de manière précipitée, le regrettait dès que c'était trop tard.

La plus particulière : la solitude. Pour pêcher les pieuvres, on utilise des pots en verre disposés les uns à côté des autres, juste assez grands pour qu'elles y entrent, mais pas suffisamment pour qu'elles se retournent à l'intérieur – elles ne savent pas faire marche arrière. Un philosophe, Maruyama Masao, a décrit le Japon comme « la société du pot à pieuvre ».

La plus affligeante : l'absence d'amour dans le mariage. À choisir son conjoint comme on fait passer un entretien d'embauche, il ne faut pas s'étonner qu'il y ait des licenciements en cas de crise.

La plus vulgaire : l'absence de sexe.

La plus distrayante : le désir de sexe.

La plus méprisable : la déception. On n'est jamais déçu que par soi-même.

La plus pure : l'espoir d'une vie meilleure. Et cependant on n'a qu'une vie. C'est ce que disent ceux qui s'y tiennent comme ceux qui la fuient.

La plus élégante : pour ne pas faire souffrir. C'est aussi la plus hypocrite.

La plus pénible : la peur de mourir. C'est valable aussi pour les gens qui se suicident.

La plus détestable : la peur de vieillir. Liée à la crise de la soixantaine, elle consiste en général à partir avec une femme beaucoup plus jeune, qui vous fait vous sentir de plus en plus vieux.

La plus désolante : la peur de l'échec.

La plus rare : la peur de finir ce qu'on a commencé, la peur de la réussite.

La plus sale : le chômage, la clochardisation. Là, ce sont les autres qui vous quittent.

La plus moderne : le burnout, la pression du travail. Si elle arrive avant le chômage, on peut éviter la clochardisation. Sinon, elle provoque immédiatement une dépression, en plus.

La plus absurde : l'enlèvement par des extraterrestres. Les statistiques sont formelles. Ce n'est plus arrivé depuis 1989 et la chute du mur de Berlin.

La plus effrayante : l'enlèvement, mais par des Nord-Coréens. Sur ce point aussi les statistiques sont édifiantes.

La plus gênante : l'alcool, les dettes, le jeu, les femmes. Bref, toutes les raisons ordinaires de partir.

La plus difficile à dire : ne pas avoir su s'expliquer à temps, lorsque l'une des autres raisons s'est présentée.

La plus éloignée, bien que proche : le destin, ou le hasard. Ils n'ont rien à voir dans nos décisions.

La plus proche, bien qu'éloignée : le tsunami. Il a tout emporté.

Parmi ses *Notes de chevet*, une ancienne écrivaine japonaise qui aimait elle aussi les listes avait écrit : « choses qui font honte : ce qu'il y a dans le cœur d'un homme ».

Le puits de ses yeux s'agrandissant

Richard est en train de s'endormir tranquillement sur le sofa, il a les yeux mi-clos et bavarde à voix basse, l'interroge avec une curiosité bienveillante, comme s'il venait de s'apercevoir qu'ils ne se connaissaient pas, dans le fond.

Yukiko est en train de ranger son blouson, s'assoit sur son lit pour enlever ses chaussures, défait le chignon qui tient ses cheveux. Elle lui parle d'une voix légèrement absente, comme si elle se parlait à elle-même, se récitait la liste des courses ou des choses qu'il ne faudra pas manquer de faire, le lendemain. Sans le regarder, de loin, empêtrée dans ses gestes quotidiens et ses souvenirs tissés de mélancolie, elle lui parle comme s'il n'était pas là.

« Mon père rentrait tard, le soir. Dix heures, parfois onze, parfois au milieu de la nuit quand il sortait avec des collègues et des clients. Lorsque cela arrivait, ma mère lui préparait un souper, dans la cuisine. Un plat de riz avec une sauce épaisse et des légumes, quelque chose qui lui tienne au corps pour qu'il dessaoule, j'imagine. »

Yukiko n'avait jamais parlé de ses parents à Richard, ni du Japon en général. Non pas que ses souvenirs fussent douloureux ou qu'elle ne respectât pas les choix de ses parents, mais elle était partie pour avoir le droit d'en faire d'autres. Elle les comprenait, mais elle n'aurait pas voulu vivre comme eux.

« En hiver elle dressait la table basse chauffée du kotatsu et, s'il avait prévenu de l'heure à laquelle il rentrait, elle se levait pour lui faire couler un bain brûlant avant qu'il arrive. J'entendais glisser les portes et ses chaussons dans le couloir quand elle remontait se coucher, sans l'attendre. Puis au matin elle se levait encore la première, préparait mon repas pour l'école et son petit déjeuner à lui. Ils n'échangeaient pas un mot de remerciement ni de reproche, et je ne les ai jamais vus s'embrasser. »

Yukiko passe dans la salle de bains et ressort en pyjama : un simple tee-shirt trop long qui lui descend sous les fesses et un caleçon pour homme en coton. Même comme ça, il pourrait la demander en mariage. Richard n'ose pas la regarder, de peur qu'elle ne s'en aperçoive. Il essaie de savourer ce moment entre eux qui redevient quotidien, qui s'apprivoise peu à peu. Il tente de faire comme s'il n'était pas là. S'enfonce encore dans le fauteuil et regarde le verre dans sa main, y fait tourner doucement le whisky doré qui s'accroche en filaments, perlant vers le fond du verre. Richard pose à son whisky, en baissant les yeux, toutes les questions qu'il n'ose pas lui poser, à elle.

« Le machisme japonais est terrible. J'ai vu des épouses se faire gifler en public parce qu'elles avaient raté le plat qu'elles apportaient sur la table. Mes parents, je pense qu'ils n'ont jamais été vraiment amoureux, mais c'était un couple plutôt tendre, pour ici. Je crois qu'elle ne se forçait pas. Et surtout je crois que mon père n'était pas très intéressé par le fait d'avoir des maîtresses. Il devait trouver qu'il bossait suffisamment comme ça. »

Elle réfléchit. Ça prend quelques secondes pendant lesquelles elle ne sait pas trop quoi faire de ses bras, posés sur ses genoux, de son regard perdu dans la chambre d'hôtel.

« Oh, je n'en sais rien. Les hommes ici se conduisent comme des cons, mais ce sont aussi des pauvres types qui travaillent comme des dingues pour ramener un argent dont ils ne profitent pas. De leur côté, les nanas sont des potiches bafouées, mais elles règnent sur la maison, elles se vengent à leur façon. C'est elles qui donnent à leurs maris, tous les matins, l'argent liquide dont ils ont besoin, y compris celui qu'il va dépenser, le soir, avec des filles. C'est la névrose à tous les étages. »

Elle s'assoit sur l'accoudoir de son fauteuil, le temps de se servir elle aussi un verre, sur la table basse, et Richard ferme les yeux une seconde afin de s'assurer, en les rouvrant, que ce n'est pas un rêve. Quand elle se penche, ses cheveux glissent contre son dos et viennent balayer sa cuisse comme un voile de soie lisse, mon Dieu, c'est mieux qu'une caresse. Il voudrait retenir sa respiration, garder son parfum. Il donnerait tout, ses moustaches et sa paire de bottes en prime, pour être, rien qu'une fois, rien qu'une minute, un seul de ses cheveux frôlant ainsi miraculeusement son corps, sa peau. Puis elle se lève et reprend sa place, au bord du lit, buvant une gorgée de whisky en tenant son verre à deux mains comme on doit le faire avec un bol de thé, se remet à parler d'une voix blanche.

« Ma mère n'a jamais été une sentimentale. Pour elle, j'étais censée être bonne à l'école, pour faire des études mais pas dans le but d'avoir un métier. Rencontrer un homme qui faisait des études aussi, et qui aurait donc un bon boulot, je crois que c'était ça, le truc. Il fallait apprendre à mettre des kimonos et à servir le thé. J'ai toujours été nulle pour ce genre de choses, je faisais tout de travers et cela avait le don de l'exaspérer. Pourtant, de temps en temps, les soirs où il sortait, elle venait dormir à côté de moi, dans ma chambre. Je suppose qu'elle avait quand même besoin d'amour, après tout. »

Ayant dit cela elle boit la fin de son verre de whisky d'un trait et relève la tête, plante ses yeux soudain brillants dans les siens. Ses pommettes et sa gorge rougissent presque instantanément, à cause de l'alcool. Elle ne cille pas. Ne se détourne pas. Elle plonge ses yeux dans les siens et, bien qu'elle ne bouge pas d'un millimètre, pendant de longues secondes c'est comme si elle venait de se lever, s'approchant de lui, lui retirant d'abord ses lunettes puis son verre, qu'elle poserait sur la table basse, s'asseyant sur son accoudoir, croisant très haut ses jambes très souples parcourues, jusqu'à la pointe du pied touchant le sol, de l'ombre nerveuse des muscles jouant sous sa peau de soie, ne le quittant pas des yeux, penchant la ligne de ses épaules, la taille et le dos tendus se creusant en se tournant vers lui, lentement, prenant sa tête dans ses mains, ses ongles glisseraient sur ses tempes, dans ses cheveux en bataille, de chaque côté de ses yeux clairs écarquillés sans lunettes, terrorisés d'amour, ses pouces aux coins de ses lèvres ouvriraient sa bouche en sourire, continuant de se rapprocher, de centimètre en centimètre, jusqu'à ce que le monde ne soit plus, pour toujours et pour lui, que le puits de ses yeux s'agrandissant, où plongent des étoiles, et le goût de sa langue pénétrant soudain sa bouche.

« Est-ce que tu veux bien rester, ce soir ? »

Elle lui a lancé ça sans le regarder. Elle n'a toujours pas bougé.

Il devrait lui sauter dessus, lui arracher son tee-shirt. Peut-être que cette idée effleure un instant les régions les plus inconnues de sa pensée, aux confins de sa conscience, là où les rêves se réalisent, se transforment en images fantastiques et violentes, et ne sont plus des rêves.

Elle n'a pas le droit de faire ça. Il s'agit sûrement d'une forme raffinée de torture japonaise.

Il se lève, s'avance, lui touche maladroitement l'épaule et va jusqu'à la porte.

« Je vais dans ma chambre. Je t'aimerais plus qu'un soir Yukiko, tu le sais bien. Je suis désolé. »

La porte était ouverte

Kaze avait embauché le gamin parce qu'il lui avait paru débrouillard et sans doute aussi parce qu'il était très jeune. Il s'était dit qu'il avait besoin d'aide. Pourtant, très souvent, c'est Akainu qui était obligé de lui expliquer comment on devait faire les choses, concernant les ordures, mais aussi dans sa manière de parler aux gens qui payaient leurs services. Il était toujours très digne et il employait des formules de politesse dont personne ne se servait, à San'ya. Il ne devait pas être là depuis bien longtemps, c'est ce qu'Akainu se dit.

Kaze lui posait aussi des questions – sur ses parents, d'où il venait, depuis combien de temps il était dans la rue et ces choses-là –, au début cela le mettait mal à l'aise. Il le questionnait comme un policier, en se penchant sur lui, avec un ton à la fois doux et grave, le genre de ton qui est censé dire « n'aie pas peur, mon enfant, c'est pour ton bien ». Il n'aimait pas ça, mais au bout de quelque temps le vieux comprit et se fit moins pressant. Du coup c'est lui, Akainu, qui se mit à lui raconter des bribes de son histoire.

C'est quelque chose qu'on évite, à San'ya. Tout le monde sait bien qu'il ne retrouvera jamais sa vie d'avant, alors ça ne donne rien de bon d'en cultiver la nostalgie.

Pour un gamin de quatorze ans, la nostalgie c'est surtout une usine à cauchemars.

Akainu venait du Nord, cela s'entendait à son accent. Il avait fugué un peu moins d'un an auparavant, après le tsunami. En fait, il serait plus juste de dire que ses parents avaient disparu. Il y avait eu vingt mille disparus dans la région du Tohoku, bien que le gouvernement n'en annonçât que cinq mille environ.

L'école d'Akainu avait été épargnée. Les enfants dont les parents ne venaient pas, quelques dizaines, avaient été logés dans les bâtiments du collège le soir, en attendant. Mais il suffisait de regarder la ville en contrebas, de l'autre côté de la route numéro six, presque entièrement submergée et détruite, recouverte de boue, les voitures retournées, plantées dans des façades éventrées, pour se faire une idée de la dose d'espoir qu'on pouvait encore se permettre. Depuis le début de l'alerte, Akainu avait eu un mauvais pressentiment. Le séisme avait été terrible. Chacun sous sa table à entendre tomber les livres et les cartables et l'armoire du fond. Ça avait duré si longtemps, cette fois-ci, que la professeure d'histoire qui était avec eux avait fini par plonger sous son bureau elle aussi. On pouvait sentir le sol bouger comme si la salle de classe avait été sur un bateau. Il fallait fermer les yeux pour ne pas avoir envie de vomir. Dès le séisme, tout le monde a su que cette fois c'était différent. Il avait eu un mauvais pressentiment.

Sa mère ne travaillait pas et ils n'habitaient pas loin, alors elle aurait dû venir le chercher tout de suite, comme ont fait la plupart des parents, sans attendre la fin des cours.

Il avait entendu les garçons plus âgés qui avaient des téléphones portables dire que le tsunami était très fort et qu'il y aurait beaucoup de morts. Ceux qui disaient cela avaient pu appeler leurs parents.

Il a trouvé le moyen de se faire punir, ce soir-là. Les enfants pleuraient. Une fille de sa classe n'arrêtait pas de crier, d'appeler sa mère comme si cela allait la faire venir. La professeure, qui était restée avec eux, n'arrivait pas à la calmer et, au bout d'un moment, Akainu s'est planté devant elle. Il l'a secouée par les épaules jusqu'à ce qu'elle se taise et qu'elle le regarde, et là, il lui a dit calmement :

« Va regarder notre quartier, on le voit depuis le deuxième étage. Si nos parents ne sont pas là c'est qu'ils ont été emportés, ils sont morts. Ils ne viendront pas nous chercher. »

La fille s'était effondrée par terre comme si elle s'évanouissait. Elle s'est mise à sangloter et à gémir une sorte de plainte, une note tenue qui n'en finissait plus.

Il a été envoyé dans le bureau du directeur.

Il fallait redescendre au rez-de-chaussée, traverser la cour jusqu'au bâtiment de l'administration. Mais le directeur n'était pas dans son bureau. Il était occupé ailleurs, peut-être au réfectoire qu'on était en train d'aménager en centre d'hébergement d'urgence, parce que l'école était un des seuls endroits encore debout de la ville, et que la nuit allait être longue. Il discutait avec des gens de la mairie et des pompiers, et les professeurs qui avaient proposé de rester pour aider, après avoir vérifié que leur famille était saine et sauve. Akainu pensa aller le voir, puis il se dit qu'il le dérangerait sûrement. Que le directeur avait bien d'autres choses à faire, ce soir, que de sermonner un enfant d'avoir été cruel avec une fille de sa classe. Il pensa retourner voir sa prof et lui dire qu'il ne l'avait pas trouvé. Il suffirait de s'excuser, de toute façon, de dire quelque chose de gentil pour se rattraper, en s'inclinant jusqu'à ce que le maître décide que la leçon avait été retenue. Mais il n'en avait pas envie.

Il serrait les poings au fond de ses poches.

Il avait envie de pleurer aussi, et de hurler comme cette fille.

La porte d'entrée du collège était ouverte, pour laisser rentrer les réfugiés qui venaient à pied.

La porte était ouverte, alors il est sorti.

Débarras en tous genres

Ce n'était pas facile de raconter sa vie, et ce n'était peut-être même pas souhaitable. Kaze ne pouvait pas reprocher au gamin de ne pas lui répondre, la plupart du temps, lorsqu'il cherchait à en savoir plus, puisqu'il esquivait lui aussi tout ce qui touchait son passé. Ils étaient comme deux étrangers, complices d'anonymat dont le lien reposait justement sur la clandestinité. Il lui versait un salaire journalier et le gamin ne ménageait pas sa peine. Sa cheville était presque rétablie. Il le rejoignait à l'atelier vers dix heures, après le ménage de la doya.

Les premières fois cela lui causait toujours une sorte de frayeur. Il s'était habitué plus rapidement qu'il n'aurait cru à une solitude silencieuse, qui n'était pas sans mélancolie mais lui procurait aussi le sentiment de sa sécurité. Akainu débarquait en bondissant tel un diable, sans qu'il l'ait vu entrer. Il se plantait derrière lui et lançait un « Salut Kaze ! » triomphant et sonore. Il avait avec lui une familiarité d'enfant. N'hésitait pas à se moquer de lui lorsqu'il peinait à remuer les pièces de bois massif dont il fallait débarrasser l'atelier.

En trois jours, ils avaient déblayé ce qui deviendrait leur bureau. Il avait acheté une autre combinaison bleue, semblable à la sienne, pour son jeune employé qui nageait fièrement dedans. Des gants en caoutchouc, aussi. « Kaze débarras » devait ressembler à une vraie entreprise. Les impôts et les cotisations sociales en moins. Il n'y avait pas d'autre issue que de mourir au travail, à San'ya, mais ça n'empêchait pas de bien faire le job.

Les clients, eux, ne se pressaient pas pour téléphoner. Peu à peu arrivèrent des affaires si petites que Kaze dut inventer des tarifs qu'il n'aurait pas pu imaginer. On l'appela, au bout d'une dizaine de jours, de plus en plus régulièrement. Il y avait toutes sortes d'encombrants dont les services de la voirie ne s'occupaient pas et qui finissaient toujours par incomber aux vieilles de la rue, celles qu'on voyait à toute heure avec un balai ou un seau tenter de remettre de l'ordre dans la ville, en commençant par leurs pas-de-porte. Plusieurs chats écrasés constituèrent l'objet de ses premiers contrats.

Même frais, on ne peut pas s'imaginer la puanteur d'un cadavre. Les pauvres bêtes étaient méconnaissables.

« Tu te pinces le nez !

— Ne te fous pas de moi, gamin, ça pue.

— C'est un chat.

— On dirait plutôt du vomi. »

La première fois, on avait attendu trois jours avant de l'appeler. Des rats avaient attaqué l'intérieur de la charogne et il y en eut même un pour en surgir comme un diable lorsqu'il l'agaça du bout de son balai. Des vers s'étaient approprié les parties les plus molles et les plus chaudes. Comment peut-il y avoir des vers en janvier, alors qu'il n'y a pas de mouches ? En s'approchant, Kaze trouva que ça ne ressemblait pas du tout à du vomi. Ça avait l'air pathétiquement vivant. La tête était presque intacte, sauf les yeux dévorés par les corbeaux du parc d'Ueno sans doute, où s'étaient logés des cafards gros comme un ongle, repus de cervelle, qui devaient batailler pour en sortir. Le ventre déchiré, qui laissait s'échapper les boyaux, grouillait sous la fourrure d'un peuple de vers aveugles, mouchetant la chair de points noirs qui, dès qu'on essayait de la bouger, sortaient ensemble de la viande, affolés, et se mettaient à la couvrir comme une marée d'asticots livides.

« Bon, ouvre le sac. »

Akainu empoigna le chat par une touffe de poils derrière les oreilles et le jeta dedans. Frappa dans ses mains pour faire tomber des gants les larves qui avaient eu le temps de grimper dessus.

Ça se passait bien. Le bruit courait dans le quartier qu'ils faisaient bien le job, ils emportaient vraiment n'importe quoi. Les affaires commencèrent à arriver, plus nombreuses. Des greniers et des remises à nettoyer, d'autres animaux crevés, des appartements de vieilles dames mortes et même un arbre qui avait fini par pousser entre deux maisons, et qu'il fallut débiter à la scie.

Il y eut la chambre du pendu, aussi. Cette fois, il laissa le gamin dehors.

Job d'étudiant

Entre autres choses dont on comprend qu'elles ne serviront à rien qu'après les avoir faites, Richard s'inscrivit à un cours de japonais. C'était dans une sorte de maison de quartier dépendant de la préfecture. L'inscription consistait en une adhésion à l'association qui gérait les cours de langues. La somme extrêmement modique qui était réclamée laissait perplexe quand aux salaires des professeurs, qui se faisaient quand même appeler senseï, c'est-à-dire « maître », dans les couloirs et réclamaient des étudiants qu'ils les saluent en s'inclinant profondément. Il y avait, selon les jours et les horaires, des cours pour débutants ou des ateliers de conversation. Les étudiants en question étaient, comme Richard, des gens qui n'avaient plus l'âge d'aller à l'université depuis longtemps, beaucoup de Coréens qui travaillaient là, quelques Brésiliens, un ou deux Occidentaux qui restaient suffisamment longtemps au Japon pour espérer pouvoir demander leur chemin dans la rue autrement qu'en gesticulant, au bout de quelques mois de travail acharné. C'était bien le problème. Les leçons étaient minutées et filaient à toute allure, elles étaient accompagnées de pages d'exercices à faire à la maison, des photocopies tirées de manuels pour enfants où l'on apprenait à dire « le chat » et « la girafe », mais pas à demander son chemin. D'une semaine sur l'autre, le professeur, une femme qui avait de plus en plus la rigidité sévère d'une maîtresse d'école, considérait les leçons précédentes acquises et poursuivait au fil de son manuel, sans trop se soucier des progrès des élèves. Un Australien dit un jour à Richard qu'il suivait ce trimestre de débutant pour la troisième fois et que les choses commençaient à rentrer. Cela faisait huit mois qu'il était au Japon. Il faisait figure de star dans le cours et le professeur l'interrogeait souvent, avec fierté, comme pour montrer aux autres que le travail payait et que sa méthode était efficace.

En fait, cela semblait bien plus facile d'apprendre le violon.

Par exemple, il était impossible de savoir rapidement compter jusqu'à dix. Les chiffres – ou plutôt les mots – changeaient selon qu'on voulait compter des objets ronds, des objets plats, des gens, des enfants, des petits animaux, des grands, des animaux qui volent ou qui rampent ou qui nagent, des machines, des tubes, des carrés. Cela faisait une bonne douzaine de façons de compter jusqu'à dix.

Richard abandonna très vite. Il aurait pourtant aimé apprendre le japonais. Le violon, aussi.

La maison de quartier proposait tout un tas d'autres activités. On pouvait s'initier à l'art de l'estampe ou à celui d'arranger les fleurs. Il y avait des festivals de films documentaires sur le Japon – en japonais – et un cybercafé où l'on pouvait chatter pour rencontrer des gens – assis derrière d'autres écrans du cybercafé. Il y avait aussi une pièce entière consacrée aux petites annonces. C'est ainsi que Richard fit la rencontre de Nozomi, un étudiant voyageur.

Nozomi avait laissé une annonce bilingue qui disait à peu près : « Étudiant cherche appartement de johatsu à louer. Discret, sérieux, etc. »

Il était assis à une table du café associatif, dans le jardin intérieur de la Community House. Il avait accepté de rencontrer Richard et Yukiko, et peut-être de les aider un peu.

« J'ai commencé à faire ça pour me loger, quand je suis devenu étudiant, à Tokyo, il y a quelques années. Ça marche bien. Je peux voyager partout, au Japon. Je reste deux ou trois mois à un endroit. Évidemment, de temps en temps, je retourne à Tokyo pour ma thèse. De toute façon c'est là qu'il y en a le plus. Je n'ai même pas besoin de trouver un boulot à plein temps, ça couvre la plupart de mes frais. En ce moment je suis dans une petite maison au bord de la Kamogawa, au nord, mais je dois la quitter dans deux semaines. C'était la maison d'un fleuriste.

— Le précédent locataire ?

— Oui. La plupart des plantes avaient crevé quand je suis arrivé. Des fleurs en train de pourrir, des petites choses racornies, piquées dans des boules de mousse, des bonsaïs desséchés qui ne se soutenaient plus que par leurs torsades de cuivre, c'était une puanteur insupportable dans l'atelier.

— Il s'était passé quoi ?

— Comment savoir ? Je ne rencontre jamais les anciens locataires. Quelqu'un qui monte son commerce, ce n'est pas un employé de bureau. Il n'a pas de garanties pour aller voir les banques, alors il emprunte auprès d'un organisme de crédit ou d'un prêteur pour acheter son matériel, ses fournitures, et puis auprès d'un autre pour se payer son train de vie, le temps que le commerce prenne, que les affaires rapportent. Ça peut être dangereux si ça marche moins bien que prévu. Moi de toute façon on me paie juste pour habiter la maison.

— On vous paie pour ça ?

— Bien sûr, c'est un arbaito, un job d'étudiant.

— Mais pourquoi ?

— Un johatsu dans une maison, c'est comme un suicide. Vous ne la relouez pas si facilement. Les gens du quartier le savent. Ce n'est pas considéré comme une maison hantée, mais il y a un peu de ça : le malheur porte malheur. Et du coup souvent les propriétaires ne trouvent pas de nouveau locataire. Alors ils paient un étudiant, comme moi, pour habiter la maison quelques mois, parfois un an, de manière à pouvoir la relouer ensuite. On bazarde les affaires, on fait mine de s'installer. C'est comme une sorte de purification.

— Vous purifiez la maison ?

— Non, je ne fais rien du tout. J'y habite, ça suffit. J'imagine que tant qu'il ne m'arrive rien, on en conclut que la maison est purifiée. »

Il rit. Il dit qu'il n'est pas superstitieux. Richard jette un œil à Yukiko. Il a envie de lui dire que c'est vraiment un pays de fous, mais il se retient. Il voit bien qu'elle est aussi stupéfaite que lui.

« Et il y en a beaucoup, des maisons inoccupées, comme ça ?

— Il y en avait plus pendant la décennie perdue, paraît-il. C'est là que certains étudiants se sont mis à faire ce job. Mais ça revient, avec la crise.

— Vous en connaissez ? Des évaporés, je veux dire des gens qui ont disparu.

— C'est arrivé à une de mes tantes. Son mari avait des dettes. Le jeu, les courses de hors-bords. Quand il est mort elle a été obligée de disparaître, parce qu'elle ne pouvait pas payer.

— Elle n'avait pas d'autre choix ?

— Les bookmakers, vous savez, ce ne sont pas vraiment des gens avec qui on peut discuter. Et elle n'aurait jamais demandé à mon père : il désapprouvait la vie que menait son mari. De toute façon il n'aurait peut-être pas eu l'argent.

— Vous savez ce qu'elle est devenue ? »

Il se renfrogna soudain.

« On ne parle pas des johatsu. Ça porte malheur. »

L'enquête était bien partie.

Une visite nocturne

Ils n'étaient venus qu'à deux, cette fois. Il les aperçut alors qu'ils rentraient dans la doya de la Tortue. Akainu resta quelque temps sur le trottoir, à se demander ce qu'il convenait de faire, puis il fila simplement se cacher derrière une camionnette garée un peu plus loin. Il devait être huit ou neuf heures du soir, déjà : il faisait nuit depuis longtemps et les rues étaient presque désertes dans ce coin de la ville. Akainu avait traîné du côté de la gare, comme il le faisait parfois. Il rejoignait sa cachette au bord du temple de Kotsukappara. Là, il s'accroupissait dans l'ombre du haut mur et regardait, pendant des heures, des dizaines de trains qui partaient vers autant de destinations où il n'irait probablement jamais, des coins du Japon qu'il n'avait vus que dans ses livres d'école et dont il se récitait les noms à voix basse. Ils portaient toujours les mêmes cols roulés noirs que l'autre soir. Est-ce que les truands ont des placards remplis de cols roulés noirs identiques, pour cacher leurs tatouages ? Il se cala derrière la camionnette, faisant mine de refaire les lacets de ses sneakers. Espéra que ça ne prendrait pas trop longtemps.

Et en effet, lorsque les deux hommes ressortirent, il ne s'était écoulé que quelques minutes. Il jugea qu'ils n'avaient pas eu le temps d'aller visiter sa chambre. Ce n'était peut-être pas après lui qu'ils en avaient, ou alors ils étaient simplement venus poser des questions à la Tortue. C'était difficile d'imaginer que le vieux le protège, si c'était le cas. Il aurait plutôt cherché à en tirer quelques yens. Mais les deux types étaient ressortis et ils marchaient à présent dans la rue, sur le trottoir d'en face.

Il les regarda s'éloigner, puis se mit à les suivre sans réfléchir, en restant à bonne distance. Il voulait s'assurer qu'ils n'allaient pas revenir cette nuit, lorsqu'il dormirait. Fallait-il aussi prévenir Kaze ? Il ne lui avait jamais parlé de cette histoire, d'ailleurs il n'avait jamais rien dit sur ces derniers mois passés chez Kobayashi.

C'était trop tard, maintenant. S'il rentrait chez la Tortue pour l'avertir qu'ils étaient peut-être en danger, il ne pourrait plus leur filer le train et ne saurait jamais s'ils allaient revenir. Il continua donc de se glisser dans les ombres à leur poursuite, prenant garde de ne pas se faire remarquer.

Depuis l'accident de la centrale nucléaire de Fukushima-Daiichi, le Japon avait dû faire des économies d'énergie drastiques pour fermer un à un tous ses réacteurs. Cela se ressentait, à Tokyo, sur l'éclairage public, qui était devenu moins puissant dans les zones éclairées autrefois a giorno et quasiment éteint dans les quartiers plus lointains comme San'ya. Ils s'arrêtèrent dans un convenience store, achetèrent de la friture et des gâteaux, des cigarettes, deux canettes en verre de saké. Ils n'avaient pas l'air particulièrement nerveux. L'un des deux feuilletait un magazine de mangas érotiques pendant que l'autre faisait la queue pour payer. Des clients normaux, des collègues, des voisins. À les regarder comme ça, on ne pouvait vraiment pas imaginer ces deux types en cols roulés en train de vendre des Chinoises à des bordels ou de planter le vieux Kobayashi pour faire un exemple et augmenter le tarif du racket chez les commerçants du quartier. On ne pouvait pas les imaginer en train de faire une descente à la batte de baseball dans un foyer rempli de Coréens pour les terroriser et les maintenir en esclavage, ni torturer à la lampe à souder un jeune dealer ayant cru qu'il pouvait se lancer dans le trafic sans prêter allégeance à l'antenne locale de la mafia. Personne ne faisait attention à eux, attablés dehors, à mastiquer leurs beignets de poulet en parlant du dernier match des Yomiuri Giants. On aurait dit qu'Akainu était le seul à les voir. Il ne pourrait plus oublier leurs visages. C'est pour ça qu'ils le recherchaient.

Dans les films policiers, le détective en filature se fond dans la foule en adoptant l'attitude désinvolte d'un passant ordinaire. Lorsque les bandits font une pause il s'arrête lui aussi, faisant mine de scruter les produits d'une vitrine. Mais à San'ya, à cette heure de la soirée, pas de foule, pas de vitrines, pas d'enfants. Cela faisait trois problèmes pour qu'Akainu se transforme en James Bond ou en Solid Snake. Il fallait, au contraire, qu'il garde ses distances et qu'il tourne le coin de chaque ruelle pour s'y dissimuler, les observer de loin, courir jusqu'à la prochaine lorsqu'ils menaçaient de disparaître. Quelqu'un qui l'aurait suivi lui aurait vite compris que quelque chose clochait dans son comportement. On ne refait pas ses lacets tous les vingt mètres. Heureusement, les rares personnes qu'il croisait ne faisaient que passer elles aussi, elles ne le voyaient s'engouffrer dans les allées, se poster là, juste au coin, s'accroupir, qu'une seule fois sans y prêter attention, elles étaient déjà loin quand il remettait ça dans la venelle suivante, toujours encombrée de distributeurs Taspo et de fumeurs silencieux.

Au début c'était assez angoissant, parce qu'il ne savait pas où ils allaient et qu'il n'avait aucun moyen d'anticiper leurs mouvements. L'un des deux hommes avait l'oreille collée à son téléphone portable, mais Akainu était trop loin pour espérer saisir des bribes de sa conversation. Ils s'enfonçaient dans le quartier, s'arrêtèrent encore une fois dans un bar, où ils restèrent une bonne demi-heure, avant de prendre par des rues plus courtes et plus sombres un chemin qui obliquait de nouveau vers leur point de départ. Ils restèrent au large de la doya de la Tortue et la dépassèrent bientôt. Ils n'avaient pas l'air plus pressés qu'auparavant, mais ils enchaînaient les allées sans lumière comme s'ils avaient enfin un but.

Et très vite, Akainu comprit, parce que c'était exactement le chemin qu'il empruntait tous les matins.

C'était logique : la Tortue ne voulait pas de grabuge chez lui, alors il avait donné Kaze. Il avait donné l'adresse de l'atelier de débarras, la fourgonnette, une piste comme une autre qui les occuperait. Peut-être qu'ils pensaient que le gamin dormait là, dans l'entrepôt maintenant encombré de cartons de toutes tailles, de sacs et de bâches, au milieu duquel trônait le petit camion utilitaire que Kaze garait à l'intérieur, quand ils ne s'en servaient pas, pour ne pas payer de parking. Ils cassèrent un carreau pour entrer en actionnant le verrou de l'intérieur. Akainu ne pouvait pas les voir, il ne s'était pas aventuré dans la cour. Il entendit juste le bris du verre et la large porte à double battant qui grinçait, raclant le trottoir en s'ouvrant. Quelques interjections lointaines, des bruits de portière, de choses lourdes qu'on traîne ou qui tombent.

Il ne fallait surtout pas être vu lorsqu'ils ressortiraient, alors Akainu alla se cacher un peu plus loin, sur le chemin de la doya. Cependant, quand les deux hommes émergèrent de nouveau de l'impasse, ils prirent la direction opposée, piquant directement sur l'artère la plus proche. Il eut tout juste le temps, en y arrivant lui-même, de les voir monter dans un taxi.

Il se demanda mille fois, sur le trajet du retour, ce qu'il convenait de dire à Kaze. Ils ne se connaissaient que depuis quelques jours et, après tout, l'homme n'avait aucune raison de le croire ni aucun intérêt à le protéger. Et puis comment ferait-il ? Les cols roulés n'étaient que des hommes de main, certainement partis rendre compte de leur enquête à leur chef. On ne savait même pas ce qui allait arriver ensuite.

Akainu pouvait tenter de se les représenter, comme dans les films de Beat Takeshi, descendre de taxi devant une maison traditionnelle en apparence banale, entre un coiffeur et une auberge servant des raviolis chinois à toute heure, frapper à la porte, attendre qu'elle coulisse et que s'efface de son cadre le gorille patibulaire qui les laisse entrer, il pouvait les imaginer glisser dans le long couloir distribuant des salles de tatamis meublées de banquettes et de tables basses, où l'on jouait aux cartes toute la nuit, en fumant et en buvant du whisky servi par des hôtesses en kimono, tellement silencieuses qu'elles pourraient être muettes, et de là passant dans la salle du bar, au fond, plus animée, où l'on prenait surtout du champagne de France en compagnie de filles qui ne portaient plus de kimono, mais des shorts à paillettes et des brassières dorées, des filles qui riaient tout le temps en ouvrant grands les yeux et la bouche, cependant les deux sbires avanceraient sans y prêter la moindre attention, et d'ailleurs c'est à peine si les clients les remarqueraient, leurs cols roulés noirs comme ceux des officiants du bunraku qui se font oublier derrière les marionnettes, ils diraient deux mots au barman, puis à l'autre gorille qui ferait coulisser pour eux un dernier fusuma, emprunteraient l'escalier menant au bureau, c'est comme ça qu'il voyait la scène, Akainu, ça ne devait pas être bien loin de la réalité, leur chef serait assis, un gros avec un teint d'olive, une tête de crapaud, fumant un cigare entre ses doigts tatoués boudinés, en train de faire ses comptes, ne levant même pas le regard, sachant très bien qui ils étaient et pourquoi ils étaient là, puisque c'est lui qui les avait envoyés, lançant « Vous avez retrouvé le gosse ? », les deux autres aboyant « Oui patron ! », demeurant inclinés, les mains sur les cuisses, sosies l'un de l'autre parlant à l'unisson tels les Dupont et Dupond du crime organisé, jusqu'à ce que l'un d'eux se décide à relever un peu la tête, signifiant qu'ils attendaient de nouveaux ordres.

Akainu hésitait un peu sur la suite.

Il voyait bien le boss soupirer bruyamment en posant son stylo, lever enfin sa lourde face de crapaud jusqu'à l'amener dans la lumière crue de la lampe de bureau en cuivre, suspendue juste devant sa tête. Moue d'ombres franches sur son visage flasque, froncement rapide et prononcé des sourcils, les yeux qui s'étrécissent comme s'il venait de découvrir qu'il avait affaire à deux imbéciles. Il tord la bouche, en retire le cigare au bout décomposé, dégoulinant de bave.

« Débarrassez-vous de lui » semblait à Akainu la réplique la plus appropriée.

Il fit un effort : tenta d'imaginer un des deux sicaires yakuzas, celui qui avait relevé la tête, oser une suggestion. « Ce n'est qu'un gamin, dirait-il, pourquoi ne pas lui flanquer une bonne trouille ? »

Sourcils soudain très hauts dans la face de Crapaud, puis qui se froncent de nouveau. Bruits de bouche, se fendant peu à peu d'un sourire cruel, les lèvres retroussées, dents jaunes qui se chevauchent, le boss en aurait presque ri, c'était une si belle occasion de leur donner une petite leçon sur le code chevaleresque de la maison. Il prendrait son temps pour le dire et balancerait ça tout doucement, comme si ce n'était pas une menace, en gardant un sourire réjoui.

« À cause de votre erreur. Ce n'est pas moi, messieurs, qui ait laissé échapper un témoin. Vous avez merdé. »

Et en disant cela, Crapaud agiterait devant lui son cigare à la queue détrempée, qu'il tiendrait dans les doigts boudinés et tatoués de sa main gauche. Celle qui n'en a que quatre.

Il n'y avait plus qu'à s'incliner de nouveau.

Akainu ne pouvait guère imaginer de miracle après ça.

Le moine Ikkyu

Le temple est un des plus connus de la ville. Au printemps, il sera envahi par les touristes venus de tout le Japon pour admirer la floraison des pruniers, sa spécialité, au long d'allées où les centaines d'arbres font l'objet d'un soin quotidien et particulier. Les touristes ne s'en rendront pas forcément compte, mais en réalité c'est un complexe, un ensemble, il y a une bonne dizaine de temples ici, dont deux ou trois seulement se visitent et ouvrent leur jardin au public. Les autres ne sont pas fermés, seulement il faut prendre rendez-vous avec le moine qui les dirige pour en ouvrir les portes. Pour cela, il faut le connaître, c'est-à-dire lui avoir été présenté par quelqu'un possédant un crédit social suffisant pour fréquenter les riches propriétaires des trésors culturels du Japon. Ceux-ci déjeunent aux meilleures tables de la ville, sans payer la plupart du temps, et ne reversent aucun impôt sur les millions de yens que rapportent les services qu'ils fournissent, de la simple prière aux cérémonies funéraires extrêmement coûteuses dont ils ont le monopole exclusif.

Les offrandes fréquentes en bouteilles de saké, si elles sont justifiées par la tradition qui veut que l'alcool soit la nourriture des dieux, n'en trahissent pas moins la propension de ces sages et de ces reclus à abuser des bonnes choses de la vie. Sinon, à quoi servirait de savoir ce qui est bon, n'est-ce pas ?

Le moine Yamada n'était pas comme ça.

Yukiko le connaissait depuis qu'elle était enfant, parce que c'était un ami de son père. Ils venaient tous les deux de la campagne et le monastère avait assuré leur instruction. Puis le père de Yukiko avait choisi l'université, et le moine Yamada avait été choisi par le maître pour lui succéder. Il ne s'était pas marié, comme la plupart de ses confrères, n'avait pas fondé de dynastie comme le Japon les aime – ici, même les potiers ou les comédiens le sont de père en fils depuis le XIIIe siècle. Il était, la plupart du temps, en simples vêtements de travail. C'est ainsi qu'il la reçut.

Elle n'en avait qu'un souvenir de petite fille, si bien que, l'ayant toujours trouvé vieux, elle pensa qu'il n'avait finalement pas beaucoup changé. Il s'était arrondi. Ce n'était pas seulement qu'il avait grossi, mais il était réellement devenu rond, tout rond comme un Hotei. Un petit bouddha en forme de meatball – c'est ce qu'elle vit, et elle se dit aussitôt qu'elle était partie depuis trop longtemps, qu'elle portait à présent sur tout ça un regard d'étrangère.

Le temple était évidemment une sorte de perfection : bâtiments alignés sans dehors, ouverts sur des jardins qui faisaient partie d'eux – ou étaient-ce les pavillons qui n'étaient qu'une partie abritée des jardins ? – reliés par des coursives et des ponts en arche recouverts de toits d'ardoises brillantes, grises ou argentées plutôt, en forme de vagues reflétant le ciel et le scintillement humide de l'air. Des pins étagés avec science laissaient voir, à travers leur feuillage de dentelle, les bosses moussues, les pierres et les arbustes d'azalées qui dessinaient, si l'on fermait à demi les yeux, des paysages entiers de montagnes et de vallées, se succédant dans une profondeur sans échelle, vibrant de toutes les nuances du vert qui font ici la forêt, du jade clair des bambous au pétrole sombre des conifères, en passant par l'émeraude des érables d'avril, tout le Japon, par plans, détails et flous de brume, comme dans un paravent d'Héian. Une rivière invisible serpentait uniquement, semblait-il, pour combler l'œuvre et lui donner vie en laissant entendre partout le bruit léger, changeant et régulier de l'eau.

Et cette perfection la calma soudain, alors qu'elle était entrée ici pleine d'inquiétude. C'était le sentiment que chaque chose est à sa place, cette idée tellement japonaise que des générations de moines se sont succédé ici depuis le fondateur de l'ordre, le moine Ikkyu, et qu'ils ont abouti, vers le début de l'ère Edo, à une forme à laquelle rien ne pouvait plus être ajouté. Elle était partie depuis très longtemps, mais tout cela elle le connaissait par cœur, et elle n'avait aucun mal à le retrouver, puisque ça ne changeait jamais. La couleur des feuilles, les fleurs à venir, les pluies d'été, la rigueur de l'hiver, cela, oui, changeait, tout cela passait sur le jardin comme le « monde flottant », comme nos vies, sur la forme éternelle du paradis de l'Ouest – ou du néant.

Il la conduisit dans le pavillon de thé. Pas la pièce de tatamis du temple qu'on utilisait pour prendre le thé, mais le vrai pavillon en quelque sorte, exigu et sombre où, dit-on, Juko lui-même et son disciple Sen no Rikyu avaient inventé leur art.

Il la fit entrer par l'intérieur de la salle et non par le jardin, sans qu'elle sût dire si c'était une marque de familiarité, une espèce de privilège d'ami ou, au contraire, le signe qu'elle avait ici accès à tout, du fait de sa naissance, mais pas dans les formes du fait de sa vie. La petite porte donnait sur le jardin. C'est par là que pénétraient dans la salle les samouraïs qui venaient partager un dernier moment de paix et d'intimité avec leurs familles et le prêtre, avant de partir à la guerre. Ils y entraient en rampant presque comme à travers une chatière, ce qui était une façon de les obliger à laisser leur sabre au-dehors.

Elle s'assit à genoux, les talons sous ses fesses, « comme on doit être assis », c'est le nom de cette position, sasseï, et elle l'observa allumer le foyer, au centre de la pièce minuscule, sortir du coffret, dans l'alcôve du tokonoma, les bols et les ustensiles rituels, en silence. Peu à peu les odeurs du feu et du thé éveillèrent en elle la calme nostalgie du pays natal. Ses yeux s'habituaient à l'obscurité et elle parvenait à distinguer des nuances dans la lumière qui filtrait à travers les trois shoji. L'un d'eux était d'un jaune intense teinté de vert : on avait planté derrière lui, à un mètre à peu près, invisible de l'intérieur, un mur végétal qui lui donnait cette couleur étrange. Tout avait été ici calculé et conservé depuis le XVIe siècle.

Les États-Unis n'existaient pas lorsqu'un artisan a tourné les bols dans lesquels ils s'apprêtaient à boire.

C'est lui qui brisa le silence. Il posa le bol de macha enfin préparé devant elle et s'assit en lotus, de l'autre côté du foyer, sans cérémonie. Il n'attendit pas les formules d'usage, commentaires sur la beauté de la céramique en la faisant doucement tourner dans sa main, trois fois un quart de tour, et de nouveau elle ne sut pas si c'était parce qu'elle n'en était pas digne ou parce qu'elle était digne de s'en passer. Le moine Yamada était un homme singulier.

« Sen no Rikyu s'est assis à ta place, de la même façon que toi. La pièce était du même bois, elle n'a jamais brûlé. La lumière de fin d'après-midi était la même. Le bruit de l'eau et du vent dehors étaient les mêmes. Rien n'a changé tu vois, et cependant les temps changent. La dernière fois que je t'ai vue tu n'étais qu'une enfant. Tu voudrais savoir où est ton père, et je ne le sais pas. Toi-même, tu es partie il y a longtemps, deux fois. La première c'était une fugue, il était très inquiet. Il venait souvent méditer avec moi, à l'aube avant de partir au travail. Il se faisait du souci, mais, la deuxième fois, il m'a simplement dit : "Yukiko-chan est partie, elle ne reviendra plus maintenant." C'était ta décision, il était en paix avec ça.

— Mais lui, pourquoi ? J'ai besoin de savoir, Yamada-sama.

— Tu viens voir un vieux moine zen parce que tu as besoin de réponses, Yukiko-san ?

— Vous connaissez bien mon père.

— Et en te parlant de toi, de ton départ pour l'Amérique, je pensais te donner une réponse.

— Je ne comprends pas.

— Tu recherches ton père, Yukiko-san, comme Ikkyu a recherché sa mère pendant des années. C'était le fondateur de ce temple et de bien d'autres choses, le promoteur du chado et de l'art des jardins, et un grand poète. C'était à l'époque Muromachi. Le Sud et le Nord venaient de faire la paix, et l'empereur, Go-Komatsu, était du Nord. Il eut ce fils illégitime avec une princesse du Sud qui vivait à la cour. Dès sa naissance, Ikkyu était une menace pour la paix, alors sa mère s'est exilée et elle l'a confié aux moines quand il avait six ans. Il a suivi l'enseignement de grands maîtres et il a lui-même connu l'illumination, le satori au temple de Kaso, près du lac Biwa, qui dépendait du Daitoku-ji. Cependant il a refusé de succéder à Kaso. Les moines, qui étaient la seule force à ne pas être contrôlée par l'empereur, croyaient être protégés par leur statut religieux. Ils s'étaient mis à faire de la politique, étaient devenus les conseillers des daimyos, des capitaines. Ils s'étaient complètement corrompus. Ikkyu avait une autre vision du zen. Il était très libre. Il se moquait des formes et des hiérarchies, pour lui seule comptait la méditation et tout ce qui pouvait y aider, la beauté, le repos, même le saké ou les femmes, dit-on. C'était un moine errant. Un vagabond qui fréquentait les tavernes et les bordels. Il avait bien raison. Lorsqu'il y eut la terrible guerre des Onins qui dura dix ans, des armées venues de tout le Japon mirent la ville à feu et à sang, et n'épargnèrent pas les temples. Ikkyu était loin alors, il était devenu ermite et, plus tard encore, parce qu'il était vieux, il a accepté enfin qu'on lui confie une charge au Daitoku-ji qu'on venait de reconstruire. Il a fondé le temple où nous sommes.

— A-t-il retrouvé sa mère ?

— Oui. Mais ensuite, parce qu'il était en paix, il est reparti. Je ne sais pas si tu retrouveras ton père, Yukiko-san, mais il est possible que ce que tu recherches vraiment, c'est la paix.

— Comment aurai-je l'esprit tranquille si je ne le retrouve pas, si je ne sais pas où il est ?

— Lui en tout cas l'avait trouvée lorsque tu étais partie en Amérique. Il connaissait l'histoire d'Ikkyu par cœur, il savait que parfois, pour survivre, il faut partir. Ce qui veut dire aussi qu'il faut laisser les gens partir. Même ceux qu'on aime. Je ne devrais peut-être pas te parler si franchement. Ce n'est pas mon habitude de faire à la fois les questions et les réponses. Tu en demandes beaucoup à un moine, Yukiko-san. À présent nous devrions boire notre thé tant qu'il est chaud. »

C'est ce qu'ils firent.

En silence et sans cérémonie, comme ce doit être, un moment de paix, entre amis, une pause. C'est la signification du nom Ikkyu, « une pause ».

Analphabète

Richard B. avait vraiment du mal avec le Japon. C'est la langue. C'est de ne pas comprendre ce que les gens disent, de ne pas pouvoir lire le nom des stations de métro ou les panneaux dans les rues. Tout à coup les livres dans les librairies deviennent des objets absolument mystérieux et sans usage : de petits volumes rectangulaires de papier reliés et couverts de pattes de mouches, à quoi cela peut-il bien servir ? On ne distingue ni titre ni l'auteur ni même le type de bouquin. C'est humiliant. Au Japon, soudain, on est analphabète. Le classement des aliments, pour ceux qu'on arrive à reconnaître, n'est pas le même dans un supermarché américain ou japonais. Les couleurs ne concordent pas : il y a des boîtes de tomates vertes, des brosses à dents et des cotons-tiges noirs, des tubes de dentifrice marron. Il y a au moins quinze sortes de wasabi, mais pas de moutarde. Des packs de lait bleus, verts, rouges, sans que ça corresponde à leur teneur en crème. Sans compter tous les aliments dans des cartons, des boîtes, des emballages sur lesquels, s'il n'y a pas la photo dessus, vous, analphabète, vous ne savez pas ce que c'est, aucune chance. Et c'était pire au restaurant.

Même quand ils y allaient ensemble, et que Yukiko passait dix bonnes minutes à se faire expliquer le menu, ce qui arrivait dans l'assiette était toujours différent de ce qu'ils avaient cru commander, et plus le restaurant était chic, plus c'était surprenant. Richard touchait du bout des baguettes les petits cubes de légumes, tentait de deviner de quoi il s'agissait, faisait des paris secrets qu'il perdait toujours. Parfois, l'apparent légume se révélait être une sorte de pâte un peu molle dont on ne pouvait pas gager, à sa couleur, si elle allait avoir un goût d'huître ou de chocolat. Même les pommes de terre n'avaient pas le goût des pommes de terre de l'Idaho. Le bœuf, une tranche de faux-filet comme on en trouve dans tous les dîners, du Texas au Montana, ressemblait au Japon à une bavette aplatie au goût de cheval, trempée dans une sauce pralinée, comme les cacahuètes à la foire. Les gens conduisent des bagnoles et prennent le métro, ils portent des costumes et mangent des beignets de poulet frits, mais en fait ils font semblant. Ce monde fait semblant de ressembler au nôtre, se disait-il fréquemment.

La fadeur elle-même n'offrait pas de répit.

Alors qu'il avait fini par s'habituer à l'absence totale de goût du tofu, il avait découvert qu'il y en avait peut-être cinquante espèces différentes, qu'on pouvait en faire des repas entiers sous toutes ses formes, froid, chaud, grillé, bouilli, en soupe, en sauce, en dessert, jusqu'à l'étouffement. C'était l'enfer. D'ailleurs, ce n'était pas de la fadeur. Ils appelaient cela *umami*, le cinquième goût. Mais quand votre langue n'en connaît que quatre, comment voulez-vous l'appeler ?

Au bout de quelques semaines, Richard savait dire, en gros, « bonjour » et « merci ». Et toute la journée, les Japonais qu'il rencontrait – mais ce n'était pas vraiment rencontrer quelqu'un – lui disaient « bonjour » lorsqu'il arrivait quelque part et « merci » quand il en repartait, entrecoupés d'un ou deux « je-vous-en-prie », modulés selon des contextes qu'il ne comprenait pas, pendant leur échange toujours bref – mais ce n'était pas vraiment un échange. Les courbettes qui accompagnaient tout cela, sans nécessité de sourire, et auxquelles il se pliait lui aussi, étaient au fond la forme la plus achevée, la plus engagée, de conversation qu'il parvenait à nouer – mais bien sûr ce n'était pas vraiment une conversation.

Parfois, lorsqu'il sortait d'un restaurant d'un endroit un peu chic, on l'accompagnait jusqu'à la porte et on attendait qu'il ait disparu. Il se courbait avec politesse pour répondre aux saluts et les gens se courbaient une nouvelle fois. Il reculait, il finissait par se retourner, il progressait un peu et regardait derrière lui : ils étaient encore là et le saluaient de nouveau. Alors il faisait un signe de tête, merci merci : nouveau salut courbé. Jusqu'à ce qu'il comprenne que ça ne s'arrêterait pas, que ces employés ne pouvaient être en reste, que ça ne prendrait fin que lorsque lui cesserait de se retourner, de sourire ou simplement de les regarder. Alors il enfonçait ses mains dans ses poches et il se mettait à siffloter, faisait semblant de ne plus y penser.

Les Japonais avaient le chic pour vous faire vous sentir un rustre.

Analphabète. Ce devrait être un handicap reconnu.

Dans le moindre des signes, des conversations, dans la société des hommes c'est l'équivalent d'être à la fois aveugle pour ce qui est de lire et sourd-muet pour ce qui est de communiquer. Vous percevez des formes, vous distinguez des bruits, mais plus rien n'a de sens. Quelqu'un se noierait devant vous dans la Kamo River en appelant à l'aide, vous pourriez croire que les Japonais, décidément bizarres, aiment prendre des bains d'eau glacée en gesticulant et en criant leur satisfaction aux passants dans une démonstration de courage un peu puérile, mais sans doute codifiée par le folklore. C'est certainement encore un truc que vous auriez raté dans le guide. Et vous passeriez votre chemin.

Cependant, l'enquête avait avancé un tout petit peu, par élimination en quelque sorte. Les collègues de bureau, qui parlaient anglais parce qu'ils travaillaient dans la finance, avaient accepté de rencontrer Richard après le travail. Ils lui avaient expliqué que le père de Yukiko devait prendre sa retraite, il le leur avait annoncé la semaine précédant son départ. Selon leurs témoignages, il n'y avait pas lieu de s'inquiéter : il leur avait dit qu'il avait planifié un grand voyage avec sa femme, il avait simplement dû le réaliser avec quelqu'un d'autre. Ils ne lui connaissaient cependant pas de maîtresse. Ils convenaient aussi que cela ne se faisait vraiment pas.

Son patron avançait la même explication. Il avait l'air un peu agacé. Il avait dit à Richard : « Au Japon, lorsque vous prenez votre retraite, vous avez soudain le droit de devenir fantaisiste, de faire ce que vous voulez. C'est un peu comme si vous redeveniez enfant. Mais ça ne veut pas dire qu'il faille se mettre à faire des choses stupides comme les enfants. »

Richard avait mis une semaine à tout éplucher : il avait demandé à la mère de Yukiko la permission d'emporter dans une boîte les affaires personnelles de son mari, son téléphone, son portefeuille, la lettre qu'il avait laissée, les relevés de compte des trois derniers mois, toutes les photos qu'ils avaient retrouvées dans sa chambre et surtout le contenu de son tiroir du bureau, que l'entreprise avait renvoyé chez lui par colis. Il examinait les documents le soir, à l'hôtel, dans sa chambre. Il n'avait pas voulu que Yukiko les conservât, question de professionnalisme, mais il avait besoin d'elle pour les traduire.

Richard B. n'était peut-être pas Sherlock Holmes, mais les divorces, il connaissait.

Il savait bien qu'il était presque impossible à quiconque de dissimuler toute trace d'un adultère. Il y aurait forcément un retrait d'argent suspect, une facture de love hotel, un billet de cinéma sur les heures de travail, un ticket de garantie d'une montre pour femme, un nom qui reviendrait dans l'agenda ou, au contraire, la mention répétée d'un rendez-vous sans nom, l'utilisation d'une couleur ou d'un stylo différent, un SMS qui traîne, une photo ou une lettre pliée en huit au fond du tiroir, Richard connaissait tous les trucs, il téléphona même à la mère de Yukiko pour qu'elle lui donne le kilométrage de la voiture et compara avec celui répertorié lors de la dernière révision, s'assura qu'elle-même ne l'avait pas conduite depuis et qu'ils ne s'en servaient pas le soir, préférant utiliser des taxis à cause de la réglementation très stricte sur l'alcool, lui demanda s'ils étaient partis en voyage ou en week-end – non –, multiplia le nombre de jours par le nombre de kilomètres entre la villa et l'entreprise, fois deux pour le retour : rien. Une différence non significative, pas de quoi passer la journée, en douce, à Amanohashidate, avec une fille jeune et dispendieuse ou vieille et romantique. Chou blanc.

La façon de partir, le coup de la retraite dont sa femme ignorait tout, indiquait une fuite planifiée, ce qui signifiait pour Richard quatre-vingts pour cent de chances d'avoir une maîtresse. Mais l'examen rigoureux auquel il venait de soumettre son train de vie de ces derniers mois faisait tomber les statistiques autour de zéro.

Richard tournait en rond.

Yukiko découpa la photo de son père sur sa carte professionnelle et la rangea dans son portefeuille. Elle n'avait pas de photo de lui.

Les fiches de Richard prenaient la forme de poèmes. Il se sentait seul. Impuissant. Il faut dire que Richard était le bon client pour ça. Même à San Francisco, son boulot de détective ne l'avait jamais intéressé qu'à la mesure de ce que ça lui rapportait, c'est-à-dire pas grand-chose. Il l'était devenu un peu par accident. Dans le fond, il n'aimait pas les choses qui avaient un sens caché, mais il aimait les choses qui n'avaient pas un sens évident, il aimait les choses absurdes, comme donner des noms aux flocons de neige et imaginer le drame éphémère de leur chute silencieuse, il aimait que notre vie n'ait pas plus de sens que ça, ce qui ne l'empêchait pas d'y porter de l'intérêt et même de l'affection, comme à ces flocons de neige. Ce qu'il aimait c'était rêver. Passer des journées à pêcher la truite en rivière, assister à des rodéos, partir dans le désert ou à la montagne, tout ce qu'on peut faire sans être vraiment là, tout ce qui se déroule, quand on le fait, un peu en dehors de nous, comme écrire un poème sans raison, juste par goût du miracle. Il voyait Yukiko se débattre avec son enfance. Lui, avec son amour pour Yukiko qui ne trouvait pas d'issue. Leur enquête n'avait aucune chance. Il écrivait :

J'ai des émotions
qui sont comme des journaux qui
se lisent eux-mêmes.
Je passe des jours entiers
coincé dans la rubrique des petites annonces.
J'ai l'impression d'être une annonce
pour la vente d'une maison hantée :
18 pièces
37 000 dollars
Je suis à vous
Fantômes et le reste.

Les hommes de Gion

Kaze ne sait pas se servir d'un pistolet, mais il ne compte pas vraiment s'en servir. L'atelier a été visité cette nuit et, lorsqu'il a interrogé le gosse, celui-ci lui a dit qu'il avait vu deux hommes qu'il ne connaissait pas, les cheveux courts, des cols roulés noirs, une sale tête, qui entraient dans la cour alors qu'il traînait un peu avant de se coucher. Kaze ne sait pas comment, mais ils l'ont retrouvé, c'est certain. En questionnant les gens du quartier, c'est l'affaire d'un jour ou deux pour qu'ils débarquent chez la Tortue. Il faut de nouveau partir, et le choix des destinations n'est pas énorme s'ils sont capables de le débusquer à Tokyo. Mais auparavant, il faut qu'il tire au clair ce qui peut l'être de ses affaires, ici.

Les hommes de Gion. C'est ainsi qu'il avait fini par les appeler, ceux que son patron invitait dans la maison de geiko une fois par an, les clients dont il lui avait demandé de s'occuper personnellement, les très riches, les sans-noms, les hommes de Gion qui se vautraient, sous prétexte de traditions, dans les rêves voluptueux du saké au goût fleuri de kimono. Il n'avait pas pu remonter la trace de tous, seulement de quelques-uns, des intermédiaires. Il avait commencé à comprendre ce qui se passait.

À l'époque il n'avait rien suspecté, parce que tout cela a eu lieu dans les jours qui suivirent la triple catastrophe du séisme, du tsunami et de l'accident nucléaire du Tohoku. Des nombres à sept chiffres changeaient de colonne toutes les secondes, et il avait fallu travailler quinze, dix-huit heures par jour en se relayant pour surveiller les mouvements des Bourses jusqu'à New York. La Japan Bank avait rapatrié des centaines de milliards de dollars pour stabiliser la monnaie avant que la place de Tokyo ne devînt un trou noir. C'était la panique et, bien sûr, ce n'était rien en comparaison de la panique psychologique. On parlait de l'évacuation de quinze millions de personnes à Tokyo, la capitale. Les amis là-bas faisaient état de répliques de magnitude quatre, cinq, jusqu'à sept, toutes les semaines. Les gens ne le disaient pas, parce que ça ne sert à rien, ça n'apporte rien de bon, mais beaucoup avaient peur. Beaucoup ont pensé que c'était peut-être la fin. Les clients particuliers du patron étaient passés inaperçus au milieu de tout ce merdier.

Kaze avait appliqué les consignes que lui avait données le vieux, un ou deux ordres par client, qu'il s'était contenté de faire exécuter sans y penser, parmi une centaine d'autres par jour. Pris séparément, le bilan de leurs profits n'était pas considérable, cependant c'était déjà un miracle d'avoir réalisé des plus-values au moment de la catastrophe. Surtout, c'est lorsqu'on les considérait *ensemble* que ces mouvements révélaient leur nature. Les hommes de Gion avaient investi massivement dans la reconstruction avant même que la catastrophe ne devînt officielle, que les dégâts ne soient rendus publics. Sociétés de travaux et de transport, sociétés de jeux, casinos, hôtellerie, golf, établissements de bains, tout cela ne laissait aucun doute, c'était l'arsenal habituel de la mafia. Chaque investisseur n'en possédait qu'un petit bout, mais, quand on additionnait les clients des agences et de l'avocat, ils avaient pris le contrôle. C'est comme si les yakuzas s'étaient brutalement recentrés sur leur cœur de métier, en quelques heures, délaissant les placements virtuels des fonds Asie-Pacifique pour les transformer en force de frappe et d'action bien réelle. Une recapitalisation, en quelque sorte. Le gouvernement était comme stupéfait, englué dans ses accointances avec la Tokyo Electric Power et ses mensonges pour gagner du temps. Ce furent les gouverneurs de provinces et les maires qui finirent par prendre les choses en main. Ils prirent la responsabilité de faire évacuer leurs villes, entamèrent des négociations avec les assurances, débloquèrent des fonds d'urgence, organisèrent les refuges. Ils traitèrent directement avec les sociétés privées qui proposaient leur aide. Kaze n'avait pas été très étonné de retrouver toutes celles qu'il avait identifiées dans les contrats publics signés à la va-vite, sans appel d'offres, par des municipalités aux abois. La ruée vers la catastrophe fonctionnait sur le même principe que la ruée vers l'or : premier arrivé, premier servi. Les boîtes se faisaient payer en terres constructibles sur le littoral dévasté, avant qu'aucun fonctionnaire de l'équipement ait le temps de réagir. Bon Dieu, et qu'auraient-ils pu dire ? Officiellement on ne parlait même pas encore d'accident nucléaire. Les hommes de Gion s'étaient acheté une région, ni plus ni moins, en low cost au cœur de la crise.

Il range le pistolet dans la trousse à outils sous un chiffon gras, à la place des clés et des tournevis. Étonné, il constate que cela pèse presque le même poids. Il a enfilé sa combinaison bleue, a donné sa journée au gamin, avec un peu d'argent.

« Amuse-toi. Achète des mochi glacés au Lawson et blague avec le vendeur, dis à la Tortue que tu ne sais pas où je suis, parle à des gens du quartier que tu connais. Paie un coup au cordonnier, il se souviendra de toi. J'ai quelque chose à faire et je ne veux pas que tu y sois mêlé. »

Akainu était resté bouche bée.

Quand Kaze gare la camionnette devant l'immeuble tout blanc, ses mains tremblent. Il est sept heures et demie. C'est l'avantage de San'ya, la journée commence plus tôt qu'ailleurs. Il prend son temps pour se calmer, respire doucement et profondément, les mains sur le volant. Ne pense pas à ce qui peut arriver, fais-le. Il fume deux cigarettes. La deuxième lui soulève le cœur. Il sort.

Il sonne à la porte, chez le gardien, montre sa trousse à outils et agite ses clés devant la caméra de l'interphone.

« Je viens pour la réparation chez M. Otomo. Il a laissé les clés de son appartement à l'agence de location, mais j'ai oublié de noter le code de l'immeuble. »

Il continue d'agiter les clés. C'est un détail improbable qui fait vrai. La voix métallique du gardien dans l'interphone commence à enchaîner les formules de politesse un peu gênées. Il n'est pas au courant d'une réparation, mais il n'a pas dit non tout de suite. Il ne sait pas trop quoi faire. Il n'y a plus qu'à l'aider un peu.

« C'est de ma faute, mais si je retourne à l'agence maintenant pour avoir le code, je vais être en retard toute la journée. Heureusement que vous êtes là. »

La porte s'ouvre.

Ce gardien aura de sérieux problèmes.

Onzième étage. Kaze ne cesse d'essuyer sa main droite en la frottant contre sa cuisse. L'autre tient la poignée de sa trousse à outils. Il la laisse transpirer, tant pis. Il n'y a que deux portes par pallier et, heureusement, le nom des occupants est marqué sous la sonnette.

Maintenant, il sait ouvrir une porte en glissant dans la gâche, au niveau de la serrure, une radiographie médicale pliée en quatre, juste assez souple pour contourner le chambranle et juste assez rigide pour repousser doucement le pêne à l'intérieur. Il s'y reprend à plusieurs fois, il n'a pas encore le tour de main. C'est le cordonnier du rez-de-chaussée qui lui a appris à faire ça, dans l'immeuble du pendu.

Il sort son pistolet avant d'entrer. Que l'effet de surprise soit maximal, qu'il n'y ait pas de place pour la confusion. Il entre et c'est partout de la moquette, un appartement de riche. Il referme la porte avec le verrou cette fois, pose son sac juste derrière. Il appelle et, évidemment, le type apparaît dans son salon comme une poupée à ressorts, complètement ahuri, ce n'est pas normal que quelqu'un l'appelle de chez lui. C'est un avocat qui commence à grisonner. Il n'a pas encore mis sa veste, et sa cravate pendouille de chaque côté de son col. Il vient de se raser probablement. Un avocat d'affaires, avec de petites lunettes rondes et fines en or, des boutons de manchettes et de la moquette jusque dans la salle de bains. Il regarde le pistolet. Lève les bras de façon un peu stupide, comme dans un film. Balbutie une question qu'il ne termine pas, annonce qu'il a de l'argent.

« Je ne suis pas venu pour ça.

— Qui êtes-vous ?

— Asseyez-vous.

— Que me voulez-vous ?

— J'ai travaillé pour des clients à vous, monsieur Otomo. Des clients pour lesquels j'ai placé l'argent, en tant que courtier, mais dont j'ignore l'identité parce que vous étiez leur représentant légal.

— J'ai des dizaines de clients. Mon agenda est au cabinet. »

Puis l'avocat continue de protester mollement, réitère son offre d'argent, assure qu'il ne peut donner le nom de ses clients. Il fait comme s'il ne comprenait rien, et vu le caractère incongru de la situation, ce type en uniforme de plombier ou de déménageur qui le menace chez lui et lui pose des questions sur ses affaires, c'est peut-être vrai qu'il n'y comprend rien. À chaque fois, Kaze fait un léger mouvement du poignet pour agiter son arme sous son nez, et les propos de l'avocat se font plus embrouillés. Kaze ne dit rien, il attend, il le laisse s'emmêler les pinceaux, essayer de tirer ses propres conclusions. Les yeux de l'avocat, derrière ses lunettes fines en or, vont dans tous les sens, on dirait qu'ils inspectent son cerveau à la vitesse de la lumière. Il va finir par accepter le rapport de forces. Lui demander de s'expliquer, tout simplement, laissant retomber ses épaules autour de sa cravate comme sous le coup d'une fatigue brutale. Alors il lui explique. Les dates, les montants, les sociétés qui apparaissent. Il connaît tout par cœur.

L'avocat le regarde et ses yeux s'écarquillent. Il comprend. Il commence à avoir peur. Lui sait de qui il s'agit, de quoi ils sont capables. Mais il a encore plus peur du pistolet de Kaze. Il n'en a jamais vu.

Il écrit la liste, penché sur la table basse, le canon de l'arme posé sur la nuque. C'est froid. Lourd. Et surtout il sent cette odeur de graisse qui l'écœure. Juste quelques noms. C'est édifiant. Il y a des membres du gouvernement de l'époque, des hommes d'affaires, le patron d'une fondation très puissante. Il doit y avoir un instigateur, un organisateur. Kaze insiste. Quelqu'un, probablement pas l'un d'entre eux, a mis très vite en relation tous ces gens pour que les informations du gouvernement aillent aux investisseurs, que les ministres se sucrent au passage, quelqu'un qui a concerté un plan pour que l'argent circule à la vitesse de la fibre optique de tous ces points différents vers un abri d'abord, très loin de tout ce qui promettait déjà de se casser la gueule dans les heures qui allaient suivre, puis piquant de leurs paradis numériques vers une cible mouvante la constellation de sociétés dont ils prenaient brutalement le contrôle, incognito, et qui auraient à réparer les dégâts dont eux seuls alors n'ignoraient pas l'ampleur. Ils avaient racheté en masse les parcelles à un prix dérisoire, sachant qu'on n'y ferait pas repousser de maisons, mais, pourquoi pas, des casinos, des golfs. Ils avaient eu les moyens logistiques d'être les premiers à mettre un pied dans la porte, d'envoyer dès l'annonce officielle des centaines d'ouvriers, travaillant pour des sous-traitants, dans les villes rasées et la centrale elle-même. Dès les premières rumeurs de pillages et de viols, le 15 mars, la police avait envoyé trente officiers, et le Yamaguchi-gumi, le principal syndicat du crime japonais, avait diligenté de son côté neuf cent soixante gros bras pour faire régner l'ordre. Ils déambulaient dans les zones sinistrées en montrant leurs tatouages. Les yakuzas avaient repris leur rôle historique de protecteur de la nation, ils s'en glorifiaient dans les journaux patriotiques d'extrême droite. Les yakuzas étaient derrière tout ça bien sûr, mais pas un simple chef de clan. C'était trop bien coordonné. Il y avait un homme derrière le syndicat lui-même, derrière les hommes de Gion, qui pouvait les contrôler tous. Kaze voulait un nom. Une personne, quels que soient les commis de l'État, qui puisse les manipuler, capable d'unifier les politiques, les investisseurs et la pègre dans le but d'un profit maximal, qui se chiffrerait en centaines de milliards de yens, cependant que le pays s'enfonçait de nouveau dans la crise.

Un empereur de l'ombre, un nouveau shogun.

Sans épée, sans joyau ni miroir.

Le pouvoir sans ses attributs. Un nom.

« Il me faut un nom.

— Vous ne pouvez rien. Vous allez au-devant de très gros ennuis.

— Peu importe.

— Je ne peux pas vous donner de nom. Je ne le connais pas. J'ai toujours eu affaire à des intermédiaires.

— Son nom. »

Et à ce moment Kaze hésite. L'avocat est tout rouge. Il a les yeux qui roulent comme des galaxies lointaines. Il est au bord de la suffocation, assis en face de lui, transpirant à grosses gouttes. Il se tait. Il faudrait lui faire encore plus peur. Mais quand vous avez commencé à brandir une arme, pour aller plus loin il faut s'en servir, et il sait qu'il n'y est pas prêt.

Peut-être que l'avocat le sait aussi.

Fugitivement, il pense à Kasumi, son épouse, il l'imagine, seule, dans leur maison de Kyoto, ne pouvant plus s'occuper du jardin, c'est dans quelques années, les bambous et les pins obscurcissent la vue, grignotent la terrasse, les pissenlits et les carottes sauvages envahissent la mousse des jardins jusqu'à ce qu'elle ne puisse même plus sortir, et personne ne vient plus la voir, elle se décharne, ce n'est plus qu'un fantôme en kimono et en cheveux, qui s'accroche et ne veut pas mourir avant de l'avoir revu. Est-il temps encore de faire machine arrière ?

Un instant son regard glisse jusqu'à la fenêtre. Il n'y peut rien. C'est ainsi à chaque fois qu'on réfléchit ou qu'on se souvient, dans une pièce fermée, le regard tente de s'échapper. L'avocat fait alors une chose absurde, vraiment idiote : il lui saute dessus.

Enfin il essaie de faire ça, parce qu'il est assis dans son gros fauteuil carré, trop bas, son fauteuil chic trop près de sa moquette de riche, ce qui l'oblige à prendre appui sur les accoudoirs et à basculer son dos vers l'avant, dans l'espoir stupide de bondir, trop tard. Le coup est parti presque tout seul.

Kaze regarde le corps de l'avocat s'effondrer, le sang qui commence à noircir la moquette. Il y a une drôle d'odeur de poudre dans la pièce, comme pour les feux d'artifice du 15 août.

Tandis qu'il appuie avec un genou dans le dos de l'homme, se penchant sur lui jusqu'à sentir son souffle, au milieu de son long gémissement, il lâche enfin. Un nom, contre l'assurance que Kaze appelle une ambulance.

Il est plein de colère contre lui-même. Il conduit trop vite pour rentrer à l'auberge de la Tortue récupérer ses affaires. Il va falloir disparaître, encore.

Il est trop tard à présent pour revenir en arrière.

Le dernier combat

Ils sont revenus voir Nozomi, l'étudiant voyageur. Il leur a donné rendez-vous chez lui, dans la maison de johatsu qu'il occupe alors au bord de la rivière. C'est une maison de style traditionnel, très difficile à chauffer. Richard et Yukiko arrivent en fin d'après-midi. Nozomi a préparé un thé, mais il paraît plutôt rassuré lorsque Richard lui demande s'il n'a pas quelque chose de plus alcoolisé. Il sort des verres à saké en plastique, imitation bambou, et deux ou trois *kampaï !* plus tard, passés à le remercier et à lui faire des compliments en japonais, la conversation peut reprendre au sujet des disparus du Japon, là où ils l'avaient laissée la semaine précédente au café. Nozomi est joyeux. Il parle légèrement mais sans cynisme du phénomène. Le cynisme n'est pas un trait du discours japonais.

« Il faut que vous sachiez d'abord qu'ici, au Japon, un adulte a légalement le droit de disparaître.

— Il n'y a pas d'enquête de police.

— C'est comme une fugue. On dit *yonige*, ça veut dire « fuite de nuit ». Dans le fond c'est une sorte de déménagement, mais sans laisser d'adresse.

— Comment fait-on ?

— Je ne sais pas. On part. Il y a des gens qui se font licencier de leur entreprise. Ils ne le disent à personne. Ils ont honte. Leur femme compte sur eux, sur leur travail, pour faire vivre toute la famille. L'éducation des enfants, les cours du soir, la natation, le piano, tout cela coûte excessivement cher. Ils ne savent pas quoi faire, ils continuent de s'habiller, de prendre le métro tous les matins, à l'aube, ils passent la journée dans le quartier de leur ancien travail, dans un parc, parfois en bas de l'immeuble ou juste en face, parce qu'ils n'ont pas vraiment d'autre endroit où aller. Quoi faire ? Ça les rend fous, mais ils se sentent vraiment piégés. Et puis arrive le jour de la paie. Ils sont au pied du mur et leur mensonge est sur le point d'éclater. Alors ils se rasent et ils se préparent, comme d'habitude, mais ils prennent le métro dans l'autre sens, jusqu'au bout de la ligne. J'imagine qu'ils n'ont même pas idée de ce qu'ils vont faire ensuite, mais ils n'ont pas le choix. Ils disparaissent. Ils s'évaporent.

— C'est absurde.

— Il doit y en avoir qui pensent au suicide et qui ne veulent pas imposer ça à la famille. Autrefois, on emmenait ses vieux à la montagne de Narayama, vous avez lu cette histoire de Fukazawa, non ? Il y a des gens qui se suicident pour moins que ça, une dette d'honneur ou un chagrin d'amour. Ça existe aussi, chez vous. Qu'est-ce qui est le plus absurde ? »

Richard jette un regard à Yukiko qui a les yeux humides, mais qui tient le choc. Elle n'a pas dit que son père avait disparu, seulement que Richard est écrivain. Poète. Que cette histoire l'intéresse, parce qu'elle est très étrange, pour un Américain. C'est pour cela que Nozomi parle si librement. Richard l'écoute et se dit que les Japonais ont beaucoup de recul sur leur propre culture quand ils en parlent en anglais. Ça ne les empêche pas d'y adhérer parfaitement, en japonais.

« On dit souvent que les johatsu sont des lâches, qu'ils ont arrêté de se battre. Je crois que c'est le contraire. C'est le seul moyen de continuer à vivre. Je vois plutôt cela comme un choix salutaire et courageux. C'est leur dernier combat.

— Comment font-ils, pour vivre ?

— En marge. Ils changent de ville et ne se déclarent pas dans leur nouvelle préfecture. Comme l'ancienne les a déclarés disparus, ils n'existent plus. On n'a pas de carte d'identité nationale ici, c'est beaucoup moins centralisé que chez vous. La plupart des Japonais n'utilisent que leur carte de visite pour prouver leur identité.

— Ils ne peuvent plus travailler.

— Ils ne seront plus salarymen, mais il y a encore des employeurs qui ne sont pas regardants. Dans la restauration, l'hôtellerie. Tous les métiers qui ont un lien avec le syndicat aussi, évidemment. Le jeu, la construction. Même si avec la récession c'est plus difficile. Il y a beaucoup de clochards de nos jours. »

Nouveau coup de butoir contre les digues de ses paupières qui se ferment. Yukiko cligne des yeux plusieurs fois, très vite, relance elle-même pour s'impliquer, comme si ce n'était qu'une conversation, des mots, comme toujours sans importance.

« Est-ce qu'ils réapparaissent ?

— En théorie, c'est possible, mais je crois que ça n'arrive jamais. J'ai rencontré un journaliste étranger à Tokyo qui faisait comme vous des recherches sur ce sujet. Il m'a dit que les johatsu ne devaient pas appeler leur famille pendant cinq ans. C'est une histoire légale, parce qu'on ne peut pas saisir les biens d'une personne disparue. Un mort, s'il a des dettes, vous pouvez encore attaquer ses héritiers, mais un disparu : à qui voulez-vous faire un procès ? Le problème, c'est qu'après cinq ans même ceux qui s'en sont sortis n'osent plus appeler. Ils ont peur que des membres de leur famille soient morts ou malades et qu'ils n'aient pas été là. Ils ont fini par intégrer le fait qu'ils avaient disparu. Je suppose qu'il y en a qui essaient de refaire leur vie. La plupart sont comme des fantômes.

— Ce journaliste, vous croyez que nous pourrions le rencontrer ? Il vit à Tokyo ? »

Et c'est ainsi que Richard et Yukiko firent leurs bagages encore une fois.

Départ pour le Nord

« Je veux partir avec toi.

— Je suis désolé, Akainu. Je te laisserai un peu d'argent.

— Emmène-moi.

— Écoute. Les hommes que tu as vus, hier, c'étaient des yakuzas. Ce sont des hommes très dangereux, je ne peux pas t'emmener. Ici tu trouveras vite un autre arbaito, tu t'en sortiras. Il y a plein de petits boulots pour un garçon débrouillard comme toi.

— Mais je veux venir.

— Non. Tu ne comprends pas, Akainu. Je suis parti de chez moi pour que ma femme soit en sécurité, ce n'est pas pour te mettre en danger maintenant. Je pars seul.

— Ces hommes dont tu parles, je les connais.

— Qu'est-ce que tu racontes ?

— Ils ont tué mon ancien patron, le vieux Kobayashi, et j'étais là. C'est après moi qu'ils en ont.

— Ce n'est pas possible.

— Le Vieux ne pouvait pas payer pour la protection de son commerce. Ils tiennent tout le quartier.

— Tu dois te tromper, ce n'est pas possible.

— Ils m'ont vu mais j'ai réussi à m'enfuir. J'étais témoin du meurtre, c'est pour cela qu'ils me cherchent. »

Kaze revoit le corps de l'avocat s'effondrer. Il a encore, au fond de la gorge, l'odeur de la poudre qui est devenue un goût un peu âcre. Tout est toujours trop tard.

« Tu dois aller à la police.

— Pour qu'ils me mettent dans un centre ou qu'ils m'accusent du meurtre de mon patron ?

— Tu n'es qu'un enfant. Ils te protégeront.

— Parce que toi, tu es sûr qu'un enfant des rues comme moi ne peut pas tuer un vieillard sans défense pour lui voler son argent, en lui enfonçant un couteau dans le ventre, comme ça ? »

Il mime le geste qu'il a vu faire à l'homme au col roulé dans la gargote du vieux Koba. Il a un regard dur. Il est en face de Kaze, garde le bras tendu à hauteur de son ventre.

« Alors c'est toi qu'ils cherchaient. Pourquoi tu ne me l'as pas dit, Akainu ?

— Je ne sais pas ce que tu aurais pensé. Tu ne veux plus partir, c'est ça ?

— Maintenant, j'y suis obligé quand même.

— Où va-t-on ?

— Dans le Nord. »

Akainu écarquille les yeux.

Le Nord. Furusato. Même si quatorze ans c'est trop tôt pour avoir de la nostalgie. Le Nord, c'est de là qu'il vient. Le Nord, c'est avant le tsunami.

Un rêve à Fukushima

Vous êtes au bord de l'océan.

Autrefois il y avait une ville ici. Des gens. Une civilisation. Il n'en reste aucune trace.

Il paraît que les habitations les plus proches de l'eau étaient souvent les moins solides : construites en bois et en terre, elles ont été pulvérisées par la vague. Pas aplaties ou démantelées, mais changées instantanément en un nuage de poussière, une écume de boue, comme volatilisées. Il est vrai que les maisons de béton construites un peu plus loin n'ont pas résisté non plus, cependant les dégâts qu'elles ont subis étaient plus imaginables : elles s'effondraient, se brisaient sous le choc, se faisaient éventrer par tout ce que charriait la vague, bateaux, camions, wagons, débris des maisons voisines. Les immeubles eux-mêmes, encore un peu plus loin, se décharnaient de leurs panneaux de préfabrication lourde qui s'arrachaient comme les feuilles de papier qu'aurait déchirées la main invisible d'un géant, jusqu'à ce que leur ossature d'acier à son tour plie et se déforme, se torde, se mette à onduler, soudain molle et plastique.

Il y a un arbre qui a tenu le coup, sans doute parce que ses racines étaient plus profondes que les fondations que construisaient les hommes de cette côte. C'est un vieil arbre. Il est tout seul maintenant et il va sans doute mourir parce que le niveau de l'eau est monté après ça, et qu'aucun arbre ne pousse dans la mer.

Vous ne savez pas trop ce que vous faites là.

Peut-être que vous êtes juste venu voir, et il n'y a rien à voir.

C'est un paysage désolé. Une désolation. Évidemment, ça ne veut rien dire. Un paysage ne pense pas, il ne peut pas être « désolé ». Et même vous qui êtes là et qui le regardez, à vrai dire vous ne pouvez pas être « désolé » pour un paysage, seulement pour les gens qui vivaient là et dont il ne reste rien. Vous songez qu'il n'y a pas de catastrophe naturelle. Juste des tragédies humaines, provoquées par la nature à qui tout cela est bien indifférent. Les hommes, dans le fond, ils n'auront fait que passer dans cet endroit. Leurs villes ont été englouties aussi facilement qu'on noie une fourmilière. Il y a toujours quelque chose de dérisoire dans le tragique.

Vous frissonnez, parce qu'il neige depuis plusieurs jours et cela efface les reliefs des quelques ruines qui doivent subsister çà et là. Ce que vous contemplez n'a plus d'échelle, à part le vieil arbre qui s'épuise doucement à lutter contre le sel.

Tout est blanc, même le bruit.

Il n'y a plus d'oiseaux.

Aucun moyen de se faire une idée de la vie qui régnait ici.

Sans doute il y a longtemps les hommes de cette côte étaient des pêcheurs. Leurs femmes travaillaient aux champs, un peu plus loin dans la vallée, aux rizières. Ceux qui ne produisaient pas la nourriture la transformaient, il y eut des bars et des restaurants. Le village grossit. Vinrent les temples, vinrent les écoles, et un ou deux seigneurs plus riches qui s'installèrent sur les hauteurs et se mirent à collecter des impôts. Le temps passant, la population continuant de croître, des usines s'implantèrent dans la région. Elles fabriquaient beaucoup plus de choses que ne pouvaient en acheter les gens de cette ville et, lorsque leur commerce connut des revers, elles laissèrent simplement les habitants au chômage. Les plus pauvres s'installèrent de plus en plus près de la plage, dans des abris qui tenaient du cabanon de pêche. Et puis la vague emporta tout. Quelle pouvait être leur vie ?

Ouvriers, pêcheurs, artisans, agriculteurs. Ils avaient les mains calleuses. Ils mangeaient de la morue et des poissons gras, et buvaient de l'alcool de pomme de terre. L'hiver était très rigoureux par ici, au-dessous de zéro pendant plusieurs mois. Bien sûr, c'est encore le cas, mais il n'y a plus personne aujourd'hui pour appeler cela « l'hiver ».

Le train était arrivé jusque-là, aux temps des usines, mais celui à grande vitesse ne s'y était jamais arrêté. Sans doute cela l'aurait trop ralenti. Il n'aurait pas été « à grande vitesse », s'il s'était arrêté partout.

Il était de fait très rare que quelqu'un voyageât. Très rare qu'il revînt, surtout. Les mariages étaient encore, pour la plupart, arrangés par les familles. Il fallait rester entre soi, puisque personne ne venait. Et puis s'occuper des parents – sinon qui ? À cette latitude, certains des hommes de cette côte devaient avoir le teint hâlé et les pommettes hautes des Inuits de Sibérie. Ils se mélangeaient encore moins que les autres, parce que les autres ne voulaient pas que leur enfant ressemblât à un Inuit de Sibérie. Même les pauvres avaient leurs parias. Ils avaient leurs riches également, leurs maisons sont encore sur les hauteurs. Vous les apercevez, dans les premiers contreforts de la montagne proche : elles sont intactes. Pourtant elles sont vides : elles aussi ont été désertées.

C'est difficile de dire si c'était il y a quelques mois ou plusieurs années. Des siècles pourraient passer, ici, sans que personne s'en aperçoive.

Vous ne savez pas bien ce que vous êtes venu faire ici.

C'est un bruit de moteur qui vous tire de votre rêverie. Là-bas, sur la route qui serpente au flanc de la montagne, sous la forêt sombre des eucalyptus et des conifères, vous distinguez un camion-benne de chantier à l'habitacle orange, aux pneus pleins et larges mordant la neige fraîche en rugissant. Vous ne l'avez pas vu arriver et vous ne savez pas où il va. Vous le suivez des yeux, incrédule, jusqu'à ce qu'il disparaisse derrière la première colline. Un camion, ça va toujours d'un point à un autre, songez-vous. Plus au nord, là, peut-être dans la montagne ou plus loin encore, sur une côte qui aurait été épargnée par la vague – mais c'est impossible – il doit y avoir quelque chose. Quelque chose ou quelqu'un qui aurait survécu, un endroit digne de s'y rendre en camion de chantier malgré la neige. Et c'est comme s'il venait de vous montrer la voie.

Vous traversez les ruines. Ce n'est qu'un champ sous la neige. Vous mettez longtemps à les parcourir cependant, parce que vous prenez vos précautions. Il est impossible de savoir où l'on met les pieds, de deviner les gravats, les parpaings, les trous recouverts. Vous montez ainsi jusqu'à l'ancienne route, par le chemin forestier qui se perd par endroits, entre les pierres et les racines tortueuses des arbres. Vous marchez longtemps. Le temps d'être dépassé par un autre camion qui fait hurler ses klaxons en vous apercevant mais ne s'arrête pas. Lorsque vous tournez le flanc de la montagne, ce que vous apercevez de l'autre côté vous sidère.

Il y a là, dans le fond de la vallée, une sorte de chantier gigantesque, presque aussi grand que la ville de la côte que vous avez laissée derrière vous. Vous distinguez nettement d'abord le bruit des moteurs, puis le mouvement et les couleurs des véhicules. Des fourmis avec des gilets rouges s'agitent et parcourent la zone en tous sens, ce doivent être des hommes. Ils s'affairent autour de collines séparées les unes des autres par des pistes aménagées pour les engins et par des grillages. Elles sont à peu près rondes, il y en a une bonne douzaine. Vues ainsi, sous la neige, depuis la montagne où vous vous tenez, on dirait que la terre a fait des cloques, une allergie, une brûlure.

Mais ce ne sont pas des collines. Juste des tas, grands comme des collines.

C'est une décharge.

Elle s'étend à des kilomètres. Chaque tas est destiné à recueillir un type de matériau. Il y a des coteaux de frigidaires et autres lave-vaisselles, des dômes de gravats de béton, des sommets de plastique, jouets, bassines, des volcans de vêtements, de rideaux et de canapés, et d'autres de voitures, des massifs de poutres, de portes et de meubles, sous la neige on dirait des drumlins constitués de moraines de fonds qui auraient convergé ici par la force inouïe d'un glacier.

Toute une ville en débris, consciencieusement triés, entreposés, monstrueux et inutiles.

Les survivants avaient tout perdu, alors ils avaient tout laissé.

Vous continuez d'observer le ballet des engins de chantier et des camions-bennes. Ils viennent de toutes les hauteurs entourant la vallée. Ils ne sont pas si nombreux, mais réguliers, lents. Les camions, c'est tout ce qu'on croise à présent sur ces routes. Ils sont conduits par des gens venus d'ailleurs. Ils ne vont nulle part finalement, ils ne font que déverser le contenu d'une vallée dans l'autre. Et peu à peu s'effacent les traces des hommes de la côte, comme s'ils n'avaient jamais existé. La décharge est tout ce qui en reste. Des vies réduites à leurs ordures, comme de la merde, tout juste bonne à engraisser les plantes, parce que la nature s'en fout bien de nous. Voilà ce que vous pensez. C'est un mélange de rage et d'écœurement qui vous saisit à ce spectacle. Que voulez-vous y faire ? L'impuissance, c'est peut-être cela, la honte.

Puis les machines s'arrêtent. Soudain vous réalisez que vous n'entendez plus les camions parce qu'ils ne sont plus là, ni les hommes qui travaillaient au chantier, disparus avec eux. C'est le soir déjà, il vient tôt par ici. Un énorme soleil est en train de plonger derrière la montagne à l'ouest, il est si gros, si rouge, on dirait une lune trempée dans du sang ou de la grenadine. Il n'est pas carmin, orangé ou fushia, ni n'importe quelle nuance de n'importe quelle déesse émue, se découvrant nue en sortant des eaux, comme le racontaient les hommes de cette côte. Il est rouge, d'un rouge puissant, vif, tel qu'il n'en existe pas sur terre ou, peut-être, seulement dans la nuit la plus profonde, la lave ou les braises, et l'on dirait que les crêtes des montagnes s'enflamment.

Vous le voyez distinctement, vous pouvez le suivre des yeux, vous assistez à ça.

Il n'est pas question de comprendre son mouvement ni de savoir s'il renaîtra ailleurs, soleil ou phénix, puisque vous savez que c'est la terre qui tourne, pourtant vous le voyez précisément s'enfoncer, avec une lenteur digestive, dans les saponaires qui s'embrasent, et la montagne s'ouvre, s'amollissant à son contact et fondant comme de la gomme s'effondrant par le milieu, vieux volcan prêt à ravaler son feu.

La terre pourrait se mettre à trembler, ce ne serait pas tellement étonnant par ici, maintenant.

Dans le ciel de phosphore aveuglé, autour de lui, les nuages sont les franges orangées de l'air incandescent. Il se met à tomber une neige épaisse, lourde, aux flocons serrés descendant droit comme des cailloux qui se perdent et qui, aussitôt touché le sol où ils s'agrègent et s'accumulent, finissent par tout recouvrir. Vous n'entendez plus l'océan, seulement le bourdonnement de milliards d'abeilles électriques préparant la foudre. Vous n'entendez plus l'océan et, lorsque vous tournez la tête vers lui, vous constatez avec horreur qu'il est comme figé, recouvert lui aussi de neige grise. Les flocons tourbillonnent et brouillent votre vue. Vous êtes obligé de protéger votre visage avec votre main.

Les collines de déchets s'estompent et disparaissent. Les arbres ne sont plus que hachures plus ou moins régulières, maladives, griffonnées sur la montagne. Vos traces dans le chemin forestier ont disparu, d'ailleurs on ne distingue plus le chemin au milieu des troncs noirs, ni le relief des pierres, des racines. Vous avez déjà de la neige jusqu'aux chevilles – et ça monte, ça continue sans cesse, comme une inondation.

Vous ne savez pas ce qu'il convient de faire.

Vous ne savez même pas ce que vous faites là.

Vous n'avez pas connu les hommes de cette côte.

Vous avez dû venir en voiture – comment, sinon ? Vous n'êtes pas d'ici. Mais il vous est impossible dans ce blizzard d'apercevoir la moindre trace de voiture près des ruines. Vous ne voyez pas de route non plus. Allez-vous rester coincé ici pour toujours ? Inquiet, vous songez que ce « toujours » pourrait ne pas durer très longtemps. La température chute rapidement. Il n'y a nulle part où se faire un abri. Vous redescendez d'où vous venez, mais votre pas est moins sûr et vous chutez une fois, puis une deuxième. Vous avez beau tapoter vos bras et vos cuisses, vos vêtements sont tout mouillés à présent, et vos mains gelées commencent à vous faire mal. On dit que le froid ressemble à une morsure. C'est ce que vous aviez entendu. Mais vous n'aviez pas imaginé qu'il s'agissait d'un million de morsures minuscules et aiguës, à l'intérieur de la chair, cependant qu'à l'extérieur la peau perd peu à peu la sensation du toucher, comme se raidissant. Vous approchez votre main de votre visage et il vous faut faire un effort à tâtons pour reconnaître la forme de votre nez. Vos oreilles vous font souffrir comme si on en brûlait le bord, juste l'arête de cartilage, avec une lampe à souder.

Évidemment le soleil a fini par plonger derrière la montagne, c'est pour cela que la température a chuté si brutalement. Ce qui vous inquiète le plus cependant, c'est que la nuit s'avance désormais de l'océan gris, comme si l'on tirait un voile noir sur le ciel, aussi vite que le froid. Si vous ne retrouvez pas maintenant votre voiture, vous allez être piégé ici. C'est un endroit où l'on ne peut que mourir. Et la tempête ne s'arrête pas.

Vous marchez en trébuchant au milieu des ruines, de la neige jusqu'aux genoux à présent. Vous essayez d'accélérer le pas dans une parodie de course, les bras ballants devant vous pour rattraper les chutes qui ne manquent pas, à chaque fois que votre pied se coince, heurte ou dérape sur quelque chose, sans que vous sachiez jamais ce que c'est. Vous avez peur et c'est la nuit, alors vous pensez aussi aux fantômes. Dans un endroit pareil ! Ce sont des histoires de grands-mères, mais il y en a eu pas mal, dans le coin. On en a même parlé dans les journaux.

De temps en temps, un flocon vient heurter votre pupille et ça vous fait un mal de chien, vous fermez les yeux énergiquement, vous les frottez du dos de la main mais rien n'y fait, ça vous brûle comme si on avait introduit une goutte d'acide directement entre vos paupières. Vous n'y voyez plus rien. C'est sûrement la fin. Est-ce qu'on va vous jeter dans un camion-benne, demain, lorsqu'on retrouvera votre corps ?

Vous ne savez même pas ce que vous êtes venu faire là.

Saloperie !

Putain de merde !

Il faudrait pouvoir en vouloir à quelqu'un.

Vous regrettez Dieu.

Pas pour le paradis, mais pour pouvoir l'engueuler. Tout est mal fait, tout est foutu. Ça s'écroule, ça se casse, ça se finit tout le temps. Le monde flotte, c'est tout, comme le Japon, comme une île. Une grosse boule qui roule dans l'espace, le monde, et même pas tout à fait ronde. Regardez comme c'est foireux. Vous allez mourir là, comme un con, et il n'y a personne à engueuler.

Les ruines font des bosses sous la neige, on dirait des vagues, et l'océan est pareil. Peut-être qu'il y a d'autres ruines, là-bas, au fond, d'autres Japons, d'autres côtes englouties, disparues, avec leurs pêcheurs, leurs ouvriers et leurs collégiennes, plissées dans les recoins des failles profondes, peut-être qu'il y a d'autres mondes, telles des pelures d'oignons.

Vous délirez.

Il faut vous ressaisir si vous voulez vous en sortir.

Là, à quelques mètres à peine, vous jureriez qu'il y a eu un mouvement. C'était furtif, à peine discernable dans la bourrasque qui soulève des écumes de neige, mais c'est suffisant pour vous donner le courage d'aller voir. Il faut escalader un petit muret que vous ne voyez pas mais qui vient de vous clouer sur place en percutant votre genou droit. Vous vous retenez de hurler, pourtant la douleur est épouvantable. Vous finissez comme un chien les bras profondément enfoncés dans la neige jusqu'aux épaules. Elle rentre dans votre col, pénètre votre blouson.

Vous progressez en rampant. De toute façon vos mains ne savent plus ce qu'elles touchent. Derrière le muret le terrain décroît rapidement. « Chuter » serait plus exact, et c'est ce qui vous arrive : vous tombez d'un bon mètre et vous vous retrouvez enseveli sous la neige, sur un sol plus mou où vos pieds se sont enfoncés, de la terre ou du sable. Vous vous redressez, malgré la douleur qui vrille une de vos chevilles, pour retrouver de l'air, en proie à la panique.

Votre tête émerge à présent seule de l'océan de neige.

Face à vous, un renard blanc.

Il est couché là, si léger qu'il ne s'enfonce pas d'un millimètre. Autour de lui vous ne voyez aucune trace qu'il aurait laissée dans la neige. Sa face est à quelques centimètres de la vôtre. Sa voix est douce. La vôtre est empesée de glace.

« Alors tu es revenu, toi aussi. Que croyais-tu voir ici ?

— Je ne sais pas. On dirait que tout va disparaître. Il y a tant de neige. Comment sortir de cet enfer ?

— Il n'y a pas d'issue. Tout a déjà disparu.

— Je suis bien venu, pourtant. Tout à l'heure, j'ai vu des camions. Je ne suis pas fou. Il faut que je retrouve la route de la plaine. J'ai dû venir en voiture.

— Tu ne t'en souviens pas ?

— Non, c'est vrai. C'est étrange. Que se passe-t-il, ici ?

— Tu es venu là avec la vague. Comme les autres. Mais pour une raison que j'ignore, toi, tu refuses de nettoyer les ruines en les emmenant à la décharge.

— C'est impossible, je suis vivant.

— Bien sûr. Et tu parles avec un renard.

— Ne te fous pas de moi. Comment sortir d'ici ?

— Regarde autour de toi.

— Il n'y a que de la neige. Je vais mourir de froid.

— Regarde mieux.

— Je ne vois rien.

— Ce n'est pas de la neige, idiot. Ce sont des cendres. Je t'ai dit que tout avait disparu. Tu es mort, comme tous les hommes de la côte. »

Vous avez fait ce rêve à Fukushima.

Tokyo blues

Les Japonais étaient des gens civils et délicats, et, concernant les Japonaises, on pouvait même ajouter jolies. Mais ce n'était pas facile de nouer un contact, alors de là à mener une enquête. Richard avait noté sur son carnet, dans les premiers jours de leur arrivée à Tokyo :

Je suis le seul Américain dans ce bar.
Tous les autres sont des Japonais.
(normal / Tokyo)

Je parle anglais.
Ils parlent japonais.
(bien sûr)

Ils essaient de parler anglais. C'est dur.
Je ne parle pas du tout japonais. Je n'y peux rien.
On parle un moment, on essaie.

Puis ils passent totalement au japonais pendant dix minutes.
Ils rient. Ils sont sérieux.
Ils s'arrêtent entre les mots.

Je suis à nouveau seul. Ce n'est pas la première fois
au Japon, en Amérique, partout lorsqu'on
ne comprend pas de quoi quelqu'un
parle.

Ils ont pris un hôtel à deux stations de Shinjuku, vers l'ouest, et Richard se perd à chaque fois qu'il doit faire le changement entre les lignes privées de la Keio Line et les JR, publiques. Quatre millions de Japonais transitent là tous les jours. Rien que de s'arrêter quelques instants dans un des halls de gare gigantesques qui assurent les correspondances entre des dizaines de rangées de tourniquets, plaqué contre un pilier pour ne pas se faire tout simplement écraser, contemplant les trois mille personnes à la minute qui défilent machinalement, sans même avoir besoin de regarder où ils vont, se positionnent seulement dans les flux, les différents courants qui se frôlent et se contournent sans se toucher, et il a l'impression d'un vertige.

Le matin, il partait en disant à Yukiko qu'il allait en ville, qu'il essayait de trouver une piste. Combien de gens vivent à Tokyo ? Il avait lu les chiffres quelque part : treize millions dans la ville, trente-cinq dans le métroplexe. Il l'assurait qu'il connaissait son métier et qu'au bon limier qu'importe la forêt, ce genre de bêtises. Elle avait des amies d'enfance à voir, après tout cela faisait quinze ans qu'elle n'avait pas remis les pieds chez elle, au Japon. C'est comme ça qu'elle disait à présent : « chez elle ». Elle le retrouverait le soir. Elle lui laisserait un mot à la réception pour qu'il sache où la rejoindre. Dans le fond elle devait bien se douter qu'un type comme lui arriverait tout juste à se perdre, à Tokyo. Et c'est exactement ce qu'il faisait. Yukiko souriait avec des yeux tristes en lui touchant le bras, tu es si gentil Richard, à ce soir. Mais que faire – aussi ? – il fallait bien faire quelque chose.

Alors il allait se perdre à Shinjuku, puis dans n'importe quelle station de la Yamanote Line, qu'il parcourait dans les deux sens comme une espèce de boulevard périphérique souterrain.

Dans le parc d'Ueno, au nord du Palais, du côté de la forêt il y avait une sorte de village de sans-abris. De fait, « sans-abri » n'est pas exactement le terme, même si on l'emploie aussi en japonais : *houmuresu*, c'est-à-dire homeless. Les cabanes rectangulaires se remarquaient malgré la futaie parce qu'elles étaient tapissées, à l'extérieur, de ces bâches bleues qu'on trouve partout ici et qui servent aussi bien aux chantiers qu'aux pique-niques. Pour une raison que Richard ignorait, ils n'avaient jamais eu l'idée de tisser des bâches plastifiées d'une autre couleur. C'était typique du Japon. Lorsqu'ils trouvaient que quelque chose marchait bien tel quel, ils n'éprouvaient nul besoin de l'améliorer par des variations. Les bâches étaient bleues comme les cuiseurs de raviolis étaient en bois ou comme les filles aimaient le rose. Sous les bâches, les cabanes étaient en planches, en palettes proprement clouées. On aurait dit de minuscules wagons. Elles étaient posées sur des parpaings ou des bûches pour les surélever et éviter ainsi l'eau de ruissellement. Elles étaient plutôt bien construites, on pouvait le dire, c'était même étonnant : leurs dimensions à toutes étaient quasi identiques, et à un moment Richard se demanda s'il n'y avait pas, en ville, un modèle préfabriqué, en vente en grande surface, de la cabane de SDF. Il y avait une sorte de porte, en général fermée par une moustiquaire et un pan de bâche. Devant, la paire de chaussures du propriétaire et, parfois, un pot avec une plante, des boutures fichées dans une boule en mousse ou un arbre nain. On ne pouvait pas y tenir debout, évidemment, mais on pouvait s'y asseoir, les jambes ballant sur le seuil, regardant le paysage. Et le parc d'Ueno était un des plus jolis paysages de Tokyo. À l'intérieur, une simple natte épaisse et parfois un futon, des pages de magazines punaisées sur les murs, dehors un réchaud à gaz et une casserole, toujours à côté d'une bassine en plastique pour servir d'évier. Pour autant qu'il put en juger, aucun des habitants du parc ne mendiait. Ils attendaient le soir pour fouiller les poubelles des restaurants populaires et de quelques épiceries. Évidemment, il y avait beaucoup d'alcooliques, mais ils ne rentraient pas chez eux plus saouls que les alcooliques qui avaient un travail. Et puis les Japonais étaient assez tolérants avec ça.

Richard pensait aux barjots qui sillonnaient le downtown de San Francisco, pleins de crack, depuis la fermeture des hôpitaux psychiatriques de la ville. Ils gueulaient dans Kearny Street toute la nuit en se traînant, la démarche de plus en plus claudiquante. Ils avaient des gestes nerveux et regardaient sans cesse le trottoir autour d'eux, comme des pigeons cherchant quelques miettes à picorer, parce que le caillou aussitôt fumé ils oubliaient et se mettaient à le chercher frénétiquement par terre, croyant qu'ils l'avaient perdu.

Ces Japonais étaient très forts. On peut dire ce qu'on veut sur le miracle chinois, les Japonais représentaient la seule civilisation d'Asie à avoir inventé le bushido et la seule du monde à se tenir encore à cette espèce de code d'honneur, d'honneur individuel et social à la fois, pas de prétention arrogante méditerranéenne ou d'hypocrisie pudibonde nordique.

Il se perdait à Shinjuku puis dans les bois du parc, apportait des bouteilles de saké pour montrer sa bonne volonté. Il discutait avec eux par signes et en rigolant, en buvant au goulot. La journée passait. Il se sentait un peu coupable vis-à-vis de Yukiko. Il aurait fallu un miracle pour que ça le mette sur la piste de son père. Mais c'est ce qu'il attendait, n'est-ce pas, parce qu'il était poète.

Richard prétendait que pour être poète, il suffisait d'avoir un solide sens du tragique, en même temps qu'une timide et obstinée propension au rêve. Il fallait aimer les miracles. Le moment magique où la probabilité qui se réalise vient contredire la statistique de sa réalisation massive, comme une variation brutale de forme au sein d'une fonction. Une singularité qui contredise non seulement la loi des grands nombres, mais le champ lui-même de ses possibilités.

Qu'un événement pût avoir lieu.

Il ne savait pas bien s'il recherchait vraiment le père de Yukiko ou simplement, faisant semblant de l'aider, un moyen de la retrouver elle. Bien sûr, à un moment ça ne suffirait plus de faire semblant.

Il rentrait à l'hôtel en taxi le soir, essayant de ne pas penser à la tête qu'elle ferait. Il pouvait imaginer le dialogue qu'ils auraient un jour si les choses tournaient mal entre eux, dès qu'elle en aurait assez de jouer la comédie, d'attendre, d'espérer. Est-ce que Yukiko croyait aux miracles ?

« Encore rien, mais je sens que je progresse.

— Tu sens surtout le vin.

— C'était du saké.

— Tu es un crétin, je ne sais pas pourquoi je t'ai demandé de venir ici. »

Dans le taxi il écrivit :

J'aime ce chauffeur de taxi
qui fonce dans les rues sombres
de Tokyo
Comme si la vie n'avait aucun sens.
Je me sens pareil.

La route numéro six

Dix mois, presque un an qu'il était parti. La première nuit Akainu n'était pas allé bien loin, parce que l'école était sur la colline et que derrière, plus haut, c'étaient les bois, la forêt dont il avait une peur bleue. Il avait erré un moment en ville, ou ce qu'il en restait, n'avait pas croisé grand monde. Il n'était pas allé voir sa maison. De toute façon il ne demeurait pas grand-chose du quartier du port. L'eau ne s'était pas encore retirée, il y avait de la boue partout, on ne voyait même plus les fondations des bâtiments arrachés de terre. Çà et là émergeaient, dans un enchevêtrement apocalyptique, des pylônes de lignes à haute tension aux câbles pendants, des véhicules et des bateaux couchés, des pans de murs et des portes de temples curieusement intacts, noirs de boue. La nuit était profonde, l'électricité avait été coupée. Le seul éclairage à l'horizon, c'était un halo inquiétant, orangé, très brillant, qui tranchait violemment avec le reste de l'univers en noir et gris. Akainu ne le savait pas, mais les collines de la ville voisine étaient en flammes. C'était parti de la raffinerie toute proche, et cela s'était propagé par des explosions de gaz, de réservoirs et de stations-services. Quand le vent d'ouest tournait au sud, l'air s'emplissait soudain d'effluves de gasoil et de cendres qui tombaient, comme de la neige, en plus léger encore, tournoyaient tout doucement et reprenaient de la hauteur au moindre souffle, de la cendre comme de la neige qui chercherait à s'envoler, au lieu de tomber.

Le garçon avait fini par trouver refuge dans une maison déserte, dans un quartier résidentiel plus éloigné de la mer, de l'autre côté de la route numéro six. Ici, les habitations n'avaient pas été démantelées par la vague, mais seulement en partie submergées par une marée de boue de plusieurs kilomètres qui charriait tous les débris arrachés aux quartiers détruits. Le rez-de-chaussée était encore inondé. La porte du garage était restée ouverte. Sans doute les gens qui vivaient là avaient-ils cherché à fuir après le tremblement de terre ou à l'annonce du tsunami. Ils avaient dû se retrouver bloqués dans les embouteillages, tout le monde essayant de quitter la vallée en même temps et, s'ils n'avaient pas quitté la route principale qui allait dans les terres pour prendre plus directement dans les montagnes, même à pied, ils avaient sûrement été piégés là comme tant d'autres. Peut-être en revenant, se souvenant qu'ils avaient laissé le garage ouvert, ou cherchant à récupérer quelque objet de valeur, les bijoux ou les urnes des ancêtres. Beaucoup de gens étaient morts en cherchant à retourner chez eux. Il y avait eu plusieurs vagues, et la première était loin d'être la plus haute.

À l'intérieur, les meubles avaient été renversés, cassés à terre, recouverts d'une épaisse couche de poussière de plâtre, de sable et de boue mêlés. La puanteur était si forte, un mélange d'égouts inondés, d'algues et de fuel dans l'air, que le jeune garçon crut qu'il allait vomir son cœur en entrant. Les nattes en bambou tressé, même dans les chambres du haut, étaient gorgées d'eau et de déchets, et pesaient une tonne.

D'après ce qu'il avait pu voir des pièces de l'étage, une famille vivait là. La fille avait déjà sa chambre et allait au collège, peut-être dans le même collège que lui. Peut-être qu'il la connaissait. Il n'essaya pas de trouver d'autres affaires à elle, qui auraient pu lui faire deviner de qui il s'agissait. D'abord parce qu'il était un peu gêné de dormir chez ces gens. Et puis parce qu'elle était peut-être morte. Il ne voulait pas apprendre que des gens qu'il connaissait étaient morts.

Il dormit sur la table de la cuisine, après y avoir déposé une couverture pliée qu'il avait dénichée dans le placard du premier étage, en guise de matelas.

Il ne voulait pas penser à ses parents. Ne voulait pas savoir ce qui leur était arrivé ni comment, s'ils avaient choisi la mauvaise route, s'ils avaient cherché à venir le prendre à l'école ou s'ils avaient voulu revenir chez eux ou secourir un voisin plus âgé. Dans le fond, il ne savait pas s'ils étaient vraiment morts, mais il ne voulait pas se poser la question. Il se donnait des raisons de fuir. Il crevait de peur. Il y aurait d'autres secousses. Il crevait de peur toute la nuit sur la table de la cuisine.

Il aurait pu aller à Sendai, c'était la préfecture et là que travaillait son père. Il aurait dormi au sec dans un gymnase, le nouveau stade de baseball ou la médiathèque. Il aurait attendu des nouvelles de ses parents. Il aurait été placé, sans doute, dans une famille. Cela aurait duré des semaines, des mois.

Il est parti vers Tokyo le lendemain, en autostop. Il disait que sa mère l'envoyait chez une de ses sœurs là-bas, mais qu'il n'avait pas l'argent du train, parce qu'ils avaient tout perdu, la maison détruite, tout ça. On lui payait des Coca et des sandwiches à chaque aire de repos. Le dernier conducteur, qui le déposa à la gare centrale, voulait l'amener jusque chez elle, mais il prétexta que sa tante travaillait et qu'il fallait qu'il attende le soir pour l'appeler. Il lui laissa mille yens pour s'acheter encore quelque chose à grignoter et passer son coup de fil. Bonne chance, petit. Et voilà.

Ses baskets défoncées, son pantalon de flanelle taché, trop grand, qui tirebouchonne sur ses chevilles, sa veste bleue du collège aux manches maculées de boue et son pull qui ne protège pas de grand-chose, un billet de mille dans la poche, devant Tokyo Station, en face d'immeubles de banques où l'on aurait pu ranger tout son quartier, peut-être la moitié de la ville étage par étage. La deuxième nuit il l'a simplement passée là, dans la gare. Même à Tokyo il y avait un climat d'angoisse assez fort pour que la police ne s'occupe pas de lui.

À présent les ruines sont à peu près déblayées. Cela donne l'impression de marécages asséchés. Çà et là l'herbe repousse dans les décombres arasés des murs de béton. Des maisons sont encore debout, vides, des panneaux de signalisation, des entrées de gares, suspendues en l'air, escaliers et passages surélevés ne menant plus nulle part, ne surplombant plus rien.

« C'est là que tu vivais ? Tu ne m'as pas dit d'où tu venais. C'est loin ?

— C'était là. Par là. »

Il fait un geste vague de la main, qui ne désigne rien de particulier. Il n'y a rien de particulier à désigner.

« On peut s'arrêter un peu, si tu veux. De ce côté de la route il y a encore un quartier. Ils ont annoncé une station-service. On peut manger un morceau.

— Je préfère pas. Je voudrais qu'on arrive, vite.

— Akainu ?

— Oui.

— Tu n'as jamais pensé à rechercher tes parents ?

— ... »

Le garçon le regarde stupéfait. Ses yeux se sont emplis de larmes en une seconde, comme si elles attendaient derrière ses paupières, depuis dix mois, la moindre fissure, l'occasion de s'enfuir. Ses larmes sont comme des prisonniers qui se parlent de se faire la belle tous les soirs lorsque la nuit tombe, qui rêvent, qui s'échauffent, qui sont prêts à mettre le pénitencier à feu et à sang dès qu'il se passera quelque chose, n'importe quoi, dès que les surveillants baisseront la garde, ne serait-ce qu'une seconde. Quand elles s'échapperont, plus rien ne pourra les retenir. Il lui semble qu'elles couleront alors telle une source, jusqu'à sa mort. Ça lui fait peur, parce qu'il n'a pas envie de pleurer jusqu'à sa mort à lui, qui peut être dans très longtemps. D'ailleurs, personne n'aime voir pleurer les enfants.

Alors il écrase ses poings sur ses yeux pour être bien sûr que ça tienne, une bonne digue bien construite, une qui n'aurait pas laissé passer le tsunami et emporter sa vie, et il fait en détournant la tête un nouveau geste de la main vers le monde vague et sale qui s'étend entre eux et l'océan.

« Non. »

La zone interdite

On accédait à la zone interdite par le checkpoint de Minami-Soma. Elle n'était pas plus dévastée que le reste du littoral, mais elle était radioactive en plus d'être dévastée. D'un côté du checkpoint on était dans le périmètre des vingt kilomètres qui avaient été évacués sur décision du gouvernement. De l'autre côté, on était dans l'anneau de vingt à quarante kilomètres où les gouverneurs et les maires avaient conseillé à leurs concitoyens d'évacuer tout de même, mais en laissant à chacun le choix et la responsabilité qui allait avec, c'est-à-dire sans aucune garantie que les assurances et l'administration suivent. Peu à peu presque tout le monde était parti. Plus de commerce, plus d'école, plus de voisin, ça ne faisait plus beaucoup de raisons de rester.

Une fois passé le gros œuvre des premiers mois, les démolitions, les gravats, la côte s'est mise à ressembler à une succession de villes fantômes. Au bord des routes vides à l'asphalte fissuré, comme traversées de failles, quelques bâtiments désormais étranges et inutiles se dressaient encore, à peu près intacts, rappelant que c'était une ville et non un désert, que toutes les parcelles semblables à des terrains vagues autour d'eux avaient été des maisons qui n'étaient plus là.

Kaze avait du mal à se faire une idée de ce à quoi tout cela pouvait bien ressembler auparavant. Tant de manques dans le paysage posaient un problème d'échelle. On voyait à plusieurs kilomètres les montagnes boisées et l'océan tranquille, et la plaine un peu trop plate entre les deux où l'on ne distinguait plus les anciennes rizières des immeubles envolés s'étalait sans limites, se déployait autant dans l'imagination que sous les yeux de Kaze, comme seule l'absence peut le faire.

Il n'était jamais allé dans le Tohoku. Il n'en connaissait que le riz d'Iwate et le saké de Niigata, les cartes postales des îles devant Ishinomaki ou les pins solitaires, sur des pitons de calcaire détachés de la falaise, majestueux dans le soleil couchant de Tomioka.

Ils passèrent le checkpoint, qui se résumait à quatre brigadiers et un officier de police, les bras croisés sur d'épaisses parkas bleues, portant des gants cirés et de simples masques pour toute protection. Au Japon comme ailleurs, l'énergie nucléaire était censée être la moins polluante et la plus sûre. Kaze se demanda si les policiers avaient une prime spéciale pour travailler ici et s'ils avaient un de ces compteurs ou badges qui mesurent les radiations. Lui, évidemment, n'en avait pas. Il s'était engagé tout simplement à quelques rues de l'agence pour l'emploi de Sendai, auprès d'une entreprise de transport qui cherchait des volontaires pour continuer de déblayer la zone interdite. On ne le payait pas trop mal, en liquide, parce qu'il apportait son propre camion, mais c'était à lui de prendre en charge le salaire d'Akainu. On leur avait fourni de gros gants de chantier et un laissez-passer de l'entreprise, tamponné du sceau de la préfecture pour entrer dans le périmètre. Ils avaient rendez-vous deux heures plus tard au lieu-dit de « la Décharge », aux abords d'Okuma. Lorsqu'il avait demandé si la zone était sûre à présent, le gros moustachu qui venait de l'embaucher dans la rue éclata de rire.

« Ça n'a jamais été dangereux, allons ! Quelques jours l'an dernier, au moment de l'accident, mais du temps a passé depuis. Il faut que vous preniez vos précautions. Vous sortez couverts s'il se met à pleuvoir, et si vous ne pouvez pas faire autrement que de prendre l'averse, une douche en rentrant, voilà ce qu'il faut pour se décontaminer, mais aucun risque là-dessus. Et mangez du miso ! »

Après tout, ils allaient faire ce qu'ils faisaient déjà à Tokyo, ils seraient même mieux payés pour le faire : débarrasser les choses que personne ne voulait toucher. Le gamin n'avait pas dit un mot de tout le trajet.

Autant les villes fantômes de la côte étaient devenues de vastes terrains vagues plats et propres à présent, autant la zone d'exclusion conservait encore les stigmates de la catastrophe. On avait permis aux gens de revenir au compte-goutte, jamais pour plus de quelques heures, le temps de vérifier l'état de leur maison si elle était encore là, ramener quelques affaires personnelles s'ils les retrouvaient. Les consignes concernant le fait que les objets pouvaient être irradiés – les autorités et les médias avaient plutôt tendance à employer le mot « contaminés » – n'étaient pas très claires. De toute façon on manquait d'appareils de mesure.

C'était encore plus vrai pour les travailleurs comme Kaze et le gamin, qui étaient les seuls désormais à parcourir la zone. On ne croisait plus ici que des camions, des camionnettes, des bennes et des pelleteuses, quelques bulldozers et des tractopelles, démolissant et remuant des gravats de terre et de béton, de la ferraille, des pneus, des vêtements.

« La Décharge » correspondait à sa dénomination, excepté qu'on n'en avait jamais vu d'aussi grande. On y accédait par une casse de véhicules empilés les uns sur les autres jusqu'à former, à l'entrée de la vallée, des murs semblables à ceux des citadelles des récits fantastiques, impressionnantes montagnes d'acier et de tôle défoncée rouillant dans le brouillard salé de la mer comme si elles étaient là depuis des siècles, vestiges d'un peuple disparu, portes monumentales gardant l'entrée de quelque nécropole maudite.

Quatre hommes discutant autour d'un brasero aménagé dans un ancien fût de pétrole se retournèrent en entendant la camionnette de

Kaze et lui firent signe de s'arrêter. Ils portaient des imperméables de toile cirée par-dessus leurs parkas, des bottes en caoutchouc qui montaient jusqu'aux genoux, dans lesquelles ils avaient rentré leurs pantalons de travail maculés de boue, des chapeaux mous, de plastique également, sur des bonnets de laine et des gants de cuisine serrés à leurs poignets par une bande de gaffer. L'un d'eux arborait, au lieu du masque hygiénique, un respirateur usé et des lunettes de soudeur.

Il s'approcha de la voiture comme l'avait fait le policier au checkpoint, sous l'œil de ses collègues qui s'étaient tus. Il flottait dans l'air une odeur de marée, de pourriture et d'essence.

La génération perdue

De sa fugue au début des années quatre-vingt-dix, Yukiko avait conservé quelques amies qui vivaient toujours à Tokyo, des filles qui avaient eu vingt ans, puis vingt-cinq pendant la décennie perdue, qui ne s'étaient pas mariées au bon moment, se transformant – c'était leurs termes – en christmas cakes, la bûche que tout le monde boude après Noël, des filles qui n'avaient pas non plus trouvé le bon travail, pas de working holidays à la sortie de la fac, pas de prince charmant, seulement des petits boulots et des sugar daddies – le Japon en fournissait à la pelle –, et peu à peu ces filles avaient regardé le siècle finir avec leur jeunesse. Les filles et les garçons qui avaient eu vingt ans pendant la décennie perdue, on les appelait maintenant pour cette raison la génération perdue.

Elles étaient assises au coin du comptoir qui servait de table, dans une izakaya du quartier de Meguro, sorte de maison traditionnelle transformée en taverne où l'on pouvait boire toutes sortes de shochu, même à la tomate, en grignotant des beignets et des marinades. Dans leurs dos, à côté de la porte d'entrée, en hauteur, une télé diffusait un match de football qui semblait passionner les autres clients, majoritairement des hommes. Elles parlaient. Elles ne s'étaient pas revues depuis plus de quinze ans. De loin on aurait pu dire que leur conversation était joyeuse. Elle était régulièrement ponctuée de rires et de ces exclamations haut perchées, les « oooh », les « aaah », dont les Japonaises ont le secret. Même Yukiko s'y adonnait avec un naturel revenu au galop. Le tantakatan au shiso, servi frappé, n'y était pas pour rien. Les conversations étaient sans tabou, cependant personne ne parlait vraiment de soi, l'intimité y semblait un sujet comme un autre, et elles parlaient de tout avec détachement.

Lorsque Yukiko aborda la question de son père, de sa disparition, les exclamations se firent seulement plus basses et plus lentes jusqu'à un quasi-silence, comme si ses amies soudain prises au dépourvu ne savaient pas comment réagir et, au fond, ne savaient pas tout à fait ce qu'elles en pensaient ou, ce qui revient au même, ce qu'il convenait d'en penser. Elles s'attardèrent un certain temps sur les mots. L'une d'entre elles, c'était Yukari, celle qui a les yeux très minces et le visage un peu pointu, ne connaissait même pas le terme *johatsu*. Elle s'expliquait.

« *Shometsu* c'est une disparition, une simple disparition vois-tu, une disparition inexpliquée.

— Oooh.

— Eeeh. C'est une fugue, alors. *Shisoo*.

— Non. *Shisoo*, c'est ce que nous avons fait quand nous étions jeunes, quand on a quitté nos familles pour venir à Tokyo. On n'a pas disparu. Une fugue, ce n'est pas une disparition.

— Nêêê.

— Je ne comprends pas. C'est comme une fuite ? *Toosoo*.

— C'est *yonige* si tu veux. Une fuite, mais de nuit. Quand les gens partent pour de bon, tu vois.

— So-so-so. Êêêh.

— C'est *yonige*.

— C'est ça.

— Mmmh. »

Personne ne lui demanda si elle était triste, pour ne pas la gêner.

Elles recommandèrent un tantakatan, le dernier. On the rocks. Plus tard, en boîte de nuit, elles prendraient des cocktails. Elles danseraient, jusqu'à avoir de la sueur sur les épaules et dans le dos. Les pommettes rouges. Le sourire rafale, en mode automatique. C'était ce que chacune imaginait sans doute, souriant à son dernier verre en silence. Il y aurait des garçons. Peu à peu, elles reprenaient confiance. Elles cherchaient quoi dire, après ça.

Keiko était son amie d'enfance, elle était venue à Tokyo pour travailler, après que Yukiko fut partie aux États-Unis. Elle avait un visage large et doux, ce qu'accentuaient ses cheveux courts, brossés vers l'avant comme un garçon. Au bout d'un temps elle se hasarda :

« Tu comptes faire quoi, à présent, Yukicha ? Tu reviens t'installer à Tokyo ? Ou avec ta mère ?

— Je ne sais pas. Je cherche mon père, pour l'instant, j'essaie. Je suis venue avec un détective privé.

— Un détective privé ? D'Amérique ? Ça doit te coûter une fortune.

— Oh, non. C'est un ami. En fait, c'était mon petit ami. Il s'appelle Richard. Lichaado.

— Ce n'est plus ton petit ami ? demanda Yukari en riant.

— Plus ou moins. Non, pas en ce moment. Ça ne lui déplairait pas, je crois.

— Il est gentil de t'accompagner jusqu'ici.

— Tu devrais l'épouser. Toi, au moins, tu serais casée. Même avec un gaijin.

— Tu l'aimes ?

— Il est mignon ?

— Lichaado san, quel nom bizarre !

— Tu nous le présenteras ?

— Tu pourrais t'arrêter de travailler.

— Tu pourrais avoir des enfants. Tu n'es pas trop vieille.

— Évidemment, il faudra qu'il vienne vivre ici.

— Il aime les Japonaises ?

— Tu l'as emmené chez ta mère ?

— Il a quel âge ?

— Il est riche ? »

Et ce fut au tour de Yukiko de se taire. De sourire en silence comme si elle ne savait pas trop, comme si tout était possible.

Elle essayait d'imaginer, si elle lui disait de venir ce soir, s'il se ramenait en boîte pour qu'elle le présente. Les têtes qu'elles feraient, le voyant débarquer avec ses bottes et ses moustaches, ses cheveux mi-longs et sa chemise à carreaux, les têtes qu'elles feraient et les ôôôh, les âââh, de ne savoir quoi dire. Et lui : lui, il ne parle pas un mot de japonais, il ne sait pas ; il n'aime pas danser pour la même raison. Il irait au bar, il prendrait des whiskys secs, pas des cocktails. Il regarderait les gens, avec son drôle d'air. La tête qu'ils feraient, tous.

Alors elle se tait.

Le vieux Français

Richard avait tenté de se l'imaginer comme une sorte d'universitaire distingué, peut-être même avec un nœud papillon dont les couleurs trancheraient sur le vert mousse et le jaune de sa veste en tweed. L'homme avait été difficile à retrouver et encore plus à contacter. Il habitait un quartier chic. Il avait la réputation d'être un ours, un solitaire, évitant avec soin les mondanités des ambassades et de la mode qui faisaient ordinairement les délices des journalistes étrangers quel que soit le pays, vivant quasiment en reclus, en érudit qui laisse venir à lui le monde et l'observe sans y condescendre. Richard s'en était fait l'image d'une sorte d'aristocrate. Ce n'était pas bien difficile de se le représenter ainsi, puisque le bonhomme était français. Ces gens, qui se vantent partout d'avoir coupé la tête de leur roi, se font partout passer pour les héritiers directs de la galanterie, de l'élégance et du savoir-vivre de leurs anciens nobles. C'en est même agaçant.

Cependant, le journaliste français avait accepté de le rencontrer assez vite et assez simplement. C'est une femme qui lui ouvrit la porte. Une de ces admirables Japonaises entre deux âges, à qui on ne pourrait en donner aucun, tant la perfection de leurs traits surpasse encore en beauté ce qu'on leur prêterait volontiers de simple jeunesse.

Le vieux Français l'attendait dans son salon, où il était assis sur un coussin, face à une table basse. Il prenait son thé. Il portait un yukata en guise de robe de chambre, sur un pantalon de style occidental, et l'accueillit en se levant, le saluant en anglais. Il était grand, les cheveux noirs, mi-longs, et les yeux étroits, concentrés, semant des rides en rayons sur son visage mince. On aurait dit plutôt une sorte d'explorateur, de marin. La poigne trop énergique pour un intellectuel, le regard trop franc pour un snob. Comme Richard, interloqué, faisait semblant de s'émerveiller de son accoutrement – il avait déjà croisé des Américains en kimono, c'étaient les pires –, l'autre lui répondit :

« J'avais projeté de me suicider, mais, avant les fêtes du setsubun, on m'a offert ce très beau kimono d'été, alors j'ai remis à plus tard, je me suis dit que je vivrais jusqu'à l'été. »

Puis il éclata de rire.

« C'est de Dazai Osamu. Pas mal, non ? Vous devriez le lire. Alors comme ça vous êtes poète ? Vous préférez peut-être du whisky ? »

Ils passèrent l'après-midi ensemble. Le vieux Français avait tout son temps. Il était installé au Japon depuis quarante ans.

Il avait pas mal navigué, plus jeune, dans les marges du pays. Il y avait de quoi faire. Les Américains avaient remis en selle les yakuzas pour lutter contre les extrêmes gauches coréenne et chinoise, s'assurer à la fois la stabilité et la coopération d'un allié soumis et corrompu qu'on allait aider à devenir puissant. Quand le Français était arrivé à Tokyo, c'était la capitale mondiale du crime organisé érigé en politique. Il s'en était fait le témoin. Avait arpenté les quartiers de plaisirs et les dortoirs de la misère pendant des nuits, des années. C'était difficile de savoir, en l'écoutant parler, s'échauffant et souriant finement, ce qui avait tenu là-dedans de l'intérêt intellectuel ou de la disposition naturelle. Après tout, disait il, tout le monde ne peut pas se passionner pour l'art floral, les signes vides et la calligraphie. Il avait un côté mauvais garçon, c'est sûr.

Les marginaux, les brigands, les prostitués, les joueurs, les sociopathes, les jeunes qui finissent dans un gang et les paumés qui finissent dans le saké, c'est plus dangereux à approcher, mais c'est plus fiable lorsqu'il s'agit de connaître une société. C'est humain. Ça peut se comprendre. Il s'en était fait une méthode. Il disait à Richard :

« La société japonaise est comme le pays, on est perché sur un volcan au milieu de l'océan, sur une île parcourue par des milliers de lignes de failles, et ça tremble, et ça craque de partout. Vous voulez connaître le pays, étudiez son sous-sol. Eh bien, c'est pareil pour la société. D'ailleurs, c'est pareil pour les gens. »

Il ne tarissait pas à propos des « évaporés » et du quartier d'auberges dans lequel ils vivaient à Tokyo, San'ya, qu'on appelait aussi Yama, « la montagne », bien qu'aucun de ces deux noms n'apparaisse sur aucune carte officielle.

« Soixante-dix pour cent des gens qui vivent là sont des évaporés. Ils vieillissent trois fois plus vite, la tuberculose y est quarante fois plus fréquente que dans le reste du Japon. Ils fournissent le gros des travailleurs journaliers que le marché épuise depuis la décennie perdue. Ils meurent dans la rue, une cinquantaine par an, d'alcoolisme et d'épuisement, quand ils n'ont plus la force de travailler pour payer leur auberge. On ne s'en rend pas compte : quand on rentre dans ce quartier on dirait un quartier normal, ce n'est pas Baltimore ou D.C., ni une favella ou un slum ordinaire, il n'y a ça qu'au Japon.

— Je suis allé plusieurs fois à Ueno.

— Ce n'est pas la même chose. De nos jours, il y a davantage de clochards, parce qu'il n'y a plus de travail pour les journaliers, avec le chômage qui augmente. De plus en plus de jeunes se marginalisent, ils n'y croient plus. Au Japon, ça fait vingt ans que c'est la crise.

— Pourtant, j'ai entendu dire que San'ya reprenait de l'activité.

— Le tsunami. La centrale. »

Richard voulait comprendre. Comment on s'évapore et où l'on atterrit, qu'il suffise de prendre le train, que personne ne vous recherche, ni la police parce qu'il n'y a pas de crime, ni la famille parce que vous venez de la déshonorer, que vous deveniez de fait une sorte de clandestin dans votre propre pays, tout à coup transformé en paria, l'équivalent d'un ricanos du Nouveau Mexique, cela il voyait bien. C'était incroyable que cela pût se passer si simplement, que cela ne posât pas de problème particulier à quiconque, mais il voyait. Ce qu'il avait besoin de comprendre, c'était les raisons qui poussaient les gens à disparaître.

« Pour les hommes, quand ce n'est pas seulement le chômage, ce sont principalement les dettes. Au Japon, les sociétés de crédit sont détenues par les yakuzas. Quand les gens ne peuvent plus rembourser, ils exercent des pressions, ils menacent. Ce ne sont pas des banquiers, les gars. Ils débarquent chez vous avec des barres de fer ou ils vous kidnappent et vous gardent quinze jours pour vous faire peur. De toute façon, la plupart du temps, quand il arrive quelque chose de grave ou d'anormal, au Japon, le syndicat est derrière. Les yakuzas sont partout. Les politiques leur ont vendu le pays. Ils essaient de se défaire de la partie la plus violente depuis dix ans, en durcissant les lois contre l'extorsion, la prostitution, le trafic, mais c'est trop tard. D'abord parce que ça touche toujours une population dont on n'a que faire : quatre-vingts pour cent des putes de Roppongi sont des esclaves chinoises ou coréennes. Et puis le syndicat, aujourd'hui, il est au Nikkei, pas dans la rue. Pas mal de vieux tatoués se sont même fait virer par des jeunes qui avaient obtenu un master d'économie dans une de ces foutues business school à New York, à Shanghai ou à Londres.

C'est terrible, ce que je dis là, n'est-ce pas, c'est comme si j'avais la nostalgie du crime. Je suppose que c'est ma jeunesse. Tout cela avait l'air plus honorable, les vagabonds, la canaille. C'était plus humain. Ça sentait l'urine et la sueur aigre de l'alcool, les poubelles éventrées dans le matin blême, les joueurs de shamisen devant la porte des bordels et les rires des filles, la chaleur des bains, la peau de brocart des corps tatoués, c'était la vie, c'était violent, brutal, injuste, tragique si l'on veut, mais drôle, bruyant, coloré, sensuel, la vie.

Maintenant ça craque de partout, les failles s'ouvrent. Elles ne vomissent plus les entrailles de la société, elles l'engloutissent. »

Il faisait beau le dimanche

Ils sillonnaient la campagne. Ce qui ressemblait à présent à une campagne, ou pas tout à fait, à une sorte de friche. La plupart des maisons qui menaçaient de s'écrouler avaient été détruites. C'était plat et sans ombres. Il y avait des groupes d'immeubles intacts ; des zones toutes petites, de quelques maisons, avaient été complètement épargnées. Parfois seul un mur se dressait, il ne séparait plus rien. C'était difficile de s'imaginer le parcours incroyablement compliqué, tortueux, de la vague de plusieurs dizaines de kilomètres de long qui avait pourtant sauté mystérieusement ce mur, contourné ce groupe d'habitations, épargné cet arbre.

Les maisons qui restaient, c'étaient aussi celles des disparus. Personne n'y touchait. C'était chez quelqu'un. Des jouets d'enfant, un vélo, un ballon, demeuraient là depuis presque un an, visibles à travers les fenêtres ou la porte arrachées, ou au milieu des barils rouillés et des planches, dans ce qui n'était plus un jardin.

Akainu pense à la petite fille dont il avait vu l'uniforme de collégienne dans la maison où il s'était réfugié, ce soir-là. Il pense à ses propres jeux, le gant de baseball que son père lui avait offert à Noël, un vrai gant de cuir marron qui lui faisait une main de Gulliver. Il l'avait suspendu à un clou, à côté de sa fenêtre. C'était la première chose qu'il voyait en entrant dans sa chambre. Il pense aux dimanches. Aux matins calmes des dimanches où ils étaient attablés tous les trois devant des tartines avec de la vraie confiture dessus et tout le temps pour les manger, pour en refaire une autre, dans la petite cuisine qui sentait le pain grillé. Il se souvient exactement du grand rectangle de soleil jaune qui venait, par la fenêtre longue au-dessus de l'évier, se découper dans le mur au milieu du calendrier, épouser la forme du frigo, décoré de cartes postales de temples, jusqu'à l'étagère asymétrique où le micro-ondes trônait, encadré de dizaines de flacons de sauces et de currys d'épices, et, comme si l'on avait calculé sa place pour qu'elle fût précisément dans la lumière des dimanches, la maquette de vaisseau spatial qu'il avait construite l'année d'avant, avec toutes ses tourelles de propulseurs et de rayons lasers, sa forme entre le galion espagnol et le sous-marin, tous ses autocollants de hublots éclairés et de drapeaux pirates flottant à des mâts sans voiles, inclinés comme des antennes autour du gaillard d'arrière.

Il y avait très peu de voitures. Très peu de bruit dans le voisinage. Ils allaient au parc avec son nouveau gant et il jouait avec son père. Ils se lançaient des balles, d'assez loin, en cloche, il les rattrapait toutes. Ils riaient, parce que son père s'essoufflait un peu et faisait semblant de les rater de temps en temps. Dans le souvenir d'Akainu, il faisait beau, tous les dimanches.

« Tu sais, je ne crois pas que ce soit bien que tu viennes ici avec moi. Je pourrais me débrouiller seul. Tu m'attendrais en ville.

— Pour quoi faire ? Je vais tourner en rond.

— Ce n'est pas très sain, ici. Les radiations.

— Ils ont dit que la centrale est okay, qu'il n'y a plus de risques.

— Ils disaient ça aussi l'an dernier.

— Tu crois qu'ils mentent ?

— De toute façon, tous ces objets que nous mettons dans la camionnette pour les apporter à la Décharge, ils sont contaminés, même si la centrale ne fuit plus.

— C'était il y a presque un an.

— Ça ne s'en va pas comme ça.

— Alors c'est dangereux ?

— Eh bien, moi je suis un vieil homme, ce n'est pas pareil. Mais toi, je crois que tu ne devrais pas être là.

— Et tu feras comment pour grimper là-haut ? »

En discutant ils sont entrés dans la maison à débarrasser. Les meubles sont à peu près intacts, le sol est jonché de vieilles choses moisies qui ont été abandonnées à leur sort. Mais l'escalier qui mène à l'étage est en partie détruit. Le gamin se faufile. Il est assez léger pour les planches pourries du pallier, assez fin pour se glisser sur les bords des marches qui tiennent encore, fichées dans le mur. Il a raison, évidemment.

Il saute par-dessus les tas de vêtements mangés de vermine et les objets. Il est rapide, on dirait qu'il fait ça en courant. Les plus grosses pièces, il les balance simplement par la fenêtre, le reste, il le fourre d'abord dans de grands sacs de cent litres en évitant de respirer à cause de la puanteur. Il remue toute cette merde tant qu'il peut, il transpire dans ses gants de caoutchouc et son imperméable en plastique, il va aussi vite qu'il peut, sans réfléchir, il jette tout pêle-mêle, lance les objets parfois depuis l'autre côté de la pièce vers le sac ouvert comme s'il était content de les casser, pour justifier qu'on s'en débarrasse, ces saloperies d'objets qui n'ont servi à rien dans ces saloperies de maisons qui n'ont protégé personne, il prend même un certain plaisir à filer un grand coup de pied dedans, à les regarder s'éclater dans un fracas que personne n'entend à part eux, lorsqu'il les passe par la fenêtre, c'est un plaisir bizarre, sans fierté, sans joie, un plaisir sauvage, et l'impression de finir le boulot, de partager un peu la rage, l'immense rage de la nature, sans réfléchir.

Il ne pense plus aux dimanches.

Quand ça revient il casse une porte de placard à coups de poing, il déchire un shoji. S'il n'y avait pas le vieux, en bas, qui peinait à déplacer les tatamis gorgés de flotte et qui lui demandait régulièrement comment ça se passait, s'il était seul il pourrait y foutre le feu à ces baraques.

Le scénario pop-corn

Il s'est remis à neiger et cela ajoute au silence de la nature, si on peut appeler cela la nature. Kaze repense aux montagnes qui tombent dans la ville comme des cascades, chez lui, à la maison accrochée à flanc, à la paroi verticale peuplée de bambous, de noisetiers, de sorbiers, de pins, mur de forêt où vivent les singes et les blaireaux, les chats errants, les renards, il repense aux cris des merles et des alouettes, des bruants à longue queue, des accenteurs, des corbeaux et des aigles criards, la nature n'est pas silencieuse comme ici, à présent.

La Décharge est un endroit inquiétant et Kaze ne perd jamais le gamin de vue. Ils viennent y déjeuner, après avoir convoyé la collecte du matin. Ils marchent côte à côte, s'approchent des foyers où les hommes se sont attroupés, réchauffent leur gamelle, partagent des canettes de saké en verre, parlent peu. Il n'y a pas de chef de chantier ici. Les entreprises qui les emploient, si elles sont spécialisées dans le retraitement des déchets, ne les ont recrutés qu'à travers des sous-traitants créés pour l'occasion et qui ne sont en réalité qu'une boîte postale et un bureau de recrutement mobile, dans les bars de Sendai. Le genre de boîtes contrôlées en sous-main par les hommes de Gion. Ceux qui travaillent ici forment une sorte de communauté. La plupart vivent dans des camps de réfugiés en préfabriqués. Ce sont les « Déchargeux ». Dans les années soixante-dix, on aurait appelé cela le lumpen. Il y a toujours pire cependant, il y a ceux qui travaillaient à la centrale pour un salaire horaire équivalent à celui d'un auxiliaire à temps partiel dans un McDonald de Tokyo. En partant le matin, Kaze achète des boulettes de riz et des soupes à réchauffer au combini toujours ouvert, et des canettes de café froid.

Les hommes les regardent s'approcher, s'asseoir un peu à l'écart. Kaze verse le contenu des soupes dans des timbales en fer qu'il fait cuire sur le brasero, puis retourne les manger avec le gamin. Les conversations reprennent peu à peu. On se méfie d'eux parce qu'ils sont nouveaux, parce qu'ils viennent d'ailleurs et parce que le gosse n'a rien à faire là.

Au bout de quelques jours, un type en passant à côté d'eux leur fait un signe de la tête, montrant le tronc d'arbre sur lequel ils sont assis. Kaze répond par un hochement et l'homme s'assoit. C'est le premier à leur parler. Il porte un respirateur avec un filtre à air qu'il enlève pour manger seulement. Il pourrait avoir l'âge d'être à la retraite. Il est habillé comme tout le monde ici, de bric et de broc, avec une superposition de pull, de manteau et d'imperméable, un bonnet sous une capuche, un jean rentré dans des bottes hautes en caoutchouc, et tous ces vêtements sont tachés et déchirés par endroits, comme des vêtements de travail qu'on ne laverait plus, parce que la saleté à laquelle on a affaire ici ne part pas, de toute façon. On dirait un clochard qui s'est mis en tête d'aller à la pêche. Sans doute le fait qu'il soit vieux lui donne une sorte d'autorité sur les autres gueux. C'est le premier et le seul qui leur parle.

« Tu ne devrais pas amener un enfant ici. Je peux faire équipe avec toi, si tu veux.

— Que ferait-il toute la journée ?

— Il y a encore des places dans les villages de réfugiés. On accepte les gens qui ne sont pas de la région à titre temporaire, lorsque ce sont des travailleurs. Ce serait mieux que l'hôtel. Il y a d'autres enfants, il y a une école.

— Il ne peut pas aller à l'école, ses parents ont disparu.

— Ici on ne lui posera pas de questions. Il y a d'autres problèmes plus urgents. »

Sans le faire exprès le regard de Kaze se perd sur les montagnes de vêtements, d'appareils électroménagers, de nattes, de papiers, tous ces objets qu'ils récupèrent dans les maisons abandonnées, qui sont parfois en bon état, les jouets des gamins, les albums photo des familles, personne n'est venu les reprendre, les sauver. Évidemment, il y a eu tellement de disparus ici. Deux à trois fois plus que les chiffres avancés par le gouvernement. En ajoutant les morts dont on a retrouvé le cadavre, on était vraisemblablement à plus de cinquante mille. Ce n'était plus le Japon, c'était le Bangladesh, c'est pour cela que les chiffres officiels étaient minimisés. Lorsqu'il enlève ses gants pour se servir de ses baguettes, Kaze observe que le vieil homme a les mains fines et entretenues. Il n'a pas toujours fait partie du lumpen, lui non plus. Kaze ne lui demande rien, mais le lendemain, quand il revient sans le gosse, son nouveau compagnon lui raconte son histoire alors qu'ils sont en train de travailler à débarrasser une maison. Il était ingénieur, chez Tepco.

« C'est la deuxième vague qui a submergé les turbines et les générateurs de secours. En deux minutes, il n'y avait plus d'électricité, tous les instruments se sont éteints. On ne savait même pas combien il y avait d'eau dans les réacteurs, ni quels circuits étaient endommagés, ni rien en fait, c'était le blackout. On est tous sortis du QG d'urgence, dès que l'eau a commencé à se retirer, pour récupérer les batteries qu'on a pu retrouver, dans les voitures et les camions qui n'avaient pas été emportés, sur le parking de la centrale. Puis certains ont fait le tour des villages voisins pour réquisitionner des lampes torches chez les habitants. C'était ahurissant. On essayait de sauver une technologie de plusieurs milliards de dollars avec des batteries montées en série et des lampes de poche empruntées aux paysans. Les routes étaient endommagées, des containers bloquaient l'accès au site, les camions de pompiers ne pouvaient pas arriver jusqu'aux réacteurs. Il s'est mis à neiger. Un périmètre de trois kilomètres a été évacué, puis la nuit est tombée. C'était une attente insoutenable. Les turbines arrêtées, les pompes ne marchaient plus. Cela signifiait que l'eau continuait de se transformer inexorablement en vapeur sans qu'on puisse décompresser. À terme, le niveau de l'eau allait descendre sous les barres d'uranium et la fusion allait commencer. Au contact de la vapeur, une grosse bulle d'hydrogène allait se former et menacerait d'exploser tôt ou tard. On n'avait pas beaucoup de temps devant nous, quelques heures peut-être. Aucun moyen de savoir exactement, sans les appareils de mesure. À trois heures du matin, j'ai fait le point sur la situation avec d'autres ingénieurs auprès du directeur de la centrale. Il ne voulait pas voir qu'on courait au désastre, il répétait qu'on était au Japon, que ce ne serait pas Tchernobyl. En fait, à ce moment-là, je me suis dit qu'il était fou.

— Ou bien il obéissait à un ordre. Des gens plus haut placés avaient besoin de gagner du temps.

— Peut-être, mais c'était un ordre fou. À sept heures du matin, on n'avait toujours rien fait. On regardait les structures de béton. C'était comme si on attendait qu'elles explosent, sans trop y croire. C'était un cauchemar. On avait fini par retrouver les schémas de la valve manuelle, dans un bâtiment dont le toit s'était effondré avec le tsunami. Vous imaginez ça ?

Quand plus aucun système ne fonctionne, il y a une valve, une seule, qui permet de décompresser en rejetant de la vapeur dans l'atmosphère, mais personne ne savait comment y accéder ni comment l'actionner. Elle n'est pas censée servir, voilà le problème. Enfin on avait les plans et on a pu former trois équipes de deux volontaires pour pénétrer dans le réacteur numéro un, au milieu des poutres de métal effondrées, des machines de contrôle renversées. La première équipe a tenu onze minutes avant de prendre l'équivalent de cinq ans de radiations maximum. Ils ont pu progresser jusqu'au mécanisme d'ouverture de la valve et l'actionner à peu près au quart. La radioactivité s'est mise à monter en flèche. Le deuxième groupe a tenu six minutes. On a laissé tomber. Il y a eu une explosion d'hydrogène à quinze heures trente-six. Le lendemain, ce fut au tour du troisième réacteur, et le surlendemain le quatrième. Même les hélicoptères de l'armée ont arrêté de balancer de l'eau par le dessus, au dix-septième équipage irradié. »

À ce moment l'homme fait une pause, comme si le pire était à venir. Il tripote son respirateur, devient nerveux. Pourtant la suite, Kaze pensait la connaître.

« Le 14 au soir, j'ai participé à une réunion pour évoquer les suites probables devant une commission ministérielle et la direction de Tepco, par conférence téléphonique. Ça faisait trois jours qu'on ne dormait pas. J'ai fait le point sur les piscines de refroidissement qui n'étaient pas confinées, sur les toits des réacteurs. On était déjà en fusion partielle sur l'une d'elle, celle du quatre. Je leur ai parlé du scénario "pop-corn" : une piscine saute, le site n'est plus accessible parce que la radioactivité devient trop forte pour la moindre intervention et il n'y a plus qu'à attendre qu'une autre piscine explose, puis une autre, puis c'est le tour des réacteurs, dont le dôme est endommagé ou qui finissent par céder de l'intérieur aux explosions d'hydrogène qui ressemblent de plus en plus à des bombes. Le scénario "pop-corn", c'est l'apocalypse sur des centaines de kilomètres. Ils m'ont demandé s'il fallait selon moi donner l'ordre d'évacuation dans la capitale. J'ai répondu que cela ne me paraissait pas pertinent, parce que, si on s'acheminait vers ce genre de catastrophe, le problème ce n'était pas d'évacuer la capitale, mais les deux tiers du pays.

— Mais ce n'est pas arrivé.

— Non. Le lendemain, le 15 mars, des camions anti-incendie de l'armée sont enfin arrivés. Ils ont pu s'approcher davantage, parce qu'ils étaient équipés de plaques de protection contre les feux de kérosène des avions à réaction, qui les protégeaient en partie des radiations. On a noyé les réacteurs dans l'eau de mer. On a eu de la chance, parce que ça a marché. On n'avait jamais eu l'occasion de savoir si ça marchait ou pas, avant ça.

— Vous avez fait partie des "Fukushima 50" alors ?

— Je crois que c'était très gênant pour tout le monde ces conneries de volontaires prêts à se sacrifier. On était juste les seuls à pouvoir faire le boulot. Il fallait bien que quelqu'un le fasse. Les "50", ce fut surtout le symbole du sous-prolétariat du nucléaire. Quelle industrie aujourd'hui peut encore faire mourir ses salariés comme si c'étaient des esclaves ?

— Je ne comprends pas comment un ingénieur se retrouve à nettoyer le site, comment vous êtes devenu un "Déchargeux".

— Je faisais partie de la deuxième équipe suicide, quand on a essayé de décompresser manuellement, le 12 mars. J'étais avec un tobi, un jeune homme fort et agile, qui devait actionner la serrure à multirotation de la vanne. Moi, j'étais là pour le guider, m'assurer qu'il ne se trompe pas et l'éclairer. Au bout de six minutes, nos dosimètres se sont mis à biper. On a rebroussé chemin. Je tenais la lampe et je l'éclairais, il marchait devant moi. C'était un chantier là-dedans, rien n'avait tenu debout. Il y avait des câbles et des tuyaux cassés en travers du sol, et je me suis pris les pieds dedans. Je me suis foulé la cheville, mais surtout j'ai mis du temps à me dégager, parce que je ne pouvais pas endommager ma combinaison, ça aurait été pire, et j'ai pris trop de radiations, pas assez pour avoir des symptômes aigus, mais suffisamment pour ne plus bosser dans le nucléaire pendant les deux cent cinquante prochaines années. C'est pour ça qu'ils n'ont pas envoyé la troisième équipe. J'ai été licencié quelques jours plus tard, avec assez d'indemnités pour m'obliger à signer une clause de confidentialité.

— Pourquoi vous n'êtes pas parti ? Vous, vous savez que c'est une folie. Qu'on ne reconstruira jamais rien ici.

— Et vous ? Pourquoi êtes-vous venu ? »

Kaze n'a pas envie de mentir, alors il se tait. Il revoit l'avocat de Tokyo s'effondrer sur sa moquette de riche. Il pense au shogun de l'ombre, caché quelque part, dans ces montagnes, à l'abri d'une immense propriété, réclamant du directeur de la centrale, au téléphone avec ses supérieurs, de lui laisser gagner un peu de temps alors qu'on est au bord du gouffre, agitant rapidement ses contacts et déplaçant ses pions dans l'œil du cyclone, profitant de la sidération de la panique, un vieillard assez détaché de la vie pour envisager déjà la suite, dans l'hypothèse d'un désastre maximal, avec un parfait sang-froid.

Kaze avait fini par savoir où il se terrait.

Pinky

Le Français l'avait pris en sympathie, parce que Richard B. a une bonne descente qui ne s'est démentie ni à la bière, ni au saké, ni au shochu dans les trois bars qu'ils ont enfilés comme des perles à la nuit de néons de Shibuya.

À présent ils montent les marches d'un escalier extérieur, encagé dans le béton d'un immeuble de huit étages qui paraît singulièrement nain au milieu des gratte-ciel. Ils sont vaguement ivres, pas assez pour se casser la gueule, mais suffisamment pour que leur conversation commence à devenir difficile à suivre, même pour eux. Le Français parle trop fort, avec la voix éraillée de ses années de gros fumeur, mélangeant çà et là des mots de japonais à un anglais qui en a de moins en moins l'accent, et Richard fait des efforts pour penser à articuler ses réponses. Il réfléchit, en soufflant sur chaque palier, à la gueule de bois que, c'est sûr, il aura demain. Une gueule de bois qui débute juste, à vrai dire, à cause du froid et de la pluie fine depuis qu'ils ont quitté le troisième bar, une sorte d'atterrissage douloureux de l'ivresse, de ses exclamations, de ses rires, de ses gestes vifs, dans des organes qui ne les soutiennent plus jusqu'au bout, en train de se transformer lentement en hésitations, en trous de mémoire, en maladresses. Alors qu'il fait des efforts incroyables pour articuler ses réponses quand il parle au Français, dans l'escalier extérieur de cet immeuble nain au milieu de Shibuya, il se rend compte qu'il ne sait pas vraiment de quoi ils sont en train de discuter.

D'un certain Pinky. Qui c'est, celui-là ?

Ils arrivent au huitième étage. Ils ne rentrent pas dans l'immeuble par la sortie de secours, mais le contournent entièrement, passant devant beaucoup de portes d'appartements, d'autres sorties de secours, d'un nouveau départ d'escalier. Ils sont dans une coursive au huitième étage, avec un toit qui n'empêche pas la pluie de lui faire mal à la tête et une balustrade en béton, pleine, qui doit lui arriver à la hanche. Il pense que s'il y a un tremblement de terre maintenant, il peut passer par-dessus bord, aussi facilement que sur le pont d'un bateau. Il ne fait pas le malin. D'ailleurs, le Français non plus. Ils ne parlent plus et Richard se dit que c'est tant mieux, parce qu'il n'aime pas le moment où la gueule de bois est en train de remonter dans son cerveau tous les ressorts des jouets qui vont bientôt y claironner une sarabande cacophonique, les singes à cymbales, les ballerines et les tambourins, les grenouilles et les trains mécaniques qui vont se mettre à hurler, là, à tourner en rond de plus en plus vite entre ses deux oreilles jusqu'à ce que la migraine les étouffe. Au bout de cette espèce de couloir en plein ciel, il y a une dernière porte, mais elle donne dans un autre immeuble par une passerelle, un building bien plus grand qui mangerait celui-là, s'il pouvait bouger, il n'en ferait qu'une bouchée. Et ils accostent un autre monde. Tokyo est comme ça.

Ils traversent une salle de restaurant bruyante, illuminée, et passent devant deux bars bondés, lumière tamisée, musique lounge, un vague parfum de rencontre et de fumée – comment les gens peuvent-ils savoir qu'il faut monter au huitième étage et traverser un immeuble, se demande-t-il, est-ce que les cartes de Tokyo sont en trois dimensions ? –, puis c'est un dernier club, dans lequel ils entrent sans hésiter, une pièce très vaste entièrement noire, dont les tables seules sont éclairées d'en haut par de fins faisceaux qui laissent les clients dans l'ombre. Au mur du fond, scintillant faiblement comme un écran lointain, une mosaïque de bouteilles de whisky du monde entier, jusqu'au plafond, derrière le comptoir, fait figure d'œuvre d'art.

« C'est pas un nom, Pinky.

— C'est un évaporé. On l'appelle comme ça parce que c'était un réalisateur de *pinku-eiga*, les "romans pornos" de la Nikkatsu. Il en a tourné peut-être trente.

— C'est un évaporé connu, alors ?

— Très. Ses films continuent de rapporter beaucoup d'argent aux diffuseurs, en DVD, sur Internet. Mais vous ne trouverez aucune trace de lui après 1988. Il s'est volatilisé. »

Pourtant il est bien là.

Pas tellement plus frais que Richard et beaucoup plus vieux que le Français, mais avec une certaine allure, c'est vrai, d'une beauté passée qui a conservé du caractère. Ça tenait à des détails, une masse de cheveux blancs sur un visage à la serpe, des mains fines et la légère vulgarité des gens distingués qui pensent qu'ils peuvent se le permettre. Des bracelets argentés bringuebalants autour d'une jolie montre, le teint hâlé, des yeux qui rient, des dents presque alignées. Ce type avait été un des rois du porno japonais softcore, à l'époque où c'était du cinéma d'auteur. Il est volubile. Il aime ça, raconter sa vie.

« J'avais obtenu un gros budget, pour un film d'action. Le pinku-eiga, c'était un laboratoire et une famille, cependant on enchaînait les films à trois millions de yens. Je voulais vraiment casser la baraque. Ce projet pouvait me donner les moyens de faire ce que je voulais, de m'affranchir des studios. J'avais décidé de placer l'action dans le milieu des courses de hors-bords. On était à la fin des années quatre-vingt et c'était un sport très populaire à Osaka. Il y avait de gros paris. Tout un monde d'écuries, de bookmakers. Évidemment, le syndicat avait la main sur tout ça. On était en pleine guerre entre les deux principaux clans, le Yamaguchi-gumi et le Ichiwa-kai. Il y avait des assassinats, le quatrième chef du Yamaguchi s'était fait descendre en 1985. Des kumicho de gangs affiliés comme le Yakanishi-gumi ou le Yamaken-gumi faisaient fonction d'intérimaires pendant quelque temps. Les cartes changeaient de mains avant que la police ait le temps de monter un dossier. On se serait cru à Chicago. C'était "Il était une fois à Osaka".

— Vous avez rencontré les gangsters ?

— Comment faire autrement ? Ici, ils sont partout. En fait, je connaissais déjà des gens qui m'avaient présenté des yakuzas. Dans le milieu du porno, vous savez, on vient de partout, de la campagne ou d'un gang, les gens ont fait toutes sortes de petits boulots avant de trouver un engagement comme actrice ou même comme scénariste.

— Alors vous avez pu faire votre film.

— Oui. C'était vraiment un gros projet. Il y avait des poursuites, des cascades. Toutes les écuries appartenaient au syndicat. J'avais les autorisations de tourner, mais c'était très cher, de plus en plus cher. J'ai monté une boîte de production parce que ce que me donnait la Nikkatsu n'y suffisait plus, et j'ai été chercher l'argent. Je n'ai pas compris tout de suite que ceux qui me prêtaient étaient les mêmes que ceux qui étaient en train de faire exploser les budgets. Des sociétés de titre et des sociétés de crédit. Les yakuzas sont très implantés dans le secteur bancaire. La plupart des évaporés sont juste de pauvres bougres qui se sont surendettés.

— Vous vous êtes évaporé ?

— Le film est sorti en 1988. Ce fut un four. L'année d'après, ils fondaient le cinquième Yamaguchi-gumi. Nouveau kumicho, nouveau wakagashira, tous les chefs avaient changé en même temps. Il fallait rembourser et je ne pouvais pas. Je les avais suivis pendant deux ans. Je connaissais leurs méthodes. Je n'avais pas le choix, alors j'ai disparu.

— Et vous n'avez jamais refait surface ? Pourtant, depuis, le temps a passé. Il doit y avoir des prescriptions aussi, pour la mafia.

— Bien sûr, je pourrais revenir. Ils se sont remboursés depuis longtemps, et ceux qui dirigent le sixième gumi ignorent même sans doute que j'ai été un de leurs débiteurs. Mais pour quoi faire ? Lorsque je suis repassé chez moi, une fois, au bout de quelques semaines, ma femme m'a tendu un document de notre avocat pour qu'elle obtienne facilement le divorce. Je l'ai signé. Pareil pour la lettre où mes parents me demandaient de déclarer que je n'avais plus rien à voir avec eux. J'ai fait une autre vie. Et à présent je suis vieux. »

Il promit à Richard de se renseigner. D'après le Français, c'était l'homme le mieux placé de Tokyo pour obtenir des informations en furetant dans les ombres de la capitale.

Ce qui rend la réalité réelle

L'attendre, elle…
Rien à faire à part écrire un poème.
Elle a 5 minutes de retard maintenant.
J'ai l'impression qu'elle va avoir au moins
15 minutes de retard.
Il est 21 heures, passées de 6 minutes, à
présent,
à Tokyo.
– MAINTENANT précisément MAINTENANT –
la sonnette du palier retentit.
Elle est sur le seuil :
6 minutes, après 21 heures
à Tokyo.
Rien n'a changé
sauf qu'elle est là.

Yukiko porte une de ces superpositions de tunique longue et de pull à manches courtes dont elle a le secret, couches de gris clair et de blanc comme les voiles de montagnes et de ciel, dans les lointains de sa « capitale ». Ses cheveux longs et japonais sont d'un noir qui n'existe que dans ses cheveux, lorsqu'elle bouge, mats et brillants à la fois, parcourus de reflets de rien, de pure lumière, c'est une couleur et c'est un mouvement, sur ses épaules et sur ses reins, ses cheveux coulent autour d'elle alors qu'elle s'avance dans la chambre, à vingt et une heures et six minutes, comme si elle était la nuit qui s'avance avec elle.

Et Richard, qui vient de la faire entrer, la regarde de dos contourner le lit, frôler de la main le carnet sur la table, à côté de son passeport et de sa machine à écrire, s'asseoir dans le fauteuil où il était lui-même assis l'instant d'avant, sans pouvoir rien faire d'autre que la regarder, depuis le seuil ouvert sur le palier de l'hôtel et ses bruits de couloir, la poignée de la porte encore dans la main, incapable du moindre geste ou de la moindre parole. Elle est si belle, il pourrait oublier de respirer. Il pourrait avoir peur, changeant sa stupeur en effroi. Elle est si belle, ce pourrait être la mort et son baiser d'éther.

Mais elle sourit.

Son sourire emplit la pièce comme un parfum.

Sa peau a le goût du sel, si blanche, avec des lignes plus sombres le long des vertèbres et sous le nombril, entre les cuisses où son sexe s'ouvre, éclos dans la fourrure épaisse, qu'il embrasse et lèche et caresse de la langue, s'ouvrant et se fermant doucement comme une bouche au cri muet qu'il prend dans la sienne, dans un long baiser, avant d'aller à l'aventure chercher les ailleurs de son corps en tremblant, son corps qu'il voudrait posséder tout d'un coup, tout entier, mais dont il ne saisit que de minuscules fragments, enserrant dans sa main la rondeur de ses chevilles et ses pieds qui se tordent, l'ombre sous ses genoux qu'il repousse et plaque sur elle, de ses mains larges comme ses cuisses qu'il tient, qu'il enserre, qu'il déplie, qu'il écarte en les rejetant encore vers l'arrière, replongeant vers son ventre animal, y fourrant la tête, son nez plein de sueur et de bave, haletant comme un chien, glissant, allant et venant dans sa fente puis s'arrêtant soudain de longues secondes pendant lesquelles elle ferme les yeux, avant de redonner de petits coups pointus, imprévisibles et plein de précaution, dans son sexe que ses doigts découvrent et fouillent, brun et rose, qui tressaute et palpite, à chaque incursion de sa langue, comme le ventre doux d'un oursin, continuant à le caresser alors que sa bouche s'accroche au tendon de l'aine et vient mordre sa hanche, lèche la transpiration de son ventre et de ses aisselles, amères et râpeuses, lèche ses seins, petits lorsqu'elle est couchée, s'attarde à la peau de poule de ses aréoles presque noires, leurs tétons qu'il suce, qu'il mordille, qu'il gobe comme s'il pouvait aspirer toute sa poitrine dans sa bouche, pendant que ses doigts maintenant s'enfoncent dans son sexe et qu'elle ferme de nouveau les yeux, que son souffle vibre et gémit, tandis qu'il s'abouche à son cou perlé de sueur, le happe, s'y colle, l'aspire et le mord des lèvres, l'asphyxie, cercle rouge, sangsue de la jugulaire, jusqu'à ce que son gémissement devienne une plainte basse et continue, que son dos s'arque soudain, le ventre tendu dans un spasme, et que ses doigts crispés dans les plis du drap, lâchant prise, que ses doigts le serrent à leur tour et le griffent, que ses bras l'enlacent et le retournent sur le dos, lui, sa moustache et ses cheveux collés sur le front, sa bedaine de buveur de bière et son sourire de fumeur, ses taches de rousseur et les poils frisés sur sa poitrine et sur ses épaules luisantes, son souffle court quand elle se met à frotter son bassin d'avant en arrière, à califourchon sur ses hanches, les ongles plantés dans ses côtes au bout de ses bras tendus, ses cheveux en mèches balayant son visage et son torse, c'est tout ce qu'il voit d'elle à présent, ses cheveux brillant comme une pluie noire recouvrant leurs corps, un écheveau qui se colle et s'emmêle sur ses seins qu'il essaie de saisir encore, mais il en est incapable, cloué par ses ongles qui le blessent, plissant des yeux piqués de sueur, il y en a des rivières le long de ses sourcils et de son nez, coulant dans son cou, le long de sa colonne, ou s'insinuant entre ses cuisses jusqu'au bord de son cul, et une boule est en train de se former dans son ventre, alors qu'il ferme les yeux dans la pluie noire de ses cheveux au goût de sel, suspendu, accroché aux rochers, sur la corniche du plaisir prête à rompre, et lui au bord de plonger dans le vide, saut de l'ange, terrorisé de vertige, effrayé de la force des vagues, de la vitesse de la chute, s'apprêtant à crier, à se faire éclater le cœur, soudain, lâche.

La vie dans les baraques

Ce sont des villes. De gros villages de dortoirs pour quelques milliers de personnes, des allées de baraquements tous identiques, de la taille approximative d'un container, posés sur pilotis, empilés comme ça sur plusieurs étages. À l'intérieur il y a une seule pièce, dont le fond est une cuisine aménagée et une salle de bains entièrement moulée, en plastique. Il en existe de plus grands pour les familles nombreuses, mais ils sont rares. Un combini, à l'entrée. Pas de temples. Pas d'écoles. Pas de gymnases, de parcs, de places, de jardins, de cafés. Juste les baraques. Ce sont des villes réduites à leur plus simple expression. On les installe en quelques jours, elles sont « livrées » par une société qui fabrique ces choses pour le monde entier et qu'on appelle à chaque fois qu'il y a une catastrophe. Celles-ci sont meublées en bois clair, le sol est recouvert de nattes, c'est un modèle conçu pour les Japonais. Les allées sont orthogonales et la plaine a été arasée. Les logements ont été attribués par tirage au sort, pas moyen de se retrouver en face de son ancien voisin.

Les gens rentrent là pour dormir, ceux qui travaillent, uniquement des hommes. Beaucoup de personnes âgées passent la journée à regarder la télé et ne sortent plus. Il y a des associations de marginaux et d'artistes qui viennent de temps en temps animer des ateliers avec les enfants, des expositions, des concerts, puis ils repartent, ils ne sont pas d'ici. On dirait que personne n'est d'ici. Les gens qui habitent les baraques, eux aussi, pensent que c'est provisoire. Ce sont les réfugiés.

Ils ne peuvent pas partir. Ils ont des traites à payer, pour leur maison, la vraie, celle qu'il a fallu évacuer. Même lorsqu'elle est encore debout, elle est invendable désormais. Et ils ne peuvent pas laisser leurs vieux.

Ils ont peur de partir. Pour aller où ? Pour faire quoi ? Ils ont hésité et à présent ils ont le sentiment que c'est trop tard. À présent, ce sont des réfugiés. Des victimes.

On leur a donné une baraque, sur la foi de leur contrat de travail. Et soudain, Akainu n'est plus très sûr que ça lui plaise de revenir là, qu'il ait bien fait d'accompagner le vieux jusqu'ici. Il le lui a fait promettre : si les services sociaux prenaient un rendez-vous pour l'emmener, il s'enfuirait de nouveau, le vieux le laisserait partir. Il a dit d'accord.

Pendant la journée, il ne va pas à l'école. Il faut attendre la prochaine période d'inscription, dans plusieurs semaines, et cela l'arrange car il n'a pas envie de tomber sur d'anciens camarades, même s'il y a peu de chances tant les choses et les gens sont devenus impersonnels ici, on ne sait jamais, revoir quelqu'un qu'on a connu et devoir prendre des nouvelles, savoir qui est encore là, qui a disparu, ça ne lui disait rien de bon, de remuer le malheur. À quatorze ans, on n'est pas bien âgé, mais tout cela lui paraît déjà une autre vie, derrière, très loin, comme un souvenir qu'on lui aurait raconté – un an de rue même à quatorze ans ça vous coupe d'avant –, et son enfance lui semble un âge d'or, un mythe, il n'arrive même plus bien à savoir si elles sont vraies, les choses qu'il se rappelle, le lait du matin, les cheveux de sa mère, comme si c'était un rêve qu'il aurait fait pendant qu'il dormait à l'auberge bleue dans les parcs, sous sa toile de chantier, se glissant dans la nuit de la capitale à l'affût des poubelles où il y aura encore des nouilles chaudes ou des brochettes que les clients n'ont pas mangées, le sourire de sa mère et les bouillons d'hiver pour le shabu-shabu, le goût des différentes sauces, chacun avait sa préférée, il se demande si c'était vrai, l'odeur de sa chambre, l'odeur de la voiture de son père et ses yeux concentrés, dans le rétroviseur, qui lui font un clin d'œil de temps en temps, il passait tous les trajets de l'école à regarder les yeux de son père dans le rétroviseur, découpés en long dans le paysage qui défile, en cinémascope, comme si c'était Kaneshiro Takeshi ou Brad Pitt – est-ce que ce n'était qu'un rêve ?

Tant qu'il fuguait, tant qu'il les tenait pour morts, dans un coin de sa mémoire, ses parents étaient toujours vivants. Même dans un souvenir qui s'éloigne. Même dans le rêve d'une autre vie où il aurait été enfant. À présent il va savoir, il va finir par savoir, croiser quelqu'un qu'il connaît, il va apprendre la vérité. Ses parents, son rêve et son enfance vont peut-être mourir pour toujours.

Il ne veut pas espérer, parce qu'il ne veut pas savoir. Il n'est pas prêt à perdre le peu qui lui reste. C'est comme une roulette russe, et ce n'est pas un jeu pour un gamin de quatorze ans.

Yonige-ya

Ils portent des baskets et un blouson sombre, un bonnet de marin sur la tête. Ils sont trois. Kaze et l'ingénieur ont engagé un Déchargeux pour faire le job avec eux. C'est trop dangereux pour qu'ils entraînent le gamin là-dedans. Il fait nuit et le vent souffle de la mer. Ils se tiennent comme s'ils discutaient tranquillement sur le bas-côté désert, devant la fourgonnette. Kaze rallume une cigarette avec celle qu'il vient de fumer, avant de l'écraser dans la neige boueuse.

L'homme qui s'approche d'eux a du mal à cacher sa nervosité. Il s'agite et jette des regards en tous sens, avance avec la maladresse de celui qui cherche à être discret et ne sait pas trop s'il doit miser sur la rapidité ou le silence. Il est sorti du camp et les a rejoints en longeant ce qui reste de trottoir à cet endroit de la route. La nuit est assez claire, à cause de la neige qui s'étale sur la plaine vide comme sur un champ. C'est Kaze qui rompt le silence :

« Votre femme est partie ?

— Cet après-midi, avec les enfants, comme vous me l'aviez demandé. Ils sont allés passer la nuit chez une tante à elle, à Ishinomaki.

— Personne ne vous a vu sortir ?

— J'ai attendu qu'il n'y ait plus de lumière chez les voisins et je suis venu à pied.

— Vous n'avez rien emporté ?

— Seulement ce sac à dos. Les objets de valeur de la famille, ceux qu'on avait pensé à emporter.

— Bien. Vous êtes sûr de vouloir le faire ?

— Je ne peux plus vivre ici. Je ne veux plus être une victime et attendre, j'ai honte. Ici, nous serons des victimes toute notre vie. Je ne veux pas que mes enfants grandissent ainsi.

— Vous pourriez essayer de vous installer en ville.

— Je ne pourrai pas payer à la fois les traites de la maison et un loyer en ville. Et qui voudrait acheter une maison à Namie, maintenant ? Je suis résolu.

— Bien, alors en voiture. Nous devons faire vite. »

Kaze lance sa cigarette à moitié fumée dans la neige, d'une pichenette entre le pouce et le majeur, plus loin, dans ce qui ressemble à un champ, et fait signe aux deux autres qu'il est temps de monter dans la fourgonnette.

Ils quittent Wakabayashi, en périphérie de Sendai, par la route secondaire, la numéro six qui longe la voie ferrée puis la côte après l'embranchement d'Iwanuma. La nuit, on ne se rend plus bien compte du paysage. La plage est une plage et les montagnes sont des montagnes. Du sable, de la terre. Les zones construites entre démolitions des anciennes maisons et constructions déjà en chantier, avec tous ces espaces de terrains vagues, font penser à une zone périurbaine un peu vide, clairsemée, un peu hétéroclite et moche, comme il y en a partout, sauf au Japon. Ici, normalement, tout est construit. Tout l'était.

Dans la fourgonnette, les hommes restent silencieux. À l'arrière, le jeune Déchargeux, un respirateur pendu à son cou, vérifie la trousse à outils, les sacs et les piles des lampes, cependant que l'homme qui vient de les rejoindre, assis contre la roue de secours, garde la tête entre ses bras et le regard entre ses pieds. Kaze tient le volant. À côté de lui, l'ancien ingénieur a enlevé son bonnet, il a les cheveux gris. Il lit un carnet sur lequel il a écrit, sur plusieurs pages, une liste dont les éléments sont surmontés de petits carrés à cocher, à la manière d'une checklist. Il la lit et la relit un crayon à la main, descendant chaque ligne, se posant quelques instants sous chaque élément, bougeant les lèvres, la répétant pour lui-même, comme s'il essayait de l'apprendre par cœur. Il coche les cinq premières lignes verticales, referme le carnet avec un élastique dans lequel il enserre son crayon, range le tout dans la poche intérieure de son blouson. Il jette un coup d'œil à Kaze. Son regard est concentré sur la route, ses mains légèrement crispées sur le haut du volant. Il a dû sentir qu'on l'observait, parce qu'il rompt le silence.

« Je vais m'arrêter, après Soma, quand on quitte le voisinage de la deux cent soixante-six. Fumer une cigarette.

— Ou deux. Tu fumes toujours les cigarettes par deux.

— C'est une habitude que j'ai prise il y a quelque temps. Tu as remarqué ça ? Je ne sais pas pourquoi. C'est ma deuxième vie, je fume les cigarettes deux par deux. J'espère qu'il n'y en aura pas de troisième ! »

Il se retourne vers l'autre un court instant et ils éclatent de rire. C'est un rire bref, comme un soulagement. C'est la première fois qu'il laisse entendre qu'il n'a pas toujours été déménageur. Même s'il n'en dit pas plus, c'est la première fois que Kaze partage le peu qu'il peut partager de cette histoire avec quelqu'un.

« Ne t'inquiète pas. J'ai les papiers pour le checkpoint. Les Déchargeux sont parfois appelés pour des interventions de nuit aux alentours de la centrale, parce que les égouts se bouchent encore régulièrement. Et puis le sentiment de sécurité est en train de remonter en flèche, parce que les gens n'ont pas de mémoire, ils ne sont plus aussi vigilants que cet été, ils ne prendront pas la peine de vérifier ma carte de Tepco. Ça ne mérite pas de réveiller un chef en pleine nuit.

— Passer la nuit dans cet endroit, à vingt kilomètres de la centrale, dans une baraque à côté de la barrière. Ils ne sont pas tellement mieux lotis que nous.

— Mais eux, ils envoient tous les mois de l'argent à leur famille, à Tokyo. À l'école, leurs enfants disent que ce sont des héros.

— On dirait que tu ne les aimes pas.

— Ce n'est pas de leur faute. Je n'aime pas le gouvernement. Ils font semblant de protéger les gens, mais ce qu'ils protègent, depuis le début, ce sont les intérêts de Tepco. Et toi ? Comment as-tu décidé de passer cette annonce ? "Déménagements de nuit", il fallait oser !

— Je ne sais pas, je n'y avais pas bien réfléchi. Peut-être que ce n'était qu'un clin d'œil. C'est comme ça que je suis parti de chez moi, il y a deux mois.

— Tu as eu d'autres appels ?

— Je dois rencontrer deux autres clients cette semaine et j'en ai refusé trois, c'est incroyable. Encore des dettes et encore des "victimes". Je dois d'abord étudier les risques, je fais attention. Si ça continue comme ça, il va falloir qu'on loue des maisons à la campagne. Il faudrait monter une société, ou plusieurs, pour ne pas apparaître toujours sous le même nom. Je ne pensais pas que ça prendrait ces proportions. C'est insensé.

— Yonige-ya. L'agence des fugues de nuit. »

Ils rirent de nouveau.

La petite entreprise de Kaze marche bien. Lorsqu'un client le contacte, il prend plusieurs rendez-vous, mène une petite enquête. Il évite ceux qui lui paraissent louches, lui mentent sur leur travail, les gens qui pourraient être mêlés à des affaires de jeu, à des trafics. Il refuse aussi ceux dont la décision ne lui paraît pas assez réfléchie, qui risquent de craquer et de revenir au bout de trois semaines, dès qu'ils seront à court d'argent, et qui pourraient tout raconter à la police ou à Dieu sait qui. Une évaporation coûte entre trois cent mille et cinq cent mille yens, selon les risques et la logistique à mettre en place. Kaze loue de petits appartements dans les faubourgs sous prétexte de garde-meubles pour fournir des planques provisoires à ses clients, mais souvent, ici dans le Nord, il les reloge à la campagne, dans de vieilles maisons de deux pièces, au plancher surélevé. La première est celle où l'on vit, autour du foyer de la cuisine, un poêle à bois qui sert aussi de chauffage, et d'une alcôve où trônent un évier de pierre et un meuble à étagères. La salle du fond est toute petite, c'est la chambre avec ses placards à futons, contiguë à une salle d'eau qu'on peut ouvrir sur le jardin, où sont reléguées les toilettes. À part l'électricité et l'eau courante, qui ont fini par arriver à la fin des années soixante, c'est, en gros, le confort et le mode de vie d'avant-guerre. Pourtant les clients de Kaze n'y sont pas malheureux. Ce sont des gens que la vie moderne avait endettés jusqu'au désespoir, des gens dont le symbole de la vie moderne, la centrale nucléaire et ses promesses de débauche d'énergie, avait rendu la terre inhabitable, des gens auxquels les conditions de la vie moderne, ses emplois non qualifiés de plus en plus précaires aux salaires si bas qu'ils étaient obligés d'en cumuler deux, parfois trois, ne permettaient pas de s'en sortir. Alors, perdre en confort pour vivre enfin, et dignement, ce n'était pas si cher payé. Pour ceux qui avaient des enfants, c'était plus compliqué, parce qu'ils ne pouvaient plus les scolariser. Les enfants d'évaporés n'ont aucune existence légale.

Après le checkpoint, la route bifurquait. Ils prirent par la côte, à travers une friche totalement dévastée. Un an après, c'était un des rares endroits où l'on pouvait encore mesurer la violence du tsunami de visu, parce que les décombres n'avaient pas tous été emportés encore et que les immeubles étaient, l'eau en moins, la boue en moins, à peu près dans l'état où la vague les avait laissés, des arbres plantés dans les façades, des étages envolés, des structures tordues. La force surnaturelle de la nature. Par endroits, des quartiers entiers étaient demeurés intacts, protégés par des reliefs qui avaient canalisé le tsunami vers les vallées voisines. La route serpente et passe deux petits cols, la descente sur Namie il vaut mieux la faire de nuit. Ils mettent du temps à trouver la maison.

Elle a en effet tenu debout, inondée jusqu'au premier étage. Sans doute que tout a pourri là-dedans, mais apparemment elle n'a pas été visitée. Les lampes torches des hommes qui s'avancent éclairent, dans l'entrée à présent dépourvue de porte, le sol jonché d'objets, des parapluies, un vase et une petite statue de chien, renversés sans doute par le séisme. Rapidement, ils se déploient à l'intérieur du rez-de-chaussée et recouvrent les ouvertures avec des draps noirs épais, qu'ils scotchent aux montants des portes et des fenêtres. Même dans une maison défoncée au milieu de nulle part, il fallait prendre ses précautions. La nuit, la moindre lumière se voit à des kilomètres. Ils disposent par terre de grands sacs résistants qu'on emploie pour les gravats et demandent à l'homme de leur indiquer ce qu'il compte emporter. Ils sont obligés de le bousculer un peu, car il est comme frappé de stupeur, debout sur le seuil de sa maison, son ancienne maison qu'il appelle encore comme ça par habitude, et il superpose dans sa tête toutes les images, celles du 11 mars et celles d'avant, et ce qu'il voit là, devant lui, dans la lumière des torches, il n'arrive pas à le faire coïncider avec toutes ces images, c'est comme s'il ne comprenait pas ce que ses yeux voient.

À la fin il faut l'arrêter. Lui dire qu'on n'emportera pas tout. C'est toujours comme ça – Kaze l'apprendra plus tard : les gens pensent qu'ils ont deux ou trois choses à enlever, et puis il y a trop d'émotions, parce qu'ils savent qu'ils ne reviendront plus, et ils se mettent à donner de l'importance à des bibelots cassés et à des affiches mangées par la pourriture, à la fin ils veulent tout emporter, même le frigo qui ne marche plus depuis longtemps, parce que c'est tout ce qui reste d'une vie qu'ils ne connaîtront plus.

À l'arrière de la camionnette il pleure. Ils pleurent presque tous.

Ils essaient de se justifier. Ils se mettent à parler, pendant tout le trajet. Ils n'avaient pas d'assurance contre le tsunami ou les tremblements de terre, parce qu'elles sont bien trop chères. Ils ont reçu l'aide du gouvernement, le forfait des victimes, deux millions de yens, et ils viennent de comprendre qu'il se passera sans doute des années avant de pouvoir réévaluer la somme, ridicule au regard de ce qu'ils ont perdu et qui, de toute façon, ne vaut effectivement plus rien. Qui va acheter une maison sinistrée dans une zone radioactive ? Pourtant, il faut continuer d'en payer les traites, tous les mois. En ville, leurs enfants porteront les stigmates de la catastrophe. Ils disent qu'ils ne supportent plus ce mot de « victime ». Qu'on le leur a collé dessus, acheté avec le forfait d'urgence et leur silence, qu'on en a fait des parias. Ils ont trop de dettes. Ils vont tenter leur chance à la campagne. Et ils pleurent, presque tous.

L'Œdipe japonais

Elle voudrait s'endormir, là, pendant que Richard commence à parler, à raconter leurs souvenirs de North Beach en regardant blanchir la fumée d'une cigarette. Elle le connaît, il va se mettre à parler de sa « grande affaire », la dame blonde et chic de l'année dernière qui voulait qu'il vole un corps à la morgue, sans donner de raison, et lui qui n'avait même pas un revolver pour venir au rendez-vous – ça a l'air de quoi, un privé désarmé ? –, il va raconter toute l'histoire, comment il avait emprunté l'arme, finalement, au légiste lui-même, qui la gardait dans un tiroir de sa salle d'autopsie, parce qu'une fois un de ses clients s'était relevé pendant qu'il essayait de le mettre au frigo et que ça lui avait fichu une trouille bleue, qu'il avait été obligé de l'assommer à grands coups de cuvette à dissection et que les flics l'avaient trouvé raide quand ils étaient arrivés, si bien que personne ne l'avait jamais cru, mais il s'était acheté une arme après ça, pour tuer les morts, au cas où, il va raconter toute cette histoire dans les moindres détails, se servant un whisky en guise de dîner, en lui tournant le dos parce qu'il se doute bien que ça ne l'intéresse pas vraiment, mais c'est sa meilleure histoire, celle de la blonde chic et bizarre qui voulait récupérer le cadavre de sa sœur – c'est ce qu'il avait fini par se dire, que ça devait être sa sœur –, une prostituée assassinée avec un coupe-papier. Elle voudrait se mettre à rêver, juste en fermant les yeux, mais Richard B. peut parler pendant des heures, même tout seul, elle le sait bien alors elle se redresse à son tour, s'assoit dans le lit où ils viennent de faire l'amour, en calant les deux coussins dans son dos.

« Chez nous, dit-elle, on n'a pas d'arme. En posséder une est un délit. Des balles, un autre. Tirer, un troisième. Ce qui fait déjà trois délits avant même de tirer sur quelqu'un.

— Votre société n'est pas si sûre.

— C'est vrai, il y a le syndicat. Mais chez nous, les yakuzas contribuent à rendre la société plus sûre.

— Et les gamins ? Il y a bien des gamins qui entrent dans un gang parce qu'ils sont violents, qu'ils sont sauvages. Ils ne respectent pas les règles, ceux-là. Ils se droguent, ils ne vont pas au lycée.

— Parfois, ce sont leurs propres parents qui les placent dans un gang. Tout le monde a besoin de suivre des règles malgré tout, le syndicat c'est comme une entreprise pour les gens qui ne peuvent pas devenir salaryman.

— Tu trouves ça normal ?

— On dit *shittagate*. C'est ainsi. Tu trouves ça mieux en Amérique ?

— Je n'aime pas le tour que prend cette conversation. Tu dis “nous” et “vous” comme s'il y avait une fatalité à accepter tout le package japonais, même les simagrées, les malentendus, la solitude, le conformisme, tu dis “nous” et “vous” comme si ça nous séparait.

— Et c'est évidemment le cas. Je suis japonaise.

— Et ton père : qui se soucie de savoir ce qu'il est devenu, ici ? C'est ça, la sécurité ? »

Ses yeux semblent entièrement noirs. On n'en distingue pas la pupille, seulement une sorte de profondeur, comme des couches de ténèbres brillantes, une laque où passent des reflets d'eau. Elle l'observe se redresser pesamment et s'asseoir au bord du lit, rechausser ses lunettes qu'il avait laissées sur la table de nuit, essuyer son front du revers de la main, en vain.

« Je suis désolé, je ne voulais pas dire ça.

— Ce n'est pas grave, Richard. Je suis contente que tu sois là, avec moi.

— Tu es une Japonaise de la douceur de vivre et de la délicatesse, comme moi je suis un Américain des grands espaces et de la pêche à la truite. Nos pays n'existent plus.

— Peut-être.

— Je suis sûr qu'il y a des Français qui pensent que leur pays c'est la littérature, alors qu'ils ne fabriquent plus que des parfums et du bordeaux, et des Italiens qui nous parleraient des heures de l'opéra, quand le monde entier ne les connaît plus que pour la scène de la cuisson des pâtes en prison dans *Les Affranchis*. Le monde change.

— Tu as raison. Pourtant, un peu plus ici qu'ailleurs il ne change pas bien vite, il me semble, peut-être parce que c'est une île.

— Qu'est-ce qui vous empêche de tout foutre en l'air ?

— L'Œdipe japonais. »

Elle s'est levée et s'est servi elle aussi un whisky. Ses yeux sont durs. Ses yeux sont des puits d'obscurité qui luisent au fond de ténèbres plus grandes.

« Jusqu'à l'âge de six ou huit ans, chez nous – ici –, l'enfant dort avec sa mère. Le couple n'existe plus. Les parents ne font plus l'amour. La relation avec la mère est fusionnelle, charnelle. Le père, il travaille et il ramène l'argent, c'est tout. C'est une sorte d'étranger à qui on doit montrer toutes les marques de respect. Tu comprends ? Ça veut dire que tu n'as même pas besoin de le tuer pour coucher avec ta mère. Comment veux-tu faire la révolution, remettre en question le fonctionnement de la société ? Tu respectes les codes, les lois, les coutumes, on s'en fiche que tu y croies, et tu te fais en secret ton petit bonheur de pervers polymorphe.

— C'est affreux.

— Oui, c'est affreux, mais tout va bien, et rien ne change. »

Il se lève, voudrait la prendre dans ses bras mais elle se dérobe. Ils sont debout, à poil au milieu de la chambre, leur verre à la main, se font face.

« Il n'y a pas beaucoup d'Américains heureux non plus aux États-Unis, dit-il doucement. Peut-être que pour être heureux, il faut être étranger. Quand toute cette histoire sera terminée, on pourra repartir, on pourra essayer. On sera des Japonais heureux aux États-Unis.

— Je ne sais pas. Je ne sais pas comment cette histoire se termine. C'est une histoire japonaise. »

Elle voudrait aller à la fenêtre, mais celle-ci donne sur un mur, à trente centimètres. D'ailleurs elle ne s'ouvre pas.

L'agence d'évaporation

Le vendredi soir, la nuit du quartier de Shibuya est pleine de taxis occupés par des amoureux, il y en a des fleuves, pas un de libre, et, partout sur le trottoir, des couples qui viennent peut-être de se former dans un bar lèvent la main pour les arrêter et s'y engouffrer, sur le chemin d'une nuit d'amour ivre et joyeuse. Il y en a des milliers.

À chaque fois qu'un taxi libre apparaît, plus loin dans le flot des voitures, il est aussitôt pris d'assaut. *Il n'y a qu'une intervention directe des dieux ou du destin qui peut vous assurer un taxi*, se dit-il. *Je m'en fiche.*

Laissons-les prendre ces taxis.

Ils sont une bénédiction que je leur donne.

Moi aussi, j'ai été jeune.

Richard B. se sent bien. Il a rendez-vous à deux rues de là dans un bar qu'il met un temps fou à trouver, parce qu'il faut encore grimper au deuxième étage d'un vieil immeuble coincé entre deux buildings et pousser la porte d'entrée comme si on pénétrait chez quelqu'un.

De fait, on entre chez quelqu'un, excepté qu'elle a transformé – c'est l'impression que ça donne – la pièce principale de son appartement japonais en un bar. C'est une vieille femme. Elle est assise derrière un comptoir qui doit faire un mètre vingt de long, elle lit, cachée par une antique caisse enregistreuse, un roman policier – à en juger par la fille sur la couverture noire.

Sur le mur dans son dos, posées sur de simples étagères, des dizaines de bouteilles d'alcool en provenance de toute la planète, sans ordre précis de rangement, se pressent contre des piles de trente-trois tours et une chaîne hifi de la même époque. Elle ne passe que du jazz du début des années soixante-dix, l'invention du free, Coltrane à Stockholm. Les murs sont couverts d'affiches.

Il doit y avoir trois tabourets devant son bar.

Pinky est assis sur l'un d'eux. Ce type a le chic pour les endroits confidentiels.

Il a dit à Richard qu'il avait des renseignements, quelque chose qui pouvait l'intéresser, et lui avait donné ce rendez-vous, mais il voulait d'abord qu'ils boivent un verre ensemble. Alors c'est ce qu'ils font. Pinky lui raconte son histoire, après l'évaporation. Il était parti à Tokyo. La police ne pouvait pas le protéger, parce qu'il n'avait plus d'existence administrative, officielle, mais elle était intéressée par ce qu'il savait des clans de Kobé et d'Osaka, et des courses de hors-bords. Le Yamaguchi-gumi commençait à s'implanter dans la capitale, à l'époque, et les autres clans de Tokyo étaient eux aussi désireux d'en apprendre plus. Pinky s'était rapidement retrouvé dans une position d'intermédiaire, échangeant des services et sa protection contre des informations, maintenant à peu près son niveau de vie. Il se marre en racontant ça : par exemple, les salarymen gays. Lorsqu'ils sont en passe d'obtenir une promotion ou d'être envoyés à l'étranger, qu'ils accèdent à un boulot de représentation dans leur boîte, ils doivent se marier. C'est obligé. Leur patron leur propose des partis acceptables parmi les filles d'amis ou d'employés. Mais le type est gay, il est coincé. Alors on demande à Pinky de chercher dans ses relations, de trouver une hôtesse qui vieillit et veut se ranger des voitures, une qui ne serait pas contre un époux qui la laisse tranquille. Il arrange le mariage et prend une commission des deux côtés. Tout le monde est content. À l'entendre ce n'est pas comme s'il vendait des filles, il les présente et leur explique qu'ils sont libres de s'aimer et d'être heureux, si ça leur chante. C'est le genre de service le plus fréquent qu'on lui demande.

Parfois on lui donne des tuyaux pour la police, pour gêner un gang concurrent, ou on lui donne le nom d'un type qui vient d'assassiner un civil pour qu'il prévienne la police et que l'enquête n'aille pas plus loin. Un des patrons du quartier chaud de Roppongi lui a même prêté un chauffeur à neuf doigts pour lui servir de garde du corps, parce qu'il y avait des rumeurs de contrat sur sa tête. Un jour, Pinky lui a demandé s'il avait déjà tué quelqu'un. Le gars conduisait, il a réfléchi un peu, l'a regardé en plissant les yeux dans le rétroviseur, puis il a éclaté de rire en lançant : « Jamais un qui ne soit pas yakuza. »

C'était son monde. Ça lui plaît d'en parler à Richard. Il boit beaucoup, mais ça n'a l'air de rien lui faire. Pendant tout le temps qu'ils sont dans ce bar à discuter, il n'est même pas allé aux toilettes une seule fois. Il dit que c'est un signe de virilité de boire. Richard avait entendu des histoires de yakuzas qui recevaient des transplantations de foie aux États-Unis. Un chef de gang célèbre, qui avait écrit ses mémoires lorsqu'il s'était retiré, s'était vanté d'en avoir usé trois.

Soudain, Pinky se met à parler plus bas. Il a quitté son air de connivence et son sourire de vantardise. Il se rapproche de Richard en se penchant sur le bar, pose sa main sur son bras. C'est le moment d'aborder les choses sérieuses.

« J'ai entendu parler de quelque chose, à propos de tes histoires de johatsu. Ça se passe dans le Nord, dans le Tohoku. Depuis le tsunami et les problèmes nucléaires, ça bouge beaucoup, par là-bas. La plupart des évaporés de Tokyo sont employés comme journaliers, sur des chantiers de démolition ou de reconstruction. C'est un des taux de chômage les plus bas du Japon, alors que c'était une région presque morte. Je pense que tu devrais y faire un tour.

— Je sais déjà tout ça, ce ne sont que des chiffres. Qu'est-ce qui me dit que le type que je cherche est là-haut plutôt qu'ici, c'est une histoire sans fin. C'est un petit pays très peuplé, où tout le monde connaît ses voisins, mais tous les ans des dizaines de milliers de gens disparaissent sans que personne les voie, presque cent mille, comme s'ils devenaient des ombres, pfuit !

— Il se passe quelque chose, là-haut.

— Oui. Une douzaine de vallées sont devenues inhabitables.

— Écoute-moi. Il y a un gars. Il se fait appeler Kaze. Il a monté – je ne sais même pas comment appeler ça – une société, une agence. Il déménage les gens la nuit, il récupère leurs affaires dans la zone interdite, il les installe dans des planques à la campagne à ce qu'on m'a dit, il les évapore, nom de dieu ! Il a ouvert une putain d'agence d'évaporation. »

Richard en est resté comme deux ronds de flan. Est-ce que c'est possible, une coïncidence pareille ? Est-ce qu'il allait finalement le retrouver, est-ce que ça peut être lui ? « Kaze » pour Kazehiro, ça pourrait coller.

Lorsqu'il remonte le boulevard vers le carrefour de Shibuya, large comme le pont d'un porte-avions, au milieu de tous les taxis d'amoureux prêts à s'envoler, il se dit que, décidément, *la vie est totalement hors de contrôle*.

Un cimetière en forêt

Ils sont tous les deux dans la camionnette, garée devant le bâtiment de la préfecture. Ils ne sortent pas : ils parlent, sans se regarder. Le gamin est nerveux, jette des coups d'œil au building de béton puis baisse la tête. Il se tord les mains, ne veut pas montrer qu'il a peur, dans le fond, croise les bras, se ferme, agacé, agressif. Ils parlent bas, mais ses phrases sont sèches. Il n'ira pas, il ne sortira pas.

« Tu n'es pas mon père, tu n'as pas à me dire ce que je dois faire. »

Kaze regarde la route devant lui. Dans ce coin de la ville, on dirait que la vie est revenue à la normale. Il remet le contact.

« Très bien. Comme tu voudras.

— Où on va ?

— Je voudrais te montrer quelque chose.

— Je veux rentrer.

— Ce n'est pas loin. »

Ils font route vers le nord, dépassant Ishinomaki, obliquant vers la côte. Les villes ont été durement touchées ici. Minamisanriku entièrement détruite, rasée. N'en reste un an plus tard qu'un immense terrain vague. Des camps de réfugiés sont sur les collines.

« Où on va ?

— Tu ne veux pas interroger le registre des disparus, à la préfecture de Sendai. Tu me dis que tes parents sont morts.

— Et alors ?

— Alors je vais te montrer les morts. »

Il faut monter par une piste, creusée par les bulldozers. À une cinquantaine de mètres dans les premières pentes de la montagne, on arrive dans une sorte de clairière, un champ défriché, plat, un rectangle tout en longueur au milieu de la forêt, sous la neige. Il n'y a rien d'autre à voir ici que quatre allées de petits poteaux de bois de section carrée, d'une cinquantaine de centimètres de haut, parfaitement alignés, parfaitement parallèles, sans autre indication, ni panneau ni lanterne, rien d'autre que quatre allées de stèles, des centaines peut-être – mais une stèle ne peut pas être en bois –, un cimetière en forêt, qui ne ressemble en rien à un cimetière, et pourtant cela saute aux yeux.

Le gamin bondit hors de la voiture qui s'est arrêtée au bord du champ. Il ne veut pas écouter. Il serre les poings. Il fixe devant lui les rangées de tombes en fronçant les sourcils. Il ne veut pas croire ce qu'il voit.

« On a retrouvé plus de dix-huit mille corps en quelques semaines. Ceux qui étaient dans les décombres ou dans les poches d'eau qui s'étaient formées avec le retrait de la vague. Beaucoup d'autres n'ont jamais été retrouvés parce qu'ils ont été portés par le tsunami, parfois loin dans les terres, dans la forêt où ils ont fait, j'imagine, des fantômes de plus. Parmi ceux qu'on a repêchés, on a pu en identifier un sur deux, à peu près. Les cérémonies funéraires ont commencé. Mais cela faisait beaucoup de monde, même si l'on s'occupait en priorité de ceux qui avaient encore de la famille. Les préfectures ont vite manqué de carburant pour les crématoriums. À Fukushima, Miyagi ou Iwate, je ne sais plus qui a sonné l'alarme en premier, on a établi des sortes de listes d'attente et, un peu partout dans la campagne, on a construit ce genre de choses, des cimetières provisoires, en attendant de pouvoir brûler les corps. Les allées que tu vois ont été creusées à la pelleteuse, les emplacements séparés par de simples planches, de la largeur de la tranchée. Il y a eu des cérémonies collectives, pour les familles, les cercueils étaient portés et mis en terre par les soldats des forces d'autodéfense, transportés dans de grands camions militaires. Les stèles sont en bois parce que c'est provisoire. Au début on parlait de deux ans, mais ça traîne un peu à ce qu'on m'a dit, parce qu'on ne sait pas trop quoi faire avec ceux qu'on n'a pas pu identifier. Ce sont toutes les stèles où il y a un numéro, à la place du nom. »

Kaze parle doucement. Il est debout à côté de lui. Akainu ne le regarde pas. Il a l'impression qu'il pourrait lui sauter à la gorge et l'étrangler s'il se retourne vers lui. Colère, tristesse, il ne sait pas bien ce qu'il ressent, c'est peut-être même juste de l'impuissance, de la peur ou de l'incompréhension, il y a tant de sentiments qu'un gamin de quatorze ans n'a pas encore expérimentés. Mais il sait que n'importe quel sentiment peut devenir de la rage. Il serre les dents, il serre les poings. C'est lorsqu'elles arrivent, c'est lorsqu'il est trop tard, qu'il s'aperçoit qu'il a tout fait, sans le savoir, se forçant de garder les yeux ouverts, pour que les larmes viennent.

Alors il tombe à genoux dans la neige et se cache le visage dans les mains. Les retenir. Se frotter les poings sur les yeux pour les retenir, parce que sinon il n'y aura plus rien pour les arrêter.

« Tu n'es plus un gamin. Tu devais voir ça avant de prendre ta décision. »

Le shogun de l'ombre

C'est une ancienne demeure seigneuriale parfaitement préservée, à l'écart des autres habitations plus récentes. La route qui serpente dans la montagne pour y conduire ne va pas plus loin. On peut très facilement s'imaginer que le propriétaire actuel est le descendant de la famille qui l'avait faite ériger, il y a plusieurs siècles, dans le style sobrement géométrique des maisons de samuraï. Il y a plusieurs pavillons, les shoin, posés sur de fins pilotis de bois, disposés autour d'un plan d'eau et offrant tous la même façade de courte terrasse, de véranda fermée de shoji blancs, de poutres de bois presque noirs les découpant en rectangles réguliers. La charpente et les toits débordants ne sont pas ornés de frises, ni de sculptures. Kaze s'était renseigné. Il avait fait le trajet plusieurs fois dans sa tête. S'était souvent demandé si cela valait la peine d'aller au bout de cette histoire. Après tout, il en connaissait déjà l'issue.

Il serait venu à pied pour ne pas qu'on remarque la camionnette, qu'il aurait laissée en contrebas, serait entré par la forêt. Il s'accroupirait à la lisière du parc, prendrait le temps d'observer les jardins qui entouraient les corps de bâtiments, les bosquets d'eucalyptus et de pruniers, les ponts de pierre qui mènent au pavillon de thé, planté à quelques mètres de la rive sur une île à peine plus grande que lui, les barques de bois qui y sont amarrées. C'est un jardin paysager qu'on est censé regarder depuis l'intérieur des shoin ou depuis leur terrasse orientée au sud-est. Il n'y aurait pas âme qui vive. Il se serait attendu à des gardes, en tout cas du personnel, ne fût-ce que des jardiniers, des domestiques, mais il n'y aurait personne. Les shoji seraient fermés, sauf celui de la terrasse du pavillon principal. Il se demanderait s'il convient de courir et de se dissimuler derrière chaque bosquet, comme font les militaires dans les films, mais il déciderait qu'après tout, un homme seul marchant tout à fait normalement est encore la solution la plus discrète. Il sortirait du couvert des arbres et se dirigerait vers le petit lac, le contournerait par la droite, passerait le pont qui surplombe la rivière alimentant le plan d'eau, piquerait à travers le jardin, directement sur le pavillon. Il se tiendrait droit et raide, et marcherait d'un pas plutôt lent, déterminé. Dans la poche de son pantalon, le pistolet serait lourd et froid.

Se hissant sur la terrasse, il jetterait un coup d'œil derrière lui. L'impression de paysage est saisissante. Les reliefs et les arbres, les rochers mis à nu posés sur des lits de mousse, toutes les petites collines artificielles, les îles boisées sur le lac, s'agencent en plans successifs de montagnes et de mer, jusqu'à l'horizon de la forêt. À l'intérieur, la première grande salle baignerait dans le demi-jour des shoji. L'auvent du toit surplombant la terrasse ne permet qu'à la lumière diffuse et lointaine du jardin d'y entrer, passant à travers le papier tendu jauni comme à travers un tamis qui ne laisse pénétrer dans la pièce, en été comme en hiver, qu'une lueur sans éclat, étale et douce, dans laquelle, indifférente, luisent les fusuma décorés de peintures à l'encre grise, branches tortueuses de pins, vols de grues, hérons à l'affût au bord d'un torrent de montagne, esquisses de paysages entrevus par fractions dans la pénombre brumeuse, dans le style de Kanô. La salle serait vide. En faisant coulisser les cloisons mobiles à boutons de porte il pénétrerait dans le shoin comme dans un immense labyrinthe de pièces sans meubles, aux décors similaires. Il n'y aurait d'autres bruits que, de plus en plus étouffés, les oiseaux du jardin et l'eau qui courait non loin.

Kaze se demanderait s'il doit sortir son arme, en cas de rencontre impromptue avec un garde ou un employé. Il sait à présent qu'une arme ne vaut que si l'on est prêt à s'en servir, et il n'est pas à l'aise avec cette idée, depuis sa mésaventure de Tokyo, chez l'avocat. Plus il progresserait à travers les salons déserts, et plus la pénombre serait grande. Les shoji qui surmontent les cloisons ne laissent plus entrer qu'un halo de lumière poudrée qui se dépose sur les nattes et les murs comme de la poussière. Il serait nerveux. Un changement de niveau lui indiquerait qu'il passe dans la seconde salle du pavillon. Un air de shamisen étouffé, lointain, lui parviendrait à présent à travers l'enfilade des pièces. Il se dirigerait à l'oreille, vers la source de la musique. À chaque fois qu'il ferait glisser un fusuma, il garderait sa main dans sa poche, sur la crosse du pistolet. À la dernière cloison, la musique s'arrêterait.

La pièce est sombre. Il ouvrirait plus grand la porte coulissante pour faire entrer le peu de clarté qui l'aurait suivi jusque-là. Distinguerait une silhouette assise, tapie dans un coin de l'obscurité, près du tokonoma creusé dans des ténèbres plus profondes encore. Un seul shoji, de la dimension d'une petite fenêtre carrée, aux trames serrées, ne parvient à les percer mais présente une étrange surface blanchâtre, comme une brume de rêve. La voix d'un vieillard sortirait de l'ombre.

« J'avais fini par penser que vous ne viendriez plus. Entrez, entrez donc. »

Ses yeux s'habitueraient peu à peu au manque de lumière. La pièce est décorée de peintures à la feuille d'or dont il ne distinguerait pas les motifs exacts, mais qui diffusent telle une vibration des éclats chauds et changeants de lueurs. Près de l'homme assis se lèverait soudain une deuxième silhouette. Kaze serrerait la crosse du pistolet dans sa poche.

Continuant à s'approcher il verrait que ce n'est qu'une enfant. C'est elle qui tient le shamisen. Elle serait vêtue d'un kimono de soie et légèrement décoiffée, comme une de ces bijin des estampes d'Edo, les actrices, les serveuses, les courtisanes. Sur un signe de l'homme, elle s'inclinerait profondément devant Kaze et partirait. Il ne songerait pas à la retenir. Elle doit avoir douze ou treize ans tout au plus, ses yeux soulignés de rouge, la pointe vibrante de ses pommettes, comme un glacis dans sa peau blanche, son sourire figé aux dents noircies selon la mode de jadis et la richesse de son habit sont d'une beauté scandaleuse et d'une tristesse insupportable. Elle aurait bientôt disparu, simple apparition. Le vieillard s'en amuserait. Ce serait une sorte de méchant absolu, comme dans les films d'espionnage ou les romans de science-fiction.

« Elle est si jeune. N'est-elle pas tout ce qui devrait m'être défendu depuis longtemps et, de ce fait, la seule chose que je puisse encore désirer dans cette vie qui s'achève ?

— Vous ajoutez la perversion au crime. Vous me dégoûtez.

— Je suis un vieil homme. Je suis à la fois assez puissant et assez retiré du monde pour ne pas avoir à sauver les apparences. Et, après tout, je ne la traite pas si mal. Mais vous n'êtes pas venu jusque chez moi pour me faire la morale, n'est-ce pas ? Qu'êtes-vous venu faire chez moi ? Me menacer, comme l'avocat ? Il est mort, maintenant. Pourquoi prendre ces risques ? Pour que j'avoue ? J'avoue. Pour me soutirer de l'argent contre votre silence ? Ce n'est pas votre style. Pour me tuer ? J'ai presque cent ans. Je m'attends à mourir tous les soirs, quand je me couche.

— Je veux comprendre.

— Connaissez-vous l'expression *yami shogun* ? Le shogun a toujours eu le véritable pouvoir, au Japon. L'empereur n'était là que pour le décor. Le fait que les Tokugawa aient déposé leur titre pendant l'ère Meiji n'y change rien. Les « shogun de l'ombre », ce sont d'anciens Premiers ministres qui restent dans les coulisses, d'anciens dirigeants du LDP aussi, parfois. Ou bien des gens comme moi, qui ont un pied dans plusieurs mondes, la politique, les affaires. Nous devons être deux ou trois, aujourd'hui, à connaître toutes les ficelles de ce pays à la dérive. Quand il y a besoin de coordonner les efforts du consensus, de réunir des sommes colossales en très peu de temps, les fonctionnaires irresponsables qui nous gouvernent ne peuvent rien.

— Et vous, qu'avez-vous fait ? Vous avez vendu le littoral aux yakuzas, vous avez sauvé une entreprise de voyous qui trafiquait ses rapports de sécurité depuis vingt ans, vous avez menti aux Japonais sur l'accident nucléaire, laissé des milliers de familles à la rue, planifié une reconstruction hâtive qui ne profitera qu'aux bétonniers et aux investisseurs mafieux.

— Le Japon a enregistré une croissance de quatre pour cent depuis la catastrophe. Le chômage dans le Nord a baissé dans des proportions inouïes. On a évité une dévaluation du yen et une crise sans précédent. Les centrales vont être mises à niveau et relancées dès cet été. Le sentiment patriotique a connu un renouveau de ferveur et les hommes politiques locaux ont pris de l'assurance, qui les fera se débarrasser un jour d'une administration inefficace et corrompue.

— Et de la démocratie.

— Un concept occidental. »

Le vieillard ne bougerait presque pas en parlant. Derrière lui, dans l'obscurité de l'alcôve, Kaze distinguerait un poème qu'il n'arriverait pas à lire, calligraphié dans le style sôsho, fin, long et sans aucun angle dans l'écriture des kanji, qui tombent sur la feuille comme des lianes.

« Si j'avais pu arrêter la vague dans sa course, je l'aurais fait, j'aurais sauvé ces pauvres gens. Mais je n'ai pas ce pouvoir-là, personne ne l'a. J'ai fait ce que, moi, je pouvais faire, et je l'ai fait dans l'intérêt du pays. Vous pouvez ne pas être d'accord avec ça. Vous pouvez discuter à l'infini ce qui est bon pour les gens. Est-ce qu'il vaut mieux être une espèce de colonie américaine ou risquer de se faire bouffer tout cru par la Chine, est-ce qu'il est préférable de se refermer une nouvelle fois comme une huître et d'attendre d'être un peu moins nombreux, puisqu'on ne fait plus d'enfants, vous pouvez poser toutes les questions que vous voulez, est-ce que nous sommes capables d'être une nation normale, une grande nation comme les autres – et de rester Japonais –, est-ce que le Japon est une nation ou est-ce que ce sont des paysages, des coutumes, une façon de boire le thé et d'arranger les fleurs, un pays d'admirateurs de la lune et de poétesses en kimono, vous pouvez en parler pendant des heures, en tremblant, des yakuzas, ils ne sont pas d'hier, ils font partie de notre société, ils sont plus japonais que beaucoup de vos anciens clients qui vivent à Taïwan ou à Singapour, qui parlent de justice et de démocratie, écrivent dans les journaux contre la corruption, mais qui ne sont jamais là, quand on a besoin d'eux. Qu'auriez-vous fait, vous, si vous en aviez eu le pouvoir ?

— Je devrais vous tuer. Je devrais vous abattre comme un chien.

— Cela vous soulagerait sans doute, mais ça ne servirait pas à grand-chose et ils vous tueraient à leur tour.

— J'ai laissé toute ma vie, ma famille, parce que vos amis yakuzas ont pensé que j'en savais trop sur leurs investissements. Vos petites magouilles pour redresser le pays. J'ai tout perdu. J'ai perdu mon honneur pour protéger ma femme. Même si vous me disiez, maintenant, que je n'ai plus rien à craindre, je ne pourrais pas revenir.

— Et à présent, qu'allez-vous faire, puisque vous ne semblez pas décidé à me tuer, finalement ?

— Je vais échapper à votre système, à votre Japon. »

Furusato

Tous les Japonais ont un furusato, un « souvenir du pays natal », une image empreinte de nostalgie qui nourrit les chansons populaires. C'est un coin de nature, un pont, un très vieil arbre, une cascade dans la forêt, un paysage de l'enfance, même pour l'immense majorité des gens qui a grandi en ville, ce n'est jamais un bâtiment, les bâtiments changent, ils sont remplacés par d'autres, mais ce peut être un détail, comme le bouquet de violettes qui poussait dans l'arbre creux de la cour ou la friche de roseau et d'iris, à la pointe d'une île au bord de la rivière, tous les Japonais en ont un, même ceux qui n'ont jamais quitté leur pays, ce peut être une vue ou bien ce peut être une fête, pourvu qu'elle ait lieu tous les ans depuis suffisamment de siècles pour qu'on ait la certitude de la retrouver intacte, avec ses lanternes de papier et ses chars en bois, ses kimonos, dans la chaleur éternelle des nuits d'été de « la capitale ».

C'était celui de Yukiko : la fête du vieux quartier de Gion, qui s'étalait sur un mois, mais surtout l'exposition des chars, trois nuits de suite, à la fin de la saison des pluies, avec sa foule en cortège envahissant les rues fermées à la circulation, tel un fleuve humain déferlant de toute la province du Kansai, les ports et les campagnes. Les voisins s'y retrouvaient et faisaient un bout de promenade ensemble, les couples s'y donnaient rendez-vous. Les jeunes filles y sortaient en grappes de kimonos, dont la ceinture, dans leur dos, imitait par son agencement, son nœud de dentelles, les ailes d'un papillon qui ne sortirait de sa chrysalide de froufrous que pendant ces quelques nuits de l'année où tout semble permis, surtout le bonheur simple d'être ensemble et de rire aux jeux enfantins du bingo ou de la pêche aux billes, de manger dans la rue, debout, des brochettes de tranches d'ananas glacées, de parler sans façon aux gens qu'on croise par hasard, déambuler tout simplement et se montrer, ne plus être la caissière que personne ne reconnaît parce que personne ne la voit, avec son tablier et son fichu dans les cheveux, ne plus être l'office lady en tailleur qui ne compte pas ses heures supplémentaires ou la fille de la campagne qui remonte sa jupe et la coince dans sa ceinture pour marcher plus vite, ne même plus être la voisine ou la sœur, mais, simplement, une jeune fille parmi des milliers les cheveux crêpés en chignon bombé retombant en boucles anglaises, le port droit et fier, relevant le nez, comme on dit ici, et se creusant les joues, pour regarder de haut les lumières de la ville, à travers les paillettes de ses faux cils, une jeune fille au milieu de toutes les autres, qui se montre enfin telle qu'elle se rêve, qui se permet de sourire aux inconnus sans conséquences. Et c'est cela, son furusato.

Si elle ferme les yeux le soir en y pensant, elle s'y retrouve en rêve, au milieu d'une foule joyeuse où elle dispose à son gré les gens qu'elle a connus, plus jeune. Elle se promène mentalement dans les rues de Gion, au sud de Yasaka-jinja, traverse la rivière à Shijo et remonte sur Karasuma, la rue des stands illuminés de sucreries et d'alcools, s'assoit un moment sur le bord du trottoir qui sépare l'avenue en deux. Le peuple anonyme défile devant elle, les couples en yukata, les jeunes filles en groupe, les voisins en famille, les garçons venus des ports, d'Osaka, de Kobe, en bandes de blousons noirs apprêtés et coquets, ils passent et nombreux lui sourient, comme s'ils défilaient pour elle, les enfants de son quartier, collégiens d'Higashiyama courant le matin en groupes désordonnés autour de ceux qui avaient des vélos, le long du parc de Nanzen-ji et son antique porte, les femmes qui tenaient les commerces du petit marché couvert, de l'autre côté de la colline, où elle allait faire les courses accompagnée de sa mère, s'asseyant dans les échoppes et y buvant le thé avec une pâtisserie enrobée dans une feuille de bambou, Ichiro, le fils des voisins, qui venait à la villa par le petit chemin et demandait après elle, parce qu'il avait peur d'aller seul dans la forêt que Yukiko connaissait par cœur. Ils sont tous là. Elle les regarde passer comme font les chats qui se couchent à l'ombre des cerisiers, sur le chemin de la philosophie. Les gens sont là, mais leurs visages se brouillent lorsqu'elle essaie d'en retenir l'image. Les souvenirs sont délicats à ressusciter, surtout dans un rêve où les époques se mélangent. Elle se lève. Cela l'inquiète un peu. Dans son rêve, Yukiko ne sait pas qu'elle est en train de rêver. Elle se remet à marcher dans la foule, mais, cette fois, elle est à contre-courant et sa progression devient difficile. Elle scrute les visages des passants qui la croisent maintenant, cherche à reconnaître leurs traits, en vain. Puis elle comprend ce qui la dérange, ce qui crée cette sorte de panique qui est en train de monter dans son ventre.

C'est le visage de son père, qu'elle cherche dans la foule. Il n'y est pas. Elle croit le reconnaître cent fois, des hommes sur le point de disparaître, avalés par le flot, elle les appelle pour qu'ils se retournent, en vain.

Ce n'est jamais anodin un retour. Le plus simple en matière de voyage, c'est encore de partir. En revenant, c'est sa vie qu'elle mesure, sa vie qui tient dans cet écart entre les promesses de son enfance et la nostalgie du souvenir. Longtemps elle avait accusé les autres des choix qu'elle faisait. Elle avait rêvé d'Amérique, d'être actrice, elle avait rêvé d'épouser un beau jeune homme rencontré par hasard, qui rentrerait le soir pour dîner avec elle et lui faire l'amour, l'emmènerait en vacances en Europe, mais à la fin elle était tombée sur un poète-détective sans le sou et un job de serveuse chez Jimmy Sakata. Les Américains rêvent de rêves américains, se dit-elle, mais les Japonais ?

Elle va rester là. C'est chez elle.

Elle est au milieu de la cohue du festival, perdue dans un souvenir d'enfance avec son corps d'adulte. Elle marche vite. Les lumières s'éteignent dans les rues de traverse encombrées de distributeurs de cigarettes qu'elle emprunte pour regagner la rivière. Et, peu à peu, son esprit se calme. Elle ne cherche plus son père dans son rêve, puisqu'il n'y est pas. Il est dans un autre rêve. Il porte un col roulé noir, conduisant sa fourgonnette pour venir au secours de familles poursuivies par les dettes ou la radioactivité. Il porte des baskets pour ne pas faire de bruit et des gants, chuchotant des ordres brefs dans le noir. Laissant de faux indices qu'il avait récupérés ou imprimés lui-même, cartes de visite ou factures pointant vers d'autres adresses où l'on ne trouverait rien, si la police, l'assurance ou les mafieux de la banque essayaient de remonter une trace. Elle sourit dans son sommeil en se disant qu'elle n'avait jamais imaginé son père au travail, lorsqu'il était courtier. Elle a le sourire de son père, elle le sait depuis qu'elle a récupéré dans ses affaires du bureau sa carte professionnelle.

Sur les berges de la Kamogawa elle croise Richard B. C'est étonnant. Il porte une chemise hawaïenne et se promène, le nez en l'air comme elle l'a toujours connu. Il est entouré d'étudiants rieurs, éméchés, trop contents de pouvoir essayer leurs trois mots d'anglais. Elle se demande s'il va rester dans son rêve, lorsqu'il sera reparti en Californie. Elle lui dit au revoir avec la main. Il ne l'a pas remarquée. Et elle continue de marcher, les lumières d'autres quartiers s'allument à leur tour, les rues se vident et le temps passe, emporté par le vent sur les bords de la rivière comme des poussières de Japon. C'est chez elle. Elle reprend le cours de sa vie.

Le tact est la vertu des poètes

« On peut se voir dans un endroit public. »

C'est ce que Kaze avait dit au téléphone avant de fixer ce rendez-vous à Sendai. Richard avait fait appeler Nozomi, l'étudiant voyageur, en lui faisant promettre de n'en parler à personne. Le jour convenu, il avait quitté l'hôtel comme tous les matins. Avait emporté pour prendre le train, comme toujours lorsqu'il sortait, en en faisant mentalement la liste : *mon passeport, mon carnet et un stylo, et mon dictionnaire anglais-japonais. Le reste de la vie est un mystère total.*

Arrivé un peu en avance dans le restaurant où ils avaient rendez-vous, dans la banlieue sud de Sendai, au bord de la route numéro six, Richard commande une aile de poulet et des frites, parce qu'il n'a pas pris de petit déjeuner. C'est un bistrot sans charme particulier, où il n'y a presque personne. Pourtant la salle est grande. *Il y a cinq serveuses dans ce restaurant*, note-t-il. Deux sont derrière le comptoir et trois dans la salle. Elles se tiennent debout et bien droites, régulièrement espacées, l'une près de la porte d'entrée, l'autre à peu près au milieu de la salle, la dernière au fond. De leurs postes d'observation, elles peuvent toutes trois embrasser la salle entière, surveiller et prévenir le moindre désir des clients, s'empresser de remplir les verres d'eau ou de débarrasser les assiettes. Mais il n'y a personne. Ce ne doit pas être l'heure de manger, il est encore tôt, ou alors il y a moins de clients, peut-être que depuis le tsunami certaines entreprises du coin ont dû fermer ou déménager. Richard croque dans son poulet avec appétit. Au moins deux serveuses le regardent, alors qu'il mord dans le blanc de poulet, qui lui paraît ferme et bon. Celles qui sont derrière le comptoir essuient des verres qui auraient sûrement fini par sécher, et la plus jeune, qui est près de la porte, regarde dehors dans l'attente d'un client qui traverserait la rue, entrerait soudain dans le restaurant. Les frites sont dorées, savoureuses, elles sont servies avec du ketchup. Il pense qu'il a bien choisi, pour une fois. Il faudrait qu'il y ait au moins cinq clients, pour que chaque serveuse puisse surveiller le repas de chacun d'eux avec attention. Mais personne d'autre n'entre dans le restaurant. À présent les cinq serveuses le regardent croquer de nouveau dans son blanc de poulet. Il essaie d'y mettre du cœur, pour montrer que c'est un bon blanc de poulet et qu'il est content de le mordre ainsi à pleines dents. Il est embêté pour elles, mais il ne peut pas faire grand-chose de plus. *Ma vie serait beaucoup plus simple*, se dit-il, *si je pouvais manger cinq blancs de poulet*.

Au moins, il ne peut pas rater l'homme lorsqu'il entre, parce que l'une lui tient la porte qu'elle ouvre en criant un charabia de bienvenue que les autres reprennent à l'unisson, s'agitant soudain, la seconde le conduisant à une table cependant que la dernière se précipite pour aller chercher un menu. Ce doit être le père de Yukiko.

Il ne ressemble pas beaucoup à la photo que Richard avait vue. Il prend un café et consulte régulièrement sa montre. Richard se demande comment il va l'aborder. Avec les gaijin, les Japonais sont souvent sur leurs gardes, par crainte d'une situation imprévue et gênante – les gaijin, imprévisibles, sont souvent gênants. En même temps, à part leur côté lourd et ballot, les étrangers ne représentent aucun danger réel pour un Japonais, parce qu'il n'y a aucune chance qu'ils aient une quelconque raison japonaise de nuire, rien qui soit lié profondément à une vie de Japonais que, par définition, ils ne peuvent pas connaître tout à fait, les étrangers ne sont ici depuis des siècles que des motifs de curiosité, des compagnons plus ou moins drôles ou embarrassants, mais, sauf pour ce qui est de la tranquillité, certainement pas une menace. Il observe le père de Yukiko, prend son temps.

L'homme a les cheveux beaucoup plus courts que sur la photo à présent, presque rasés. Il porte un sweat-shirt à capuche et une doudoune sans manches, orange, un pantalon de travail à poches plaquées, comme les Dickies des surplus, des baskets sales de chantier, celles avec la coque de sécurité. Richard remarque tous ces détails sans même y faire attention, par habitude. Machinalement, il commence à se faire une idée de la vie de cet homme. Ce qu'il peut en imaginer. Les baraquements des travailleurs de la reconstruction, aux parois si fines que lorsqu'on change de chaîne sur la télévision qui est au pied du lit, en appuyant sur la télécommande, on doit changer celle du voisin en même temps. Les salles de bains communes dans lesquelles l'eau gèle, la nuit. Il a maigri, les traits tirés, les mains déjà épaissies qui vont devenir calleuses, aux ongles forts et courts, travaille de nuit et cependant la peau de son visage a pris le hâle de la vie en plein air, qui finira par la tanner comme un cuir. Il l'observe, prend son temps. Son gilet est taché. Son pantalon n'est déjà plus très noir. La boue sur ses chaussures, c'est ce qui reste de ce pays. Sans doute que le compteur Geiger s'affolerait autour de cet homme. À le voir ainsi attablé, à faire tourner son café noir dans sa tasse sans la regarder, les yeux rivés sur la porte qui ne s'ouvre pas, à l'observer tel qu'il est maintenant, Richard est de moins en moins sûr de se lever dans les minutes qui suivent, d'aller à sa rencontre, de s'asseoir en face de lui et de lui balancer sa famille au visage, sa fille qui a traversé le Pacifique pour savoir, avec un détective privé qui rêve de coucher avec elle, alors qu'elle était censée être actrice et que tout allait toujours bien, ça et puis son passé de salarié méritant, sa villa à Kyoto, sa femme qui se traîne en kimono comme une veuve – à quoi bon ? Il cherchait un banquier qui avait disparu, mais c'est un autre homme qui réapparaît.

Il cherche son regard. Pas pour attirer son attention, mais pour parvenir à le sonder, le décrire – son regard et ce qui se trouve dedans. Ses yeux cernés de rides, fatigués, soulignés de plis dans la peau comme du papier froissé, ses yeux pénétrants, enfoncés, brillants, graves, rabattus par un toit de sourcils, billes noires taillées dans une obscurité plus grande par le manque de sommeil, ses yeux sans rires, sans grimaces, sans amour, sans larmes, sans horizon, sans pitié, concentrés, concentrés sur la porte qu'ils scrutent, inquiets, inquiets mais immobiles, fixés, tendus.

À dix heures et cinq minutes, soit cinq minutes après l'heure de leur rendez-vous, l'homme vide d'un trait ce qui reste de café dans sa tasse, dépose une pièce de cinq cents yens sur la table et se lève. Richard le suit dehors. Il ne sait pas encore ce qu'il va faire, mais lui parler, sûrement pas. Il lui semble qu'il pourrait essayer de se mettre à sa place, en continuant de l'observer, de voir les choses comme lui, d'échanger leurs points de vue en somme. Richard fait souvent ça, quand il mène une enquête ou lorsqu'il écrit des poèmes. Pour comprendre les gens, ça ne sert à rien dans le fond de connaître les causes de leurs actes, ça n'en épuise pas les raisons, ça ne dit pas qui ils sont. Si l'on sait comment on comprend pourquoi. L'inverse n'est pas vrai. C'est la seule question. Ils se retrouvent presque côte à côte sur le trottoir.

Le soleil est bien levé à présent au-dessus de l'océan tranquille, si tranquille qu'on ne croirait pas, en le voyant ainsi, qu'il a pu balayer cette grève comme on rince un trottoir au jet d'eau. De l'autre côté de la route numéro six, l'immense littoral des cités détruites s'étend pourtant à perte de vue. L'air est brillant, la lumière blanche. Il allume une cigarette. Repense à elle, son épouse, à la lettre qu'il lui avait laissée, qui commençait par ces simples mots, « je ne mettrai plus les chaussons ». Il n'y a jamais eu l'espoir d'un retour, il le sait. Il tire sur son clope, il se dit qu'il est temps de se poser, ça fait bientôt deux mois sa cavale, sa disparition, il est peut-être temps de changer de vie pour de bon, d'achever sa métamorphose.

Le soleil ne monte pas très vite dans le ciel au-dessus de l'océan, parce que c'est un soleil d'hiver et parce que l'horizon immense manque d'échelle. Vu d'ici, l'avenir semble long. Il est temps d'aller au bout de cette histoire, se dit-il, et il sort de son paquet de Seven une autre cigarette.

Richard se tourne légèrement vers lui et lui propose son briquet. Ils demeurent quelques instants penchés l'un vers l'autre, les mains de Kaze autour des siennes, les yeux presque clos dans le vent et les premières bouffées qui les piquent.

« Vous êtes américain ?

— San Francisco.

— Ah. Le Golden Gate Bridge et les Russian Hills, le parc de Yosemite.

— Vous connaissez ?

— Non. »

L'homme a eu un haussement d'épaules et un geste vague de la main, qui semblait signifier : comment voulez-vous qu'un type comme moi connaisse la Californie ?

Ils n'ont plus parlé après ça. Ils ont regardé ensemble l'océan tranquille, le temps d'une cigarette, imaginant ou repensant tous deux à elle, qui aurait dû se trouver de l'autre côté, à l'est. Yukiko. C'était la fille la plus belle du monde.

Ce soir Richard lui dira qu'il n'a pas pu retrouver son père. Qu'on ne retrouve pas les évaporés du Japon. Par tact, parce que c'est la vertu des poètes.

La digue

L'enfant se tient debout, droit. Il a les bras le long du corps, il est parfaitement raide. Ses doigts sont écartés les uns des autres, ses mains légèrement recourbées vers l'extérieur dans un effort pour les tenir immobiles, ne pas trembler. Ses pieds sont espacés de la largeur de ses épaules. Son regard est étréci, plissé en remontant légèrement les pommettes, de manière à regarder sans voir, très loin à l'horizon, juste devant lui dans le vague. C'est une position qu'il peut tenir très longtemps, et cela doit faire très longtemps aussi qu'il ne l'a pas adoptée. On apprend cela à l'école, pour faire face à un conflit ou recevoir les admonestations d'un maître sans broncher. C'est une attitude qui empêche à la fois de répondre et de s'effondrer.

Ce matin, ils sont retournés à la préfecture. Kaze a expliqué à un fonctionnaire ce qui s'était passé. Il a dit que l'enfant s'était enfui à Tokyo sans réfléchir, parce qu'il était terrorisé, mais qu'en fin de compte il n'avait pas disparu, il était là, avec lui, sur un des bancs de la salle d'attente, là-bas. Il a donné son nom. Le fonctionnaire a demandé de patienter. L'a fait revenir trois fois au comptoir pour redire la même chose à des fonctionnaires différents que le premier allait chercher, pour bien comprendre la situation et ce qu'il convenait de faire. Finalement, on l'a fait passer du côté bureau, dans l'espace ouvert où s'alignaient les employés et les ordinateurs. Il y en avait déjà quatre ou cinq qui s'occupaient de son cas et un chef était arrivé. Ils ont fait venir Akainu, l'ont supprimé des listes de disparus. Puis Kaze a demandé si l'on savait si les parents du garçon étaient vivants, et les fonctionnaires ont été stupéfaits de comprendre que ce n'était pas lui, son père. Cette situation imprévue soulevait des questions nouvelles, mais ils ont paré au plus pressé et ils ont effectué des recherches. Kaze et l'enfant sont retournés s'asseoir sur les bancs de la salle d'attente.

Au bout d'un long moment, le chef est revenu. Il s'est incliné devant Akainu et il a souri largement, il s'est accroupi pour lui parler et il a dit que son père était bien vivant, qu'ils avaient pu le joindre par son entreprise, qu'il serait là dans une heure, que son patron lui avait donné sa journée. Puis en se relevant il s'est tourné vers Kaze, a dit en s'inclinant plusieurs fois pour ponctuer sa phrase :

« Je suis désolé. La mère du petit est morte dans le tsunami. »

Il se tient debout, bien droit, sur le parvis de la préfecture, quelques mètres devant l'entrée, au bord du trottoir. Kaze a posé la main sur son épaule. De l'autre, il fume, deux cigarettes à chaque fois, allumant la deuxième avec le mégot de la première, puis faisant une pause avant les deux suivantes. Ils ne parlent pas. Il ferme les yeux parfois, quand les larmes montent, se raidit à chaque fois qu'il tremble ou qu'il sent que son bassin se relâche et voudrait prendre appui sur une de ses jambes, pour se reposer. Il se demande si son père viendra en voiture ou en bus. Il n'y a qu'une entrée à la préfecture, alors il est sûr de ne pas le rater. Il se demande s'il le reconnaîtra tout de suite. Il se dit que lui, il est mal habillé. Il ne ressemble pas du tout au petit garçon en uniforme qui s'était enfui du collège, un an plus tôt. Il a maigri, aussi. Et il repense à sa mère. Il aimerait mieux pas, mais ce sont des pensées qui viennent toutes seules, comme des bouffées d'angoisse, comme s'il avait oublié de respirer pendant quelques secondes, un sentiment d'oppression dans la gorge et une chaleur soudaine qui lui explose dans la tête, et c'est sa mère. Ni morte ni vivante, c'est l'absence pour toujours de sa mère. C'est la seule chose qu'il ne puisse pas voir autour de lui ou penser vraiment, parce que lorsqu'il pense que sa mère est morte, ce ne sont que des mots, mais cette chose, la mort de sa mère, cette boule qui lui serre la gorge et éclate dans son cerveau, comme une pulsation de plus en plus forte, c'est maintenant la seule chose qu'il ne peut pas voir ou penser, et c'est la seule qui existe et qui revient sans cesse lui cogner dans le cœur.

Il tient bon, il ferme les yeux. Quand il les rouvre il essaie de se concentrer sur la marque des canettes dans la poubelle à côté du distributeur, il les compte, ça ou les mégots que Kaze lance dans le caniveau et qui ratent parfois la grille d'égout. Il ne veut pas croire que sa mère soit dans un cimetière comme celui que Kaze lui a montré. Elle a été identifiée, il a dû y avoir une cérémonie, se dit-il. Et tout à coup il réalise qu'il n'était pas là. Il reste juste debout tout raide au bord du trottoir de la préfecture, perdu, assommé, comme au bord d'un précipice. Que faire d'autre ?

C'est lorsqu'il sent la main du vieil homme quitter son épaule qu'il le voit courir vers lui, depuis le parking sur le côté.

Et soudain son corps se détend, rattrapé au bord du vide, dans les bras de son père enfin.

Heureux, plus qu'il ne l'a jamais été. Dans les bras de son père qui le serre et l'absence de sa mère pour toujours.

Heureux de faire céder la digue enfin qui retenait ses larmes.

Adieu Japon

Richard B. détestait les voyages. Même si ce n'était pas la solitude qui l'indisposait le plus dans le fait de voyager seul, il ne pouvait manquer de remarquer que son cerveau, sans supports nouveaux à offrir à sa curiosité, se mettait à tourner en rond dans la carlingue comme un manège de fête foraine un peu abîmé par les années, à la musique obsédante et cacophonique.

Les scènes de ces dernières semaines défilaient en boucle sous ses yeux clos comme dans un rêve, depuis quelques heures déjà, depuis qu'il se souvenait de lui avoir dit au revoir en secouant la main et en se forçant à sourire, avant de tendre son bagage cabine, les clés de son appartement de North Beach, son portefeuille, où il restait quelques milliers de yens, sa ceinture et ses bottes au planton de sécurité, et de disparaître derrière le portique de l'aéroport, zone internationale. Et depuis, les images tournaient dans le vieux carrousel de sa tête. Les singes à cymbales et les danseuses en plastique, les chats qui lèvent la patte, les renards à foulard rouge et les tanuki à paire de couilles géantes se marraient bien en passant et repassant sur l'écran de son imagination, fanfare à fond, jusqu'à lui donner un mal de crâne épouvantable.

Il fallait qu'il rentre chez lui, maintenant, à San Francisco. Tout seul.

Il ouvre les yeux pour chasser le manège et la migraine. C'est tout noir. Il enlève le masque que l'hôtesse lui avait donné. C'est un avion. Il se demande s'il y aura encore des surprises dans sa vie, si Yukiko finira par le rappeler. Un miracle.

Elle dirait : « Je viens de rentrer à Frisco. Je peux passer ? »

Et ça lui fait du bien d'imaginer sa joie à ce moment-là, quand ça se produirait, la fébrilité avec laquelle il rangerait en vitesse en les jetant dans le placard tous les trucs qui traînent dans sa chambre, les fringues sales, les bouteilles vides, les piles de factures, même les bouquins et le téléphone, et dans la cuisine toutes les assiettes de l'évier, d'un coup à la poubelle, il n'en aurait besoin que de deux, de toute façon, les couverts idem, des bougies, voilà ce dont il aurait besoin, et une bouteille de vin de la Napa, du blanc, se dit-il, c'est moins engourdissant, c'est plus festif que le rouge, il faudrait penser à le mettre au frigo et puis rebrancher le téléphone, juste une minute, le temps de commander des sushis ou n'importe quoi de japonais qui se livre, il pense à la chemise qu'il mettrait et les essaie toutes en imagination, choisit pour finir celle avec des carreaux verts, parce qu'il a les yeux clairs.

Évidemment, ça n'a aucune chance de se produire.

Non, ce qui pourrait bien arriver, si elle décidait un jour de revenir en Californie, c'est qu'il la croise par hasard, dans la rue, c'est comme ça qu'on croise les gens, elle aurait son allure sublime et une espèce d'uniforme blanc, pantalon fluide et chemisier, et elle aurait changé de coiffure, elle porterait un petit carré plongeant, comme coupé *au bistouri dans du jade noir*, c'est ce qu'il se dirait en la voyant, elle le promènerait, son carré, dans les rues de San Francisco au bout de son cou blanc et fin, comme un trophée son port de tête admirable, ce serait downtown certainement, elle viendrait de faire les boutiques et en passant, comme ça, sur le trottoir d'en face, du côté de Kearny Street, lui se serait arrêté, sidéré de ce petit miracle, et elle aurait simplement fait semblant de ne pas le voir. C'est comme ça que ça se passerait. Ce ne serait pas très loin du restaurant de son copain Jimmy Sakata. Elle serait passée sans le voir, peut-être qu'elle n'aurait pas eu besoin de faire semblant, et lui, il aurait vu toute sa vie défiler, même son enterrement, toute sa vie sur le trottoir d'en face et il se serait dit : *c'est le bordel n'est-ce pas ?* Il n'y aurait plus eu qu'à emprunter son arme à Jimmy. Ouvrir la baie vitrée qui donne sur le Pacifique. Même pas besoin de ranger l'appartement, avant de s'en mettre une. *C'est le bordel, n'est-ce pas ?*

Il échafaude des scénarios. C'est pire que la migraine.

Quand on pense à l'avenir, on a toujours l'impression que la vie n'est qu'un rêve. L'espoir ou le suicide ne sont que des possibilités.

Et, immédiatement, sa mémoire de kaléidoscope recommence à projeter toutes les scènes de ces dernières semaines sur l'écran vide, au fond de son cerveau. Il a des heures de films pas montés, dans le désordre, des petits bars à peine plus grands que la cuisine de son appartement, des taxis qui foncent dans la nuit, des chambres d'hôtel. La forme des montagnes, ondulées, vivantes, telle une peau plissée qui continue de frissonner de temps à autre, des montagnes qui se pressent au bord des vallées comme des vagues menaçant de les engloutir un jour. Des villes informes et une nature interdite. C'est un sacré long métrage, avec des corps tatoués dans la vapeur des saunas publics et des gens tellement normaux qu'ils finissent par disparaître, par se volatiliser. Des centrales nucléaires qui toussotent dans un demi-sommeil et s'écroulent tels des châteaux de cartes, dès que la nature a décidé de les secouer un cran au-dessus des normes de sécurité humaines. La foule, dans les rues, dans le métro, une énorme foule de gens seuls qui envoient des messages au hasard d'un réseau social comme autant de bouteilles à la mer. Les dents mal plantées, les corps trop maigres, légèrement voûtés et les jambes tordues, sur un manga d'Hokusai. Des centaines d'heures de films. Les sourires aussi, sans arrière-pensées, les exclamations bruyantes, la joie de boire. Du temps passé ensemble sans se parler. La beauté des femmes. *S'il en existe qui ne soient pas séduisantes, des femmes japonaises, ils ont dû les noyer à la naissance,* avait-il noté quelque temps après son arrivée.

Et tous ces jours passés avec elle.

Sa peau, comme de l'électricité.

Ses cheveux, lorsqu'elle les détache, qui tombent comme un rideau de nuit dans son dos.

Est-ce que ce n'était qu'un rêve ? Est-ce que le passé aussi n'est qu'un rêve ? Toutes ces choses, est-ce que ce ne sont que des mots qu'il se récite ? Richard commence à s'agiter, ne comprend pas pourquoi il se retrouve tout seul dans cet avion. Lui qui déteste voyager. C'est injuste. Il voudrait savoir comment ça va finir. Il sent qu'il pourrait devenir fou. En fait, les mots « je deviens fou » résonnent dans sa tête de façon tellement désagréable qu'il a vraiment l'impression de devenir fou. Il essaie de réfléchir à toute cette histoire de façon logique. Après tout, il est aussi poète. Il essaie de comprendre comment ça s'est agencé. Si l'on comprend comment c'est agencé, on doit pouvoir entrevoir la fin. Il passe en revue les événements de ces dernières semaines, essaie de les mettre en scénario, mais ça lui résiste. C'est injuste et absurde. Il voudrait en vouloir au scénariste.

Dans un roman français, ils n'auraient jamais pu retrouver son père, et, dans un roman américain, ils auraient pu le ramener chez lui. Mais c'était la fin d'une histoire japonaise.

Richard se penche dans la travée pour repérer l'hôtesse. Cherche à chasser les images, le kaléidoscope, le cinéma, le manège et le reste, sa migraine, toute sa vie d'avant, lorsqu'ils faisaient l'amour, il rechausse ses lunettes. Il va appeler l'hôtesse, il suffit d'appuyer sur le bouton, et il va la faire rire peut-être, avec une blague sur le changement de date et l'avance qu'on prend lorsqu'on voyage vers l'est, par exemple : est-ce que ce n'est pas comme ça qu'ils nous ont bien surpris, est-ce que les Japonais n'ont pas attaqué un jour avant, à Pearl Harbor ? – elle ne va pas trouver cela drôle – et c'est là, en levant le bras pour l'appeler, alors qu'il n'espérait qu'une mignonnette ou deux de bourbon du Kentucky pour dormir enfin, pour dormir sans rêver, qu'il le voit. Un cheveu noir et long, sur la manche de sa veste.

Il le prend précautionneusement et le range dans son portefeuille, se rassoit tranquillement. Il se dit que *sa vie entière résidait dans ce cheveu japonais. C'était comme si rien d'autre ne lui était arrivé que ce brin de cheveu.* C'était à la fois une preuve et une promesse, le signe que tout est possible. Il se campe dans son fauteuil, satisfait, commande finalement ce bourbon qu'il boit d'un trait et remet son masque noir sur les yeux. Après tout, on n'est pas obligé de savoir comment ça finit.

La vie est complètement hors de contrôle, se dit-il.

Note de l'auteur

Ce livre a été écrit au Japon en 2012, à la villa Kujoyama à Kyoto, un an après la catastrophe naturelle du Tohoku et la catastrophe nucléaire de Fukushima.

Tout ce qui est raconté ici est vrai : c'est le fruit d'expériences vécues, de rencontres et de nombreuses lectures faites sur place.

Mon personnage de Richard B., par exemple, n'est autre que le romancier et poète américain Richard Brautigan, qui a vécu lui aussi au Japon en 1976 et m'a souvent servi de guide. Je lui prête les traits de quelques-uns de ses personnages, et ses pensées sont directement tirées de ses poèmes, en italique.

Ce personnage est aussi réel que les travailleurs pauvres du quartier de San'ya à Tokyo, les lourds piliers de bois de la porte de Nanzen-ji, à Kyoto, ou les camps de réfugiés et d'ouvriers autour de Sendai. Peut-être même plus, du point de vue romanesque, dans la mesure où je peux le citer avec exactitude.

Je n'ai pas établi de hiérarchie dans ma documentation, entre les témoignages, les enquêtes historiques et la fiction, parce que je crois que ce que nous appelons l'imaginaire – l'imaginaire japonais du nô ou des films de genre, mais aussi l'imaginaire occidental du Japon – fait partie de la réalité des choses. Il façonne notre monde. Sans lui, une forêt ce ne serait jamais que des arbres.

Ce « roman japonais » est ainsi le témoin de ma fréquentation de cette civilisation qui me demeure encore, à bien des égards, étrangère.

Table

11101

Composition
NORD COMPO

Achevé d'imprimer en Espagne
par CPI
le 4 septembre 2015.

1er dépôt légal dans la collection : avril 2015
EAN 9782290093535
OTP L21EPLN001656B002

ÉDITIONS J'AI LU
87, quai Panhard-et-Levassor, 75013 Paris

Diffusion France et étranger : Flammarion